천사의 깊고 편한 잠

安秀吉 장편소설

새미

어른들은 외면하지 마라

길가에 구르는 막돌 함부로 차지 마라.

만물 생성의 원동력이 그 안에 있다.

이랑 밖의 잡초 함부로 밟지 마라.

작물만큼 유익하고 화초 못지않은 그윽한 아름다움이 그 안에 있다.

막돌처럼 버려진 아이들, 잡초처럼 짓밟히며 살아가는 아이들에게 함부로 눈 흘기지 마라.

시달려 거칠어진 외양 속에 순결한 심성과 무한한 가능성이 그 안에 있고, 세상의 내일을 열어갈 원동력이 그들 가슴 안에 있을 터.

눈감고 마음 닫은 어른들, 관심을 접은 사람들이 보지 못하고 듣지 못할 뿐이다. 매정한 세상이 그들을 버렸을 뿐이다.

꿈과 희망을 잃고 그리움과 슬픔과 분노를 품고 사는 아이들은 관심에 목마르고 사랑에 허기진 아이들이다.

그들의 감춰진 순결, 아름다운 심성, 무한한 가능성이 세상을 밝히는 등불이 되게 하려면 어른들이 먼저 가슴을 열어야 하는 것.

관심과 사랑은, 그리움과 슬픔과 분노를 삭이고 꿈을 키우는 단비가 될 터.

막돌처럼 구르는 아이들, 잡초처럼 짓밟히는 아이들을 외면하지마라. 눈 흘기지도 마라.

어른들은 인색한 마음을 열고 눈을 떠 옆에 있는 아이들을 보라.

눈동자에 비치는 분노만 보지 말고

가슴 속에 잠재된 내면의 선을 보라.

2013.1.

著者 安 秀 吉

차 례

유소년 시절을 갖는다는 것은 하나의 삶을 살기
전에 무수한 삶을 경험한다는 것을 말한다.
그 무수한 삶을 어떻게 경험하게 하는가는 어른의 책임이다.

— 릴케(독일)

잃어버린 동화

"야야, 너 또 어디 가나?"

대문을 나서는 소년을 보기만 하면, 굽은 허리를 지팡이에 의지하고 섰던 옆집 할머니가 물었다.

"저기요."

그럴 때마다 소년은 돌아보지도 않고 대답했다. 언제나 소년이 대문을 나설 때마다 만나는 할머니는 항상 그렇게 물었다.

소년은 대답하기가 귀찮았지만, 그래도 동네에서 유일하게 소년의 일에 관심을 가져 주는 할머니에게 대답을 안 할 수가 없었다.

재작년까지만 해도 소년은 늘 대문 앞에 쪼그리고 앉아 있었다. 학교가 파하면 곧장 돌아와 대문 앞에 앉아서 해바라기처럼 목을 뽑고 앉아 있었다.

그때, 할머니는 동무처럼 소년의 옆에 앉거나 혹은 서서 소년과 함께, 소년의 어머니를 기다렸다. 사실, 할머니는 그냥 말벗이 없어서 소년의 옆에 앉아 있었는지도 몰랐다.

그러나 소년은 할머니가 함께 어머니를 기다려 주는 것이라고 생각했었다.

말없이 땅바닥에 그림을 그리거나 잔돌로 과녁 맞히기를 하는 소년 옆에서 할머니는 줄곧 사람 기척을 내 주었다.

"올 거면 올 때가 됐는디……."

"기왕 올라면 진작에 올 일이지……."

"아이구 모질기도 해라. 이르케 지둘리는 애를 두고 뭘 하느라고 안 오노?"

소년은 그 소리가 힘이 되었다. 지루하고 지치고 울음이 북받치려 할 때마다, 할머니가 한마디씩 내뱉는 푸념이 힘이 되었다.

소년이 대문 앞에서, 어머니 오기를 기다리는 것을 포기한 뒤에도 할머니는 여전히 그곳에 있었다. 사철 중 어느 계절도 빠짐없이 소년이 드나드는 대문 옆에 앉거나 혹은 서서 볕 쪼임을 하는 할머니는 소년을 위해서 거기서 그렇게 자리를 지키고 있는 것 같았다.

눈비가 억세거나 추위가 매서운 날 외에는, 언제나 자리를 지키는 할머니는 소년과 시간을 함께 해 주는 것 말고도 소년에게 아주 많은 희망을 주었다.

"야물딱지게 살림 잘하고 싹싹한 사람이 자식 버릴 리가 있나. 오지, 암 오고말고……."

"오죽했으면 자식 놓고 집 나갔으까. 서방은 등 돌리면 웬수 돼도 자식은 돌아누어도 자식인디……."

할머니는 그렇게 혼자 중얼거리며 소년에게 희망을 주었다. 그러나 할머니는 가끔 돌아오지 않는 어머니를 탓하고 욕하기도 하였다.

"암만 살기 힘들어도 그렇지. 워티기 자식을 띠놓고 혼자 살 궁리만 했으까. 독하고 모진 예펜네지. 천벌 받아 싸지. 저 어린 걸 내삐리고 월매나 잘 사능가 보라지. 귀신은 머 먹구 사능가? 그런 인정머리 읎구 독한 년 잡아가잖구……."

그런 때면 소년은 할머니 말을 막았다.

"할머니."

"왜 그랴?"

"울 엄마 욕하지 마유."

"쯧쯧, 그저 쌔끼는 지 엄마 생각을 끔찍이 하는디, 에미란 기 오도가도 않구……. 시상이 까꾸루 디집혔내벼. 니 엄마 오긴 틀렸내비다."

"올거유."

"발써 몇 달인디. 그 새 올라면 발써 왔지."

"그래두 올거유."

"그려, 올기다. 니 맴이 그리 굳응께 니 엄마한테두 맴이 통하겄지."

할머니는 소년의 어머니를 욕하다가도 소년이 역정을 내면 쉽게 마음을 접었다. 소년의 간절한 마음을 다치지 않게 하기 위해서였다.

할머니는 늘 말동무가 없었다. 집이 소년이 사는 셋방의 옆집이기도 했지만, 아무도 아는 척해 주는 사람이 없어 늘 혼자서 담벼락을 등지고 해바라기하던 할머니는, 어느 날부턴가 자기 옆에 쭈그리고 앉아 오후 한나절을 보내는 소년이 반가웠다.

엄마를 기다리며 말없이 땅 그림을 그리거나, 잔돌로 과녁 맞히기를 하는 소년이 애처로우면서도, 먼 길에 길동무 만난 것만큼이나 반갑고 대견했다.

말 없는 소년에게 할머니가 먼저 말을 붙였다.

"야야, 핵교 공부 다 했니?"

"야."

"학원 가야지?"

"안 가유."

"그럼 놀이터에라도 가잖구?"

"안 가유."

"왜 안 가? 가서 뛰놀지 왜 그르구 앉았냐?"

"울 엄마 기다리는 거유."

"니 엄마가 워디 갔길래?"

"몰라유."

며칠 지난 뒤에야 할머니는 소년의 어머니가 집을 나가 버린 걸 알았다.

소년이 말해서가 아니라, 소년의 셋집 주인 여자가 퍼트린 소문이 돌고 돌아서 할머니의 귀에까지 닿았기 때문이었다.

"니 엄마가 집 나갔다며?"

할머니는 오후 내내 자기 옆에 쭈그리고 앉아서 해바라기 하는 소년에게 물었다. 소문을 확인하기 위해서였다. 그러나 소년은 굳게 입을 다물고 말하지 않았다.

"쯧쯧, 그 말이 맞구먼, 경을 칠 예펜네지. 애 두구 어딜 가? 지집 팔자는 서방 따라 살다가 애 따라 살구 그러는 건디, 서방 지랄같으면 애 보구 사는 거지. 경 쳤다구 집을 나가?"

그렇게 소년의 어머니를 욕하던 할머니는, 어느 날 소년이 보내는 곱지 않은 눈길과 마주쳤다.

"쯧쯧, 그래도 지 에미 욕하는 건 싫은 모양이지? 그래, 니 에민들 오죽하면 자식 두구 집 나갔겠냐? 애비가 지랄이겠지. 오겠지. 애 두고 나간 예펜네가 안 오면 어쩔겨?"

소년의 어머니를 두둔하고 소년의 마음을 다독이게 되었다. 그러면서도 할머니는 소년만큼이나 소년의 어머니가 돌아오기를 애타게 기다렸다.

소년이 학교에서 돌아와 급히 대문 앞에 당도할 때쯤, 그 옆에서 기다리고 있던 할머니가 꼭 한마디씩 일러 주었다.

"야야, 니 엄마 아직 안 왔다. 더 있다 올라능개비다."

그래도 소년은 실망하거나 포기하지 않았다.

어두컴컴한 방구석에 가방을 던져 놓고 어김없이 다시 나온다. 할머니와 이만큼 떨어진, 늘 같은 자리에 쭈그리고 앉는다. 말이 없고 할 일도 없는 소년은 별 수 없이 나무 꼬챙이로 땅 그림을 그리거나, 잔돌로 과녁 맞히기를 한다. 할머니가 무슨 말을 해도 대답할 생각도 않는다.

그러나 소년은 할머니가 하는 말 모두를 빼놓지 않고 듣고 있다. 그리고 마음속으로 위안을 얻는다. 그러다가도 할머니가 엄마를 좋지 않게 얘기할 때면, 소년은 어김없이 좋지 않은 얼굴이 된다.

골목을 지나는 동네 아줌마들이 소년의 엄마를 욕하거나 비난하는 소리를 할 때도, 소년은 눈살을 찌푸린 채 말하는 아줌마들을 좋지 않게 바라본다.

"필시 고무신 꺼꾸루 신웅겨. 집 나간 지 얼맨데 이제껏 오도가도 않는 걸 보면 뻔하지. 애가 딱하지. 저 어린 게 월매나 속이 탈까?"

그럴 때마다 소년의 눈치를 본 할머니가, 실없이 지껄이는 아줌마들을 꾸짖는다.

"그 씰다리 없는 소리 하덜 마. 자식 있고 서방 있는 예펜네가 왜 고무신을 꺼꾸루 신어? 입 찬 소리덜 말구 니들이나 바루 살어."

그러면 아줌마들도 지는 법 없이 한마디씩 더 한다.

"아이구 노인네는 모르면 잠자쿠나 계시우. 서방이 열이면 뭐하우? 밤낮 술 먹고 주먹질이나 하는디, 배겨 날 여자가 어딨수? 고무신 꺼꾸루 신은 게 백 번 당연하지."

소년은 그때 2학년이었다.

엄마가 고무신을 거꾸로 신었다는 아줌마들의 말뜻을 잘

알 수가 없었다.

엄마는 고무신이 없는데, 왜 고무신을 거꾸로 신었다고 할까? 혹시 엄마가 고무신을 거꾸로 신었다면, 아니 늘상 신고 다니는 플라스틱 끌신을 거꾸로 신었다면 그게 무슨 대수인가? 벗어서 다시 신으면 될 일인데.

그러나 소년은 차츰 어렴풋이 알게 되었다. 아줌마들의 그 말이, 어머니가 쉽게 돌아오지 않을 것이란 뜻임을…….

어느 날 소년이 눈을 떠보니, 아홉 시가 넘어 있었다. 일곱 시도 되기 전에 소년을 깨우던 엄마가 보이지 않았다. 아무리 서둘러도 학교 지각은 뻔한 일이다. 엄마는 시간이 이렇게 늦도록 왜 깨우지 않았을까?

"엄마아―."

소년은 짜증과 원망이 섞인 소리로 엄마를 불렀다. 그러나 엄마의 대답 대신 아버지의 볼멘소리가 들렸다.

"니 에미 없다."

소년은 아버지의 말을 듣는 둥 마는 둥 엄마를 찾았다. 그러나 엄마는 부엌에도 마당에도 없었다.

"니 에미 없다니까."

아버지는 사나운 표정으로 소리를 버럭 질렀다. 의아스러운 눈으로 바라보는 소년 앞에, 아버지는 종이 한 장을 툭 던져 놓고 말했다.

"니 에미 도망갔다. 쥑일 년."

소년은 아버지가 던져 놓은 종이쪽을 펼쳐 들었다.

'인규야, 엄마가 돈 많이 벌면 너 데리러 올 테니 공부 열심히 하고 있거라. 아버지하고 같이 못 살면 외갓집에 가 있어라. 외갓집에 전화하면 외삼촌이나 이모가 와서 데려갈 것이다. 다른 데는 가지 말고 엄마를 기다리고 있어야 한다.'

엄마의 눈물자국일 것이 분명한 얼룩이 군데군데 번진 편지 위에 다시 소년의 눈물방울이 뚝뚝 떨어졌다.

"엄마아―."

마침내 소년이 울음을 터트렸다.

"이 자식아 왜 처울어? 초상났어?"

아버지가 고함을 질렀다. 와당탕, 아버지의 발에 걸어 채인 쓰레기통이 속의 것들을 모두 토해낸 채 방바닥에 나뒹굴었다.

"이누무 새끼 당장 안 그쳐?"

아버지의 재차 고함에 소년은 울음을 멈췄다. 그러나 소년은 속을 모두 토해 놓고 나뒹굴어진 쓰레기통처럼, 내장을 온통 쏟아낼 듯 헛구역질을 했다.

"니 에미 도망갔다. 그렁께 이제 찾지도 말어. 쥑일 년."

아버지는 매몰찬 말을 뱉어 놓고 횡하니 나갔다. 소년은 그 뒤 엄마의 편지를 몇 번이나 되풀이해 읽으면서, 혼자서 눈이 붓도록 울었다.

그날 생전 처음 지각을 한 소년은, 역시 처음으로 선생님 앞에서 거짓말을 했다.

"머리가 아퍼서 병원에 갔다 왔습니다."

소년의 이마를 짚어 본 선생님은 그대로 믿는 눈치였다.

"엄청 아팠나 보다. 눈이 뚱뚱 붓고 빨개. 그래 약은 먹었니?"

"네."

"그럼 자리에 가 앉아라. 공부하다 또 아프면 보건실에 가거라."

소년은 보건실에 가지 않았다. 그러나 공부 시간 내내 넋나간 듯 멍하니 앉아만 있었다.

말도 않고 쓰지도 않고, 책도 펴 들지 않았다. 눈을 뜨고 있었지만 아무것도 보지 않고 있었다.

"선생님 얘 또 아픈가 봐요."

보다 못한 짝꿍 민희가 선생님께 알렸다.

선생님은 급히 소년을 데리고 보건실로 갔다.

혈압과 체온을 재고 맥을 짚어 본 보건 선생님이 소년의 배와 가슴, 머리를 차례로 짚어 가며 아프냐고 물었다. 소년은 그냥 아무렇게나 고개를 끄덕였다.

"체하고 놀랬나?"

보건실 침대에 눕혀진 소년은 한잠 늘어지게 자고 났으나, 멍하니 초점 없는 눈은 그대로였다.

그날 이후, 소년은 학교 공부가 끝나기가 무섭게 집으로 돌아왔다. 혹시 자신이 없는 동안 자신을 데리러 왔던 엄마가 그냥 돌아가면 어쩌나 하는 조바심 때문이었다.

엄마는 반드시 나를 데리러 온다. 그 믿음은 소년이 외로운 하루하루를 버틸 수 있는 힘이었다. 그리고 엄마가 돌아왔을 때, 엄마를 기쁘게 할 일을 많이 만들기 위해서 소년은 눈물겹도록 스스로를 다그쳤다.

아침에 깨우지 않아도 스스로 일어나 등교 준비를 하고, 일기나 숙제를 빠뜨리지 않고 꼬박꼬박 챙겼다. 엄마가 자신을 데리러 왔을 때, 그 엄마를 기쁘게 하기 위해서는 선생님의 칭찬이나 상도 많이 받아야 한다고 소년은 생각했다.

엄마 앞에서 철없고 어리광스럽기만 했던 소년은 엄마가 없는 집에서 심한 외로움을 탔다. 그리고 그 외로움만큼 말수가 적어진 반면 의젓해졌다. 엄마가 일깨워 주고 돌보아 주던 모든 것을 스스로 해야만 하기 때문이다.

엄마가 없는 집, 아버지의 귀가마저 늦는 밤마다 소년은 빈방에 혼자 엎드려 공부하거나 책을 읽다가도 일쑤 사진첩을 꺼내 들었다.

그 사진첩 속에는 엄마가 그냥 있고, 술주정꾼이 되기 전의 든든한 아버지도 있다. 아버지가 몰던 근사한 개인택시도 그냥 있을 뿐 아니라, 엄마나 아버지의 품속에서 천진하게 웃고 있는 소년 자신도 있다.

따뜻하고 훈훈한 소년의 옛날, 행복한 동화가 모두 남아 있는 것이다. 사진 속의 아버지, 사진 속의 어머니는 모두 다정한 얼굴이다. 사진 속의 소년도 천진하고 밝은 모습뿐이다.

어느 날, 그렇게 사진첩 속에 빠져 있다가 엎드린 채 잠이 든 소년은 사진 속의 옛날로 돌아갔다.

소년은 빙글빙글 돌아가는 회전목마를 타고 있다. 소년의 뒤에 타고 있는 아버지는 한 손으로 소년을 껴안은 채, 다른 한 손은 목마장 밖의 엄마를 향해 흔든다. 엄마도 소년과 아버지를 향해 팔을 저으며 환하게 웃고 있다. 소년도 팔을 젓는다.

"꼭 잡아."

어머니가 소년을 향해 소리친다. 어지럼을 잘 타는 엄마는 소년과 함께 목마를 타 본 일이 없다. 궤도열차도 해적선도 물론 못 탄다. 놀이공원에서 늘 소년과 함께 놀이기구를 타는 건 아버지뿐이다.

"꼭 잡아라. 두 손으로 꼭 잡아."

소리치는 엄마 모습이 점점 멀어진다. 점점 작아진다.

웬일인가? 목마가 돌아가는 대로 엄마 모습도 주변 경치도 빙글빙글 돌아서, 보이다가 안 보이고, 안 보이다가 다시 보이곤 했는데, 어째서 점점 작아지기만 하는 것일까?

소년이 의아한 눈으로 다시 보니, 엄마 모습만 작아지는 것이 아니라, 빙글빙글 돌던 주변 경치도 점점 멀어지면서 작아지고 있다.

아아, 이게 웬일인가? 소년과 아버지가 탄 목마가 하늘을 날고 있지 않은가? 용마龍馬다. 동화책 속에서 신선 할아버지가 타고 하늘을 날던 날개 달린 용마다.

얼마나 보고 싶고, 타고 싶었던 용마인가? 그 용마가 하늘로 하늘로 날개를 저으며 날아오르고 있는데, 가물가물 작아지던 엄마는 보이지 않는다. 등 뒤에서 소년을 안고 있던 아버지도 없다.

얼마나 타고 싶었던 용마인데, 그러나 소년은 두렵다. 흰 조각구름이 이따금 옆을 스칠 뿐, 푸르고 까마득한 하늘에서 꼭 잡아라, 꼭 잡아. 엄마 목소리만 들린다.

소년은 용마의 목을 꼭 끌어안고 소리친다. 엄마아— 엄마아—.

"일어나 이 자식아."

고함 소리에 놀란 소년이 퍼뜩 깨어 보니 아버지가 눈앞에 서 있다. 타고 있던 용마는 사라지고, 꼭 잡아라, 애타게 소리치던 엄마도 없다.

사진첩에 얼굴을 박고 엎드린 채 가슴에 받쳤던 베개를 꼭 끌어안고 있던 소년은 벌떡 일어나 앉았으나 마음이 허전하다. 놓아 버린 베개처럼 몸속에서 무엇인가 소중한 것들이 뭉텅 빠져나간 것 같다.

울먹이는 소년에게 아버지가 다시 소리친다.

"늬 에미 찾지 말랬지?"

고개를 끄덕이는 소년의 눈에 눈물이 그렁하니 고였다.

"너 외갓집에 가서 살래?"

조금은 누그러진 소리로 아버지가 묻고 소년은 고개를 가로젓는다. 외갓집에는 절대로 안가리라.

소년은 마음속으로 다짐한다.

늘 고함치고 툭하면 때리는 아버지가 무섭고 싫지만 결코 외갓집엔 가지 않으리라. 엄마는 틀림없이 돌아올 것이다.

나를 데리러 집으로 돌아올 것이다. 그런데 내가 외가로 가면 엄마는 돌아와도 만나지 못할 것 아닌가?

소년은 방바닥에 펼쳐진 사진첩을 바라본다. 거기 붙은 사진 속에서는 아직도 엄마와 아버지가 다정히 웃고 있다. 소년도 해맑은 표정으로 엄마 품에 안겨 있다.

"이거 안 치워?"

재차 아버지의 고함에 소년은 황급히 사진첩을 접어 책상 밑으로 밀어 넣는다.

방 귀퉁이에 웅크리고 누운 채 머리 위까지 이불을 뒤집어쓰지만, 아쉬운 꿈과 함께 달아나 버린 잠은 쉽게 다시 오지 않는다.

눈물이 베개를 적시고 가슴에 고였던 서러움이 목구멍으로 북받쳐 오르지만 소년은 울 수가 없다. 엉엉 소리 내어 울면서 발버둥이라도 치면 속이 후련해질 것 같은데 울 수가 없다. 아버지의 벼락이 무섭기 때문이다.

"낼부터는 문밖에 쭈그리고 있지도 말어. 니 에미 안 와. 다시 그러고 있으면 죽는 줄 알어."

오금을 박아 놓고 아버지는 이내 코를 곤다. 술이 덜 취한 탓인가, 욕하고 때리고 난리 치는 일 없이 조용히 잠든 것이 그나마 다행이다.

소년의 아버지는 본디부터 술주정꾼이 아니었다. 본디부터 무서운 아버지도 아니었다.

오랫동안 택시 회사 기사였던 아버지는 소원이던 개인택시를 샀다. 소년이 유치원 다닐 때였다.

"니가 복돼지마냥 줄줄이 새끼를 쳐야 한다."

엄마는 틈만 나면 아버지가 대문 앞에 세워 놓은 차를 닦으며 말했다.

엄마의 소원대로 아버지의 택시가 쉽게 새끼를 치지는 않았지만, 그래도 소년의 집에는 웃음이 넘쳤고 소년의 엄마와 아버지는 희망에 넘쳤으며 소년은 투정과 어리광밖에 몰랐다. 근심도 외로움도 몰랐다. 슬픔 같은 건 더욱 몰랐다.

아버지가 하루 수입을 내놓으면, 엄마는 그 돈을 몫몫이 갈라서 날짜에 따라 여러 개의 통장에 넣었다. 통장에 불어나는 예금 액수만 보고도 엄마는 행복해 했고, 아버지는 곁눈질로 엄마의 그런 모습을 그윽하게 바라보며 산처럼 믿음직한 모습으로 헛기침을 하곤 했다.

엄마와 아버지의 꿈은 야무졌다. 지금은 비록 셋방살이지만, 멀지 않은 미래엔 번듯한 내 집을 장만하고 여러 대의 택시를 가지고 많은 기사를 거느린 택시 회사를 차리는 것이었다.

그러나 엄마와 아버지의 야무진 꿈은 그렇게 쉽게 이루어지지 않았다.

　　택시 회사의 고용 기사로 있을 때엔 십 년이 넘도록 사고를 내지 않았던 아버지는 두 번이나 사고를 냈다.

　　엄마가 날마다 꺼내 보면서 희망을 키워 가던 몇 개의 통장이 사고 뒤처리로 휴지가 돼 버렸다. 상대방의 부서진 차를 고쳐 주고, 치료비를 물어 주는 것은 보험 처리가 되었지만, 아버지가 벌을 받지 않기 위해서는 합의를 보아야 했다.

　　합의서라는 종이 한 장을 받기 위해서 여러 개의 적금 통장에 들어있던 돈이 빠져 나갔고, 거기 함께 들어 있던 엄마와 아버지의 꿈도 허물어졌다.

　　"당신 몸 성한 게 얼마나 다행이우? 이제 차근차근 다시 시작하면 돼요."

　　엄마는 애써 밝은 표정을 하고 아버지를 위로했다. 엄마의 말은 그냥 하는 말이 아니라 진심이었고 간절한 기도이기도 했다.

　　그러나 아버지는 달랐다. 엄마처럼 차근차근 다시 시작하기보다, 빠르고 쉬운 방법으로 손해 본 것을, 무너진 꿈을 다시 찾으려고 했다.

　　"여보, 주식에 손대서 득 본 사람 없대요. 이제 그만 손 떼고 맘 좀 잡아요. 손해 본 건 더 큰 액땜한 셈 칩시다."

엄마가 아버지를 잡고 애원했으나 아버지는 전과 달리 사나운 표정으로 고함을 쳤다.

"상관 마, 내가 알아서 할 티니께."

아버지는 그때까지 남아 있던 단 한 개의 통장을 어머니로부터 빼앗아 갔다. 그 통장에 들어 있던 적은 돈마저 점점 액수가 줄어들어 가면서 건실하고 믿음직스럽던 아버지는 범처럼 사납게 변했다.

"제발, 그만 손을 떼세요. 주식으로 망한 사람 얘기도 못 들었수?"

엄마가 애원하면 할수록 아버지의 고함은 커지고, 욕설까지 터져 나왔다.

"지집년이 재수 없는 소리를 하니 될 것도 안 되지. 쌍놈의 세상!"

손에 닿는 것을 집어 던지고, 발에 걸리는 것은 걷어찼다.

아버지는 차를 모는 시간보다 증권회사의 객장에 나가 목을 뽑고 앉아있는 시간이 더 많았다. 별로 마시지 않던 술을 마시고, 취해서 늦게 들어오는 날은 엄마와 대판 싸움을 벌이기까지 했다.

싸움의 결과는 언제나 같았다.

엄마는 멍든 눈두덩이나 결리는 허리를 잡고 앓아눕고, 아버지는 다시 문을 박차고 나가는 것이었다.

그렇게 문을 박차고 나간 아버지는 이튿날, 남들이 차를 몰고 손님을 태울 시간에 벌겋게 충혈된 눈으로 집에 들어와 다시 엄마를 괴롭혔다.

"예펜네가 앙탈을 하니까 주식은커녕 섯다 끝발도 안 나오지. 재수 없는 년."

그러던 어느 날, 엄마는 한 뭉텅이 날아 든 우편물을 받고 까무러칠 뻔했다. 우편물은 여러 개의 카드 회사에서 온 대여금 상환 독촉장이었다.

엄마가 가지고 있던 통장은 이미 아버지에게 모두 빼앗긴 터고, 빼앗긴 통장에는 남은 돈이 없었다. 결국 아버지는 여러 개의 카드로 손쉽게 돈을 빼서 주식과 도박과 술에 처박았던 것이다.

"못 살아, 나는 못 살아."

엄마는 통곡을 했다.

문 앞에 세워 두었던 아버지의 택시는 어느 날 몰려온 신사들이 문짝마다 딱지를 붙이는 바람에 꼼짝할 수 없게 되었다.

아버지는 꼼짝할 수 없게 된 택시를 몰고 나가는 대신 발로 후려 차서 문짝을 찌그러트려 놓았다. 그리고 이틀간 집에 들어오지 않았다.

엄마는 그 이틀 동안 외가로, 큰집으로 돈을 구하러 다니다가 지치고 허탈한 모습으로 돌아왔다.

"이게 어떻게 장만한 건데……."

엄마는 문짝이 찌그러진 택시, 날마다 닦으며 새끼치기를 빌던 그 택시를 쓰다듬으며 눈물을 흘렸다.

그러나 엄마의 노력도 눈물도 택시에 붙여진 딱지를 떼어 내진 못했다. 끝내 견인차에 끌려가는 택시를 바라보며 엄마는 웃음인지 울음인지 분간 못할 이상한 소리로 내내 중얼거렸다.

"조롱복 팔자에 무슨 택시여?"

소년의 엄마와 아버지, 그리고 소년의 미래에 무한한 꿈을 심어 주고 희망을 키워 주던 아버지의 개인택시는 그렇게 떠났다.

물론 그 택시가 심어 주고 키워 주던 꿈도 희망도 소년의 집에서 떠났다.

아버지의 주정은 갈수록 늘었다.

주식으로 잃은 것을 빨리 복구를 하겠다던 아버지는 증권 회사 객장에 들어가지도 못하게 되었다. 그 대신 한 판 쪼여서 잃은 것을 복구하겠다는 망상에 사로잡혀 있었다.

"재수 드러워, 막판 끗발만 제대루 잡았으면 왕창 긁는 건데, 드럽게 재수도 없지. 지집년이 날마다 바가지를 긁으니 끗발 설 게 뭐여."

엄마는 벙어리가 된 것처럼 입을 닫고 있는데도 아버지는 그렇게 말했다.

그래도 엄마가 아무 말 없으면 이번엔 벙어리가 됐냐고 윽박질렀다. 참다못해 엄마가 한마디 대꾸를 하면 아버지는 그걸 트집 잡아 욕을 걸러 붓고 때리며 화풀이를 했다.

아버지는 완전히 딴사람이 되었다. 소년에게 바위처럼 든든한 믿음을 주던 아버지가 아니었다. 하루 수입을 엄마에게 넘겨주고, 그 돈을 통장에 넣을 액수대로 몫몫이 갈라놓는 엄마를 곁눈으로 그윽하게 바라보며 헛기침을 하던, 그런 여유 있는 아버지가 아니었다.

몸에서는 항상 술 냄새가 나고, 입에서는 욕설과 고함이 튀어나왔다. 운전대를 잡았던 손은 때리고 부수는 데 이골이 났다.

그러나 소년의 엄마는 그렇지 않았다.

"새끼가 무슨 죄여."

예전과 다름없이 소년에게 따뜻한 엄마였다.

소년이 등교한 후에 파출부로 일하면서도, 소년에겐 항상 따뜻한 밥을 먹이고 깨끗한 옷을 입혔다. 학교에 늦지 않게 시간 맞춰 깨우고 책가방을 챙기게 하는 것도 잊지 않았다.

비록 아버지의 개인택시가 줄줄이 새끼를 쳐서 어엿한 내 집 장만하고 택시 회사를 차리는 꿈은 빼앗겼지만, 엄마는 변하지 않았다.

"너는 그저 공부나 열심히 하면 돼. 아버지가 저러다 정신 차리시면 다시 차 끌고 돈 많이 버실 거다. 그래서 내 새끼 중학교 가고 대학도 가고 그래야지."

엄마는 희망도 버리지 않았다.

그러나 아버지는 엄마의 말대로 정신 차릴 기미가 보이지 않았다. 희망을 찾을 생각도 없어 보였다.

간신히 택시 회사 고용 기사로 취직했으나 두 달도 안돼서 해고되고, 스페어 기사로 전락했다.

그러나 그것도 역시 몇 달 못 가서 회사 택시 운전대를 잡을 수 없게 되었다.

회사에서 교대할 기사가 없어서 택시를 놀리는 경우가 있어도, 소년의 아버지에게는 운전대 잡을 시간을 내어 주지 않았다.

"개 같은 놈들. 사람을 뭘루 보구 지랄여? 내가 이래 뵈도

십오 년 경력인데, 지덜 맘대루 운전대를 뺏어? 개 같은 놈들……."

욕설로 분풀이를 하지만 회사는 아버지의 운전 경력 따위에 관심이 없었다.

결국 아버지는 늦은 밤, 술 취한 손님들의 자가용을 끌어주는 대리 운전기사로 전락했다.

소년이 학교에 갈 때까지 잠자고 있던 아버지는 저녁엔 보이지 않다가 늦은 밤, 소년이 잠든 뒤에 돌아오곤 했다.

욕설과 고함으로, 혹은 엄마를 때리고 난리 법석을 쳐서 소년의 잠을 깨우는 날이나 일요일 말고는, 소년이 볼 수 있는 아버지는 잠든 모습뿐이었다.

소년은 그런 아버지에게 마음을 닫았다. 눈 마주치기를 피하고 묻는 말에도 아주 짧은 대답뿐이었다.

"이누무 새끼 점점 버르장머리가 없어……."

겨우 2학년이 된 소년을 발로 차거나, 빗자루로 때렸다. 그것은 또 엄마와 아버지의 싸움으로 변하기가 일쑤였다. 그것은 매 맞는 소년을 보호하기 위해 엄마가 아버지 앞을 가로막고 나서기 때문이었다.

"이렇게 에미가 싸고도니까 애새끼 버르장머리가 점점 없어지지."

그럴수록 아버지의 분노는 커지고, 어머니는 많은 매를 맞았다.

소년은 자신이 매를 맞아도 비명을 지르거나 울지 않아야 한다는 걸 알았다. 아파도 내색을 하지 않아야 엄마가 모르고, 그래야 엄마가 아버지와 싸우지 않고 맞지 않는다는 걸 알게 되었다.

2학년, 어린 나이에 너무 일찍, 너무 많은 걸 생각한다는 것은 슬픈 일이기도 했다.

그러나 소년은 그때까지도 슬픔이 무엇인지를 몰랐다. 어머니가 있기 때문이었다.

아버지가 말할 수 없이 변했지만, 무섭고 싫어졌을 뿐, 그것이 슬픈 것은 아니었다.

예전에는 소년이 아버지를 무척 따랐다. 놀이공원 목마처럼, 아버지 등을 타고 방 안을 빙글빙글 돌거나, 어깨 위에 올라앉아 양발로 목을 감고 두 팔을 벌린 채 비행기 놀이를 하기도 했다.

"애야, 아버지 피곤하신데 좀 쉬셔야지."

엄마가 만류해도 소년은 극구 아버지 몸 냄새를 맡고 아버지와 살을 부비는 것이 좋았다.

그러던 소년이, 엄마의 결리는 허리를 주무르며 못할 말을 하게 되었다.

"아버지 죽었으면 좋겠다."

누웠던 엄마가 벌떡 일어나, 소년의 허리를 끌어안고 볼기를 여러 대 때렸다.

"이 나쁜 녀석, 어디서 그런 고약한 말을 배웠어? 또 그런 말 할래? 또 그런 못된 말 할 거야?"

소년은 그때 맞은 볼기의 아픔보다도, 엄마의 갑작스러운 분노를 이해할 수가 없어서 당황했고, 당황스런 마음을 수습할 수가 없어서 울음을 터트렸다.

우는 소년을 잡고 엄마가 다시 말했다.

"또 그런 못된 말하면 순경한테 잡아가라고 할 거야."

소년은 얼결에 고개를 끄덕이고 울음을 참았지만, 엄마의 마음을 알 수 없는 것은 마찬가지였다.

그러던 엄마가 며칠간 파출부 일도 나가지 않고, 학교에 와서 교실 창 너머로 소년이 공부하는 모습을 보기도 하고, 교문 앞에 와서 기다리다 소년과 함께 떡볶이를 먹기도 했다. 늘 챙겨 주던 옷과 양말을 서랍에 개켜 넣고, 있는 곳을 되풀이해서 일러 주기도 했다.

"학교 지각하거나 결석하지 말고, 숙제하고 일기 쓰는 거 빼먹으면 안 돼. 텔레비 너무 오래 보지 말고 일찍일찍 자야 돼. 알았어?"

평소에 때맞춰 하던 말을 몰아치기로 거듭하기도 했다. 그때마다 소년은 건성으로 고개를 끄덕였다.

그러던 엄마가 어느 날, 눈물로 얼룩진 편지 한 장 남겨 놓고 사라진 것이다.

아버지는 '니 엄마 도망갔으니 찾지 말라'고 했다. 동네 아줌마들은 고무신을 거꾸로 신었을 것이라고 말했다.

그러나 소년은 엄마가 써 놓은 편지를, 소년을 데리러 온다는 말을 믿었다.

그래서 소년은 기다렸다.

1년, 소년에겐 참으로 길고 힘든 시간이었다. 할머니가 옆에서 함께 기다려 주고 힘이 되어 주었지만, 그래도 소년이 보낸 1년은 참 힘든 시간이고 긴 시간이었다.

집을 나간 엄마가 돌아오지 않았지만, 소년은 3학년이 되었다. 교실도 바뀌고 짝꿍도 바뀌었다. 새 가방도, 새 학용품도 없이 새 학년, 새 담임을 맞았다.

학용품 검사를 하던 새 담임이, 소년의 책상 위에 펼쳐 놓은 것을 보고 어처구니가 없는 표정을 지었다.

학교에서 나눠 준 교과서 외에 새 학년용으로 준비된 학용품이란 도대체 눈을 씻고 봐도 없었기 때문이다.

여러 교과를 엄불러 쓰는 공책 한 권, 반 도막짜리 연필 한 자루와 뚜껑이 없는 팬시 볼펜 하나가 전부였다.

전날, 검사에 대비해서 준비하라고 적어 준 학용품 목록이 이십여 가지가 넘었다. 새 학년, 새 교과서 내용에 따라 필요한 것들이었다.

그런데도 소년의 책상 위에는 새로 준비한 것은커녕, 전 학년에서 쓰던 것들도 제대로 구실할 만한 것이 없다.

새 담임은 한숨부터 쉬고 나서 소년에게 물었다.

"너, 오늘 학용품 검사 한다는 얘기 못 들었니?"

"들었습니다."

"그런데 왜 준비를 안 해 왔니?"

"……."

"왜 안 해 왔어?"

선생님의 목소리가 조금 커졌다. 그래도 소년은 대답을 하지 않았다.

"오늘은 집에 가서 엄마한테 꼭 사 달라고 해. 알았니?"

소년은 새 학용품을 사 줄 엄마가 없다는 말을 하지 않았다. 그냥 고개만 끄덕였다.

대답을 어떻게 하든 내일도 오늘과 달라질 게 없다는 것을 선생님께 설명하기란 어려운 일이기 때문이다.

지난 밤, 소년은 아버지 얼굴도 못 본 채 잠이 들었었다. 아침에 일어나 보니 아버지는 그때까지 자고 있었다.

"아버지, 학용품."

떠메어 가도 모를 만큼 늘어져 있는 아버지를 흔들며 소년이 한마디 했으나, 아버지는 여전히 코만 골 뿐이었다.

머리맡에 던져진 천 원을 들고 나온 소년은 학용품 가게 앞에서 망설였다.

천 원이면 학습장 두 권은 살 수 있다. 그러나 그것으로 학용품 검사를 받기엔 턱도 없는 일이다. 또 그나마 학습장 두 권을 사고 나면 아침과 저녁은 굶어야 할 판이다.

어머니가 집을 나간 후, 그래도 전기밥솥에 밥을 해 놓고 소년더러 퍼먹으라던 아버지는, 그나마 요즘은 집어치웠다. 천 원 지폐 한 장을 던져 주고 아침과 저녁을 빵 하나로 때우라는 것이다.

다행히 학교에서 무상급식을 하는 덕에 급식비 걱정 없이 점심 한 끼는 배불리 먹을 수 있다. 그러나 아침, 저녁 두 끼를 빵 한 개씩으로 때우다 보니 소년의 뱃속은 늘 비어 있는 것처럼 허전하다.

비어서 허전한 것은 소년의 가방도 마찬가지다. 어머니가 때맞춰 차곡차곡 챙겨 주던 학용품이 어머니의 가출과 함께 끝났기 때문이다.

　차츰 헐렁하게 비워지는 소년의 가방 속에서 빠져나가는
것은 학용품 말고도 또 있다.

　엄마가 학용품과 함께 가방 속에 담아 주던 꿈과 희망, 나
날을 동화처럼 살던 즐거움도 모두 빠져나가 버린 것이다.

　아니 그것은 소년의 마음, 가슴속에서 빠져나간 것인지도
모른다.

　엄마의 가출 후, 소년의 배와 가방과 가슴, 모두가 헐렁해
진 셈이다.

　이튿날, 소년의 학용품 때문에 난리를 피운 것은 선생님이
아니라, 옆의 짝꿍이었다.

　자리가 정해진 첫날부터 소년과 짝이 된 여자애는 입을 한
뼘쯤 내밀고 대단히 화가 나 있었다. 땟국이 줄줄 흐르는 소
년의 옷차림부터 못마땅한 때문이었으리라.

　여자애는 물론 3학년에 와서 처음 만난 것이다. 선생님의
다짐에도 불구하고, 첫째 시간에 교과서와 헌 공책만 놓여
있는 소년의 책상을 보고 짝꿍 애는 눈살을 찌푸렸다.

　그리고 입을 삐죽거리며 중얼거렸다.

　"거지같이 옷도 더럽고 학습장도 고물딱지야."

　소년은 들고 있던 연필로 짝꿍 애의 깨끗한 새 공책에 줄

을 벅벅 그어 놓았다. 짝꿍은 금방 울상이 되어 소리쳤다.

"선생님, 애 봐요. 내 공책 다 망쳐 놨어요."

아이들이 모두 쳐다보고, 선생님이 다가왔다.

"왜 그랬니?"

선생님이 짝꿍 애의 공책을 보고 물었다.

"몰라요. 괜히 그래요."

짝꿍 애가 소년을 흘겨보며 말했다.

"왜 그랬어?"

선생님이 소년에게 다시 물었다. 그러나 소년은 대답하지 않았다.

소년이 화 난 까닭을 얘기해 봐야, 짝꿍은 아니라고 잡아 뗄 것이고, 선생님은 분명 소년의 말보다 짝꿍의 말을 더 믿을 것이 뻔하기 때문이다.

"너 참 골칫거리구나."

선생님이 말하고 한숨을 쉬었다.

"저 자리 바꿔 주세요. 애랑 앉기 싫어요. 옷도 더럽고 냄새나요."

짝꿍은 옆으로 돌아앉으며 볼멘소리로 말했다. 선생님은 다른 말을 더 하지 않은 채 돌아섰다. 돌아서는 선생님의 눈빛에서 소년은 자신이 이미 버림받고 있다는 것을 읽었다.

1, 2학년 때의 짝꿍 민희도 역시 여자애였지만, 그렇지 않았다. 선생님 역시 새 선생님 같지 않았다.

2학년 봄 소풍 때만 해도 엄마가 손수 김밥을 말아서 선생님 몫까지 챙기고, 짝꿍에게 줄 사탕 봉지도 함께 가방에 넣어 줄만큼 친했다.

소년은 엄마의 정성만큼 짝꿍과 사이가 좋았고 친구들에게도 인기가 있었다. 그리기도, 글쓰기도, 발표도 잘해서 선생님께 받는 칭찬과 상도 여느 애들보다 많았다.

그러나 소년은, 여름방학이 끝나고 이 학기에 접어들면서 지쳐 가기 시작했다.

엄마가 집을 나간 후, 몇 달간 모든 걸 스스로 챙기며 힘겹게 버텼으나 더 이상 견딜 수가 없었다.

2학년 끝머리에 왔을 때, 소년은 아주 허물어졌다.

옷도 양말도 입고 신은 그대로 몇 달씩 갔고, 숙제는 관심 밖의 일이 되었다. 그만큼 아이들도 점점 소년에게서 멀어져 갔다.

자신도 모르는 사이에 소년은 외톨이가 되었고, 늘 허기를 채울 일에나 마음을 쓰는 아이가 되었다.

학년 말 종업식 때, 소년은 상장 하나도 없이, 과목마다 '노력을 요함'이라는 최하 등급의 평가 결과가 기록된 성적표

한 장만 달랑 받았다.

상 받을 일이 있으면, 그 명단에 빼놓지 않고 이름이 오르고, 여럿 앞에서 불려 나가던 예전의 소년이 아니었다.

모두의 관심 밖으로 밀려난 소년, 외톨이가 된 소년을 그래도 예전처럼 대해 주는 건 짝꿍뿐이었다.

소년이 숙제에 관심 없어 할 때도 짝꿍은 일쑤 자기가 해 온 숙제를 슬며시 내밀어 주고 얼른 베끼라고 하거나, 색종이 같은 준비물을 한 몫 더 가져와서 쥐어 주기도 했다.

그래도 소년은 예전처럼 고맙다거나 반가운 표정을 지어 보이는 일조차 없었다. 항시 무표정한 얼굴뿐이었다.

2학년 때 선생님은 가끔 그런 소년의 손을 보듬고 안타깝게 말했다.

"인규야, 너 왜 이러니? 언젠가는 엄마가 돌아오실 텐데, 엄마가 실망하시면 어쩌려고?"

엄마가 돌아오리라는 기대를 소년은 이미 버렸다. 그러니 엄마가 실망하면 어쩌느냐는 선생님의 말이 귀에 들어갈 리 없었다.

엄마가 돈을 많이 버는 것만큼 나도 상을 많이 타 놓았다가 엄마를 기쁘게 하리라는 의욕과 노력도 허망한 것이 되었다. 아버지는 거들떠보지도 않지만, 엄마에게는 꼭 보여 주리라고 차곡차곡 모아 두었던 상장들을, 소년은 어느 날 모두 찢어 버렸다. 그리고 울었다.

짝꿍 민희 말고는, 모든 여자애들은 물론 잘 어울려 놀던 또래 사내애들조차 자신을 멀리하는 이유를 잘 알고 있었지만, 소년은 그냥 견뎌 낼 수밖에 없었다.

3학년, 소년은 엄마를 기다리다 지친 것만큼, 엄마에 대한 기대나 희망이 희미해져 가는 것만큼 자신에게도 무관심해졌다.

남루하고 냄새나는 몸차림이나 따돌림, 그래서 언제나 혼자여야 하는 외로움에도 익숙해졌지만, 배고픔을 이기는 데는 아무리 시간이 가도 익숙해질 수가 없었다.

하루 세 끼 중, 학교에서 먹는 점심 말고는 따뜻한 밥을 먹어 본 기억이 없다. 기껏 빵 하나, 우유 한 잔으로 끼니를 때우는 것이 고작이었다.

대문 옆이나 그 언저리를 맴돌며 엄마를 기다리는 것도 걷어치웠다.

날마다 소년 옆에 앉아서 소년의 어머니를 기다려 주던 할머니에 대한 관심도 접었다.

방과 후에도 아무데서나 어정거리다 늦게 돌아오는 소년을 보거나, 가방을 팽개쳐 두고 곧장 나가는 소년을 볼 때마다 할머니는 소년에게 물었다.

"야야, 너 또 어디 가나?"

그럴 때마다, 소년은 돌아보지도 않고 퉁명스럽게 대답한다.

"저기요."

할머니는 늦겨울 기운 없는 볕 쪼임을 하면서, 소년마저 옆에 있어 주지 않는 것이 못내 허전한 모양이었다.

"야야, 니 엄마 왔다 그냥 가뿔면 어쩔라고 나댕기나?"

할머니가 저만큼 멀어져 가는 소년에게 소리치지만, 소년은 돌아보지도 않고 대답도 않는다. 그래도 유일하게 소년을 볼 때마다 말을 걸어 주고 관심을 보여 주는 할머닌데 모른 체, 그냥 가는 것이 소년은 조금 미안하다.

그러나 이제 엄마는 오지 않는다고 단정해 버린 소년은 더 이상 할머니와 함께 대문 앞에 지켜 있을 필요가 없다.

한 끼, 또는 두 끼 빵 값을 집어넣으면 한참 동안 외톨이가 된 쓸쓸함도 잊고 배고픔마저도 잊고 지낼 수 있는 오락기에 소년은 요즘 흠뻑 빠졌다.

2학년 2학기부터 엉망이었지만, 3학년에 올라와서는 모든 게 더욱 엉망이다.

그래도 이것저것 마음을 써 주던 2학년 때의 짝꿍이 다른 반으로 갈려 간 것도 소년에겐 적지 않은 상처다. 가끔 손을 잡고 너 왜 이러느냐고 안타까워하던 선생님과 헤어진 것도 조금은 슬픈 일이다.

새로 맞은 짝꿍은 처음부터 틀려 버렸고, 새 선생님도 이미 자신을 버린 눈치다. 골칫덩이로, 차라리 다른 학교로 전학이라도 가 버리면 시원할 존재로 점을 찍어 놓은 게 분명하다. 앞줄부터 아이들의 숙제장에 도장을 찍어 오던 선생님이 소년의 앞에 와서는 도장 대신 회초리를 꼬나들고 손바닥 내밀라는 눈짓이 먼저다.

말없이 두 손을 쫙 펴서 선생님의 코앞에 내밀면, 가늘고 야무진 회초리가 소년의 손바닥에 모질게 부딪친다. 소년은 손바닥에 회초리가 떨어질 때마다 눈을 질끈질끈 감고 이를 악물 뿐, 손바닥을 비키거나 비명 한마디 지르지 않는다.

회초리의 강도만큼 자신에 대한 선생님의 미움이 큰 것이라고 소년은 생각한다.

그럴 때마다 소년도 선생님에 대한 미움을 마음속에서 키운다. 그리고 선생님이 미워지는 만큼 그 앞에서는 절대로 아파서 쩔쩔매는 모습은 안 보이리라고 다짐한다.

아무리 때려도 나는 절대로 비명을 지르거나 울지 않으리라. 숙제도, 일기 쓰기도 절대로 하지 않으리라. 소년의 가슴엔 자신도 알 수 없는 오기가 쌓인다.

툭하면 선생님 얘 봐요, 하고 일러바치는 짝꿍에게도, 소년은 심술이 늘어간다.

글씨 쓰는 팔을 툭 쳐서 망가트리기도 하고, 책상 위에 잘 놓여 있는 크레파스 갑을 일부러 밀어 떨어트리고 시침을 떼기도 한다.

짝꿍이 눈을 흘기거나 거지새끼라고 욕을 하고 일러 바쳐서 손바닥을 맞게 해도 소년의 심술은 줄지 않는다. 툭하면 거지새끼라는 욕설과 일러바치기를 일삼는 짝꿍의 입과 소년의 심술은 마치 줄다리기라도 하듯 서로 버틴다.

한번은 스스로 화를 건디지 못한 짝꿍이 울고불고 난리를 치더니, 이튿날 등굣길에 짝꿍의 엄마가 소년의 등덜미를 낚아챘다.

"너 요 녀석 왜 자꾸 우리 순혜를 괴롭히니?"

"내가 언제유?"

얼굴이 벌겋게 달아오른 짝꿍의 엄마 앞에서 소년은 태연했다.

"이 녀석 시침 떼기는? 너 또 그러면 선생님한테 퇴학시키라고 할 거야."

"겁 안 나유. 나 퇴학당하면 더 좋거든유."

소년은 짝꿍 엄마의 눈을 똑바로 쳐다보고 천연덕스럽게 말했다. 짝꿍 엄마는 어처구니가 없었던지 잡고 있던 소년의 덜미를 슬그머니 놓아 버렸다. 그 대신 대단한 겁을 주었다.

"이놈 안 되겠다. 순경한테 잡아가라고 해야지."

"퇴학시키라구 해유. 순경한티 잡아가라구 해유. 겁 안 나유."

소년은 씨익 웃고 돌아섰다. 짝꿍의 엄마는 그런 소년의 뒤통수를 멍하니 쳐다보며 혼자서 식식거리다 가 버렸다.

교실로 돌아온 소년은 다짜고짜 짝꿍 순혜의 가방을 발로 후려 찼다.

걸어 채인 가방은 훌렁 엎어지면서 속의 것들을 모두 토해 내었다.

"이 거지같은 새끼. 왜 또 지랄여?"

짝꿍이 울상이 되어 발을 동동 굴렀다.

"지지배야, 니 엄마한테 물어 봐."

소년은 동동거리는 짝꿍을 쳐다보지도 않고 태연히 앉아서 말했다.

"또 일러바쳐. 지지배야."

소년은 작으나 매몰찬 소리로 다시 말했다.

마침 선생님이 교실에 없으니 지금 아무리 짝꿍이 난리를 쳐도 소용없을 것이다.

그러나 나중에 짝꿍이 아니면 다른 누군가가 꼬치꼬치 일러바칠 것이다. 그래도 소년은 배짱이다.

'까짓것 때리면 맞지……'

소년은 왜 그러는지, 아니 왜 그렇게 되는지 자신도 알 수가 없다. 그냥 화가 난다. 때 없이 심통이 솟는다.

저희끼리 호호 낄낄 재미있게 웃는 것을 봐도 심통이 나고, 좋은 학용품을 자랑하는 애를 봐도 밉고 심술이 나고, 배가 고플 땐 그런 심통이, 심술이 저절로 발동을 할 만큼 더욱 화가 난다.

짝꿍 애는 그런 소년의 심통을 분수없이 건드리는 바람에 그중 골탕을 먹는 셈이다.

어떤 때는 골탕을 먹고 울고불고 난리 치는 짝꿍 애가 불쌍해 보이기도 하지만, 소년은 그런 마음을 애써 누르고 감춘다.

'니가 거지새끼라고 안 그러면 나도 골탕 안 멕일 거 아녀?'

소년은 짝꿍에게 그렇게 말해 주고 싶은 때도 있지만, 소년을 대하는 짝꿍의 얼굴을 보면 그런 맘이 싹 가신다. 늘 걸레 씹은 얼굴이고 시궁창 옆에 앉은 시늉이기 때문이다.

새 학년에 올라와 벌써 몇 달이 됐는데도 소년과 짝꿍 애의 사이는 조금도 좋아지지 않는다. 오히려 갈수록 나빠질 뿐이다.

몇 번씩이나 자리를 바꿔 달라는 짝꿍의 말을, 선생님이 못 들은 체하고 넘어가는 건, 소년을 위해서가 아니다. 아무도 소년과 같이 앉으려는 아이들이 없기 때문일 것이다.

억지로 소년의 옆에 다른 여자애를 앉히거나, 소년을 다른 자리로 옮겨 앉히면 그 애들이 새로 한바탕 난리를 피울 것이다.

엄마들이 쫓아와 왜 하필 자기 아이를 소년 옆에 앉히느냐고 야단을 칠지도 모른다.

1, 2학년 때의 짝꿍 민희가 3학년 때도 그냥 한 반이 됐더라면, 그 애는 아마 스스로 소년 옆에 앉겠다고 했을지도 모른다.

2학년 때까지 짝꿍이었던 민희는 학년이 바뀌면서 반이 갈리기는 했지만, 지금도 소년에게 아는 체를 하고 친한 척해 준다. 운동장이나 골마루에서 이따금, 우연인 것처럼 옆에 다가와 걸음을 맞추면서 말을 걸기도 한다.

"니네 반은 다음 시간 뭐니?"

별것도 아닌 것을 묻거나

"니네 선생님 무섭다며? 우리 선생님은 무지 맘 좋다."

대답이 필요 없는 말을 물어 놓고는 그냥 지나쳐 가는 것이다. 그런가 하면 어느 때는 말도 없이 그냥 툭 치고 지나가면서 시침을 떼기도 한다.

그럴 때마다 소년은 그냥 힐끗 쳐다보고는 그만이다. 다른 아이들이 그랬다면 분명 소년은 뒤쫓아 가 벌컥 떠밀거나 등깜을 쥐어박았을 것이다.

그러나 소년은 옛 짝꿍 애의 마음을 알고 있다.

5월 소풍날이었다. 지난 2학년 때는 소년 역시 다른 아이들처럼 신나는 날이었는데, 3학년 되고는 모든 게 엉망이니 소풍날이라고 신날 것도 즐거울 것도 없다. 오히려 들떠서 설치는 아이들을 바라보고 있자니 화가 나고 심통이 나는 판이다.

운동장 구석에서 매칼없이 잔돌을 툭툭 차며 어정거리고 있는 소년 앞에, 어느새 다가왔는지 지난해 짝꿍 민희가 서 있었다.

"뭐하는 거니?"

소년의 앞을 딱 가로막은 채 두 손을 등 뒤로 감춘 민희가 물었다. 소년은 늘상 하던 대로 말 없이 민희를 힐끗 쳐다보았다.

"이거 우리 엄마가 너 갖다 주래."

뒤로 감췄다가 불쑥 내미는 민희의 손에 들린 건, 보나마나 김밥 도시락이었다. 소년이 받을 생각도 않고 빤히 쳐다만 보고 있는데, 민희는 감췄던 또 다른 손을 소년 앞으로 내밀었다. 그 손엔 사탕 봉지가 들려 있었다.

"바보야 뭐해? 얼른 받아."

민희는 멍하니 서 있는 소년의 손을 당겨 들려주고는 획 돌아서 달아나 버렸다.

와글대는 아이들 쪽을 향해 달려가는 민희의 원피스 자락이 팔랑팔랑 꽃잎처럼 흔들렸다. 소년은 도시락과 사탕 봉지를 든 제 손과 꽃잎처럼 팔랑거리는 민희의 원피스 자락을 번갈아 바라보았다.

갑자기 가슴이 찡하게 울리더니 눈가에 핑그르르 물기가 돈다.

팔랑거리던 민희의 원피스 자락이 알록달록한 아이들의 옷자락 속에 파묻히면서, 운동장 전체에 짙은 안개가 내려앉은 것처럼 흐릿해진다.

눈물겹게 고마운 일인데 소년은 막상 그런 말 한마디를 못했다.

"지지배!"

소년은 이미 시야에서 사라진 민희를 향해 헛소리처럼 뇌이고는 재빨리 손에 든 것들을 주머니에 집어넣었다.

흐릿해진 눈을 두 손으로 비비고 난 소년은 빠른 걸음으로 강당 뒤로 향했다.

김밥을 준 민희의 마음을 소년은 안다. 소풍날은 학교 급식이 없는 데다, 도시락 싸 줄 사람도 없으니 전해 준 김밥을 가지고 소풍을 가라는 것일 것이다.

그러나 소년은 강당 뒤에 앉아서 김밥을 순식간에 먹어 치웠다. 게맛살과 달걀부침, 단무지와 소시지를 넣어 만든 김밥에 꿀은 없었지만 꿀맛이었다.

오락기에 손을 털린 덕분에 엊저녁은 굶었다. 소풍날이라 매점에서 들락거리는 아이들 때문에 빵 사 먹을 틈이 없어서 아침도 거른 처지다.

소풍지에서 남 먹을 때 같이 먹으라고 김밥을 싸다 준 민희의 마음은 알지만, 소년의 빈 뱃속은 민희의 마음을 헤아릴 겨를이 없다.

뱃속에서 소리치는 대로 순식간에 김밥을 먹어 치운 소년은 뒤늦게, 아이들이 줄을 서서 기다리고 있는 틈새로 끼어들었다.

그날 소년은 소풍을 가지 않았다.

배를 움켜쥐고 엄살스러운 얼굴로 소풍을 못 가겠다는 소년에게 선생님은 그냥 범상한 얼굴로 물었다.

"왜?"

"배가 아파서요."

"그래? 그럼 집에 가서 쉬어라."

선생님은 이내, 알록달록한 옷을 입고 배가 불룩한 가방을 짊어진 아이들에게로 시선을 돌렸다.

"거기 빈자리 메우고 빨리빨리 줄을 맞춰라."

줄에서 빠져나와 조회단 앞을 지나서 출입구를 향해 걸어가는 소년의 어깨가 유난히 굽어 있었다.

본관 뒤 급식소 벽에 몸을 감추고, 머리를 내민 채 우두둑우두둑 사탕을 깨물며 후문 쪽을 살피던 소년은 적이 실망스러운 표정이 되었다.

줄지어 후문을 빠져 나가는 아이들 속에서 혹시나 하고 기대했던 민희의 원피스 자락이 보이지 않았기 때문이다.

시끌벅적한 고학년 아이들까지 모두 학교 담장 밖으로 밀려 나간 뒤, 소년은 시무룩한 얼굴로 후문을 빠져 나왔다. 곧장 오락실로 들어간 소년은, 문 닫을 테니 그만 가라는 주인의 재촉을 받을 때까지 오락기에 붙어 앉아서 시간을 보냈다.

점심 몫으로 3백 원짜리 빵 한 개를 사 먹고 나머지 700원으로 해가 저물도록 오락 게임을 즐겼으니 꽤 재수가 좋은 날이다. 민희가 내민 김밥으로 아침도 제대로 먹은 셈이니 저녁은 굶었어도 여느 날처럼 뱃가죽이 등에 붙을 지경도 아니다.

가로등 빛이 누렇게 깔린 큰길을 지나 집 앞 골목 어귀에 들어서자 이제껏 못 보던 전등 빛이 골목을 희미하게 비추고 있다.

검은 글씨가 크게 쓰인 흰 종이 등이다.

다가간 소년이 등 밑을 보니 소반 위에 밥과 된장이 담긴 그릇이 나란히 놓여 있다. 그 밑에는 낡은 털신도 한 켤레 놓여 있다. 소년이 엄마를 기다릴 때, 그 옆에서 해바라기하던 할머니의 발에 신겨 있던 그 털신이다.

"앓지도 않고 그렇게 잠자듯 돌아가시는 것도 복이지. 날씨도 좋고, 그 노친네 다른 복은 없었어도 죽는 복은 있네."

지나가는 사람들의 말을 듣고 소년은 비로소, 종이 등을 매단 대문 안에서 무슨 일이 일어났는가를 안다.

이제 소년이 오갈 때마다 한마디씩이나마 말을 걸어 줄 사람도 없게 되었다.

낡은 털신을 내려다보며 중얼거리는 소년의 귀에 할머니의 목소리가 들리는 것 같다.

‘야야, 니 엄마 왔다 그냥 가뿔면 어짤라고 나댕기나?’

‘할머니!’

소년은 마음속으로 할머니를 부른다.

‘나는 천당이 아무리 좋아두 죽는 건 싫은디, 뭣할라구 죽었슈. 천당에 그렇게 빨리 가구 싶었나유? 천당에서는, 우리 엄마가 이 세상 어디에 있는지 보이나유? 보이면 나한티 말해 주실 거지유?’

하늘로 향한 소년의 눈으로 유난히 반짝거리는 큰 별 하나가 내달아 온다. 그것은 천당의 할머니가 보내는 응답이라고 소년은 생각한다. 눈물 그렁한 소년의 눈을 향해 할머니의 응답이, 보석처럼 빛나는 별빛이 무더기로 달려온다.

별이 쏟아지는 밤

날이 저문다.

한낮에는 그냥저냥 견딜만 하던 바람이 감췄던 칼날을 세우고 몸속으로 파고든다.

"쓰발 옴재수여……."

오락실에서 손을 탈탈 털리고 나온 소년은 자라목을 한 채 중얼거린다.

거리는 해 진 뒤, 어둠이 깔리기도 전에 미리 켜진 가로등 빛으로 노랗게 물들어 있다. 그러나 썰렁하다.

칼날을 세운 강추위가 사람들을 모두 울안으로 몰아넣는 바람에 거리는 죽은 듯이 고요하다. 그래서 더 썰렁하다.

소년은 길가에 웅크리고 선 채 사방을 두리번거린다. 어디로 가야하나, 그러나 마땅히 갈 만한 곳이 없다.

다른 아이들은 모두 따뜻한 방에 들어앉아서 아무것도 아닌 일을 가지고 엄살을 떨거나 아니면 자랑을 하면서 부모와 형제들 앞에서 하루 이야기를 하겠지.

소년은 그렇게 따뜻한 가족들과 따뜻한 방에서 시시콜콜한 하루 이야기를 나눠 본 것이 까마득하다.

소년은 뱃속이 헐렁하다. 그래서 겨울 초저녁의 찬 날씨가 더 춥다. 웅크린 몸을 더욱 웅크려도 온몸에서 덜거덕 소리가 나도록 떨린다.

따뜻한 방, 따뜻한 아랫목에서 더운 밥 한 그릇이 마냥 그립지만, 이 판에 그걸 바라는 건 게임기에서 왕대박 터지는 것보다도 어려운 일이다.

'으드드드……' 이빨이 기관총 소리를 내도록 삭신이 떨리는데, 헐렁한 뱃속은 무얼 들여보내라고 염치없이 소리를 지른다.

소년은 까닭 없이 화가 치밀고 그리고 조금은 슬픈 생각이 든다.

"쓰발……."

누군가에게 단물을 빼앗기고 추운 길거리에 버려진 깡통

을 후려 찬다. 애꿎게 걷어 채인 깡통이 요란한 비명을 지르며 달아난다. 그래도 끓는 속은 풀리지 않고 갈 만한 곳이 떠오르지 않는다.

아래쪽으로 가면 시내고, 위쪽으로 가면 소년의 집이 있는 달동네다.

아래쪽 시내로 가면 거리는 여기보다 더 겁나게 환하고 밝을 것이다. 일머리 없는 또라이, 깔치들은 물론 공부가 지겨운 중딩이, 고삐리들까지……. 온갖 꼴통들이 다 몰려나와서 거리가 미어져라 하고 싸다니며 수다 떨고 지랄들을 할 것이다.

곳곳에 장난감이나 모조품 장신구를 파는 행상들이 즐비하고, 틈새엔 오뎅과 풀빵, 붕어빵, 뺑뺑이떡, 군밤과 군고구마 등을 파는 먹거리 치들도 끼어 있을 것이다.

소년은 등짝에 붙을 만큼 오그라든 배에 힘을 불끈 주고 침을 꿀꺽 삼킨다. 먹거리 장사치들의 좌판에 널린 온갖 것들이 눈앞에 선하다. 다시 침을 꿀꺽 삼킨다. '꼬르륵…….' 뱃속이 또 염치없이 소리를 지른다.

학교급식 시간에 배가 풍선처럼 부풀도록 먹어 놨지만, 그게 다 어디로 갔는지 똥 한 번 싼 일도 없는데 뱃속은 제 맘대로 쪼그라 붙어서 난리를 치고 있다.

소년은 등짝에 붙을 만큼 오그라든 배에 불끈 힘을 주고 침을 꿀꺽 삼킨다. 다만 동전 몇 닢이라도 있어야 먹거리 치들 옆에 얼씬거리다 들고 튈 배짱이 생길 텐데…….

소년은 여기저기 주머니 있는 대로 손을 넣어 더듬어 보지만 손에 걸리는 것이 없다. 혹시 집다가 흘리거나 주머니 귀퉁이에 쑤셔 박힌 동전 하나라도 잡힐까 해서였지만, 손에 걸리는 것이 없다.

돈 먹는 하마처럼 쇠만 집어넣으면 뱉어 낼 줄을 모르는 그놈의 꼴통 오락기에 집어넣은 것이, 어김없는 열 번째 동전이었으니 남은 게 있을 턱이 없는 것이다.

"증말루 개털이네 쌍!"

중얼거리는 소년의 입에서 허연 입김이 푸짐하게 쏟아져 나온다. 뱃가죽이 등짝에 붙을 만큼 텅 빈 뱃속인데 헛바람이 든 탓인가?

텅 비고 썰렁한 길 복판에서 가로등 빛을 받고 선 소년의 얼굴이 황달 든 노인처럼 누렇다. 그 위에 오스스 소름이 돋았다.

소년은 고개를 숙이고 잠시 생각에 잠긴다.

'어디로 갈까?'

그러나 선뜻 발길 내키는 데가 없다.

윗길로 가면 그의 집이다. 그러나 그쪽은 맘이 내키지 않는다. 맞아 주는 식구는커녕 어둡고 썰렁한 방에 바윗덩이 같은 정적이 소년을 덮치려고 기다릴 것이다. 불기라곤 구경조차 못해 본 방 안에서 정적에 휩싸여 있으려면 배고픔도 추위도 곱으로 덤벼든다.

술에 옴팍 꼴아 버린 아버지가 돌아오려면 자정은 돼야 할 것이다. 아버지가 돌아온다고 해도 트집 잡혀 얻어터지는 것 외엔 득 될 게 없다. 그러니 열한 시까지는 집으로 들어갈 이유도 없으려니와 들어갈 맘도 없다.

그렇다고 아래쪽 시내로 향하기도 맘이 썩 내키는 것은 아니다. 엊그제, 뻥뻥이떡 한 장을 뚜룩치다 들켜 버린 게 찜찜하기 때문이다.

뱃속 사정이 웬만했으면 감히 생각도 안 했을 일인데, 아차 하는 순간에 눈치도 염치도 없는 '손모가지'가 그만 일을 저질렀다. 먹을 때는 좋았는데 참 더럽게 찜찜하다.

'에라 모르겠다. 설마⋯⋯.'

소년은 아래쪽으로 몸을 돌려 시내를 향해 걷는다. 걸어가면서 붕어처럼 입을 벌려 뭉텅뭉텅 허연 입김을 뱉어 낸다. 이건 솜사탕이다. 이건 찐빵이다. 소년은 허옇게 엉겼다가 가로등 빛 속으로 사라지는 입김을 보면서 생각한다.

잠깐씩 허공에 떠올랐다 사라지는 솜사탕이나 찐빵 덕에 눈요기는 그럴듯한데, 뱃속 사정은 말씀이 아니다.

더도 덜도 말고 희고 뜨끈뜨끈한 찐빵 한입만 덥석 베어 물면 소리 지르는 뱃속도 조용해지고 으드드 떨리는 몸도 후끈해지겠는데, 사정은 그런 말씀하지도 말란다.

아침마다 아버지가 던져 주는 천 원짜리 지폐 한 장이 소년의 하루살이 몫이다.

점심은 학교에서 때우고 아침, 저녁거리 빵 값인 것이다. 오백 원짜리 빵 하나로 한 끼를 때운다는 게 어림없는 일이지만, 소년의 아버지는 그것만으로도 아버지 노릇은 충분하다고 생각한다.

한참 커 가는 소년의 뱃속이 무쇠도 삭힐 만큼 튼튼하고 양동이 물을 마셔도 빈자리가 남을 만큼 크다는 걸 소년의 아버지는 모른다. 설사 안대도 '싸가지 없는 애새끼 뱃구리만 크다'고 욕이나 걸러 부을 것이다.

언제던가, 소년이 잠자리에 누웠으나 빈 뱃속 때문에 잠이 안 와서 한마디 했다.

"아부지, 나 배고파."

그러자 소년의 아버지는 옆에 있던 베개를 집어던지며 욕을 걸러 부었다.

"뱃속에 거지가 들었냐? 애새끼가 처먹는 것밖에 몰라."

소년은 별 수 없이 냄새나는 이불을 뒤집어쓰고 쿨적쿨적 울면서 중얼거렸다.

'쓰발 내가 애새끼면 저는 머여……'

그 후로 소년은 아버지 앞에서 배고프다는 말을 하지 않았다. 거지 동냥 주듯 던져 주는 천 원으로, 지겹게 긴 하루를 배겨 내는 수밖에 없었다. 그나마 좋은 말하고 주면 입에 부스럼 날까봐 그런지, 던져 주는 돈에 독을 묻힌다.

"너 이 돈 딴 데 쓰면 죽어."

소년 앞에 지폐를 던져 줄 때마다 아버지가 뱉어 놓는 협박이다. 고이 주면 어디가 덧나는지 번번이 독을 묻힌다.

그러나 소년은 그 협박에 굴복해 본 일이 거의 없다. 쓸 데가 따로 있기 때문이다.

소년에게는 미치도록 재미있고 아슬아슬한 오락 게임을 포기한다는 것이, 한두 끼 굶은 것보다 어려운 일이다.

아버지의 독기 서린 협박대로라면 소년은 이미 골백번 죽었을 목숨이다.

더러 들통이 나서 직사하게 얻어맞고 혼쭐이 났지만 그래도 소년은 오락 게임의 맛을 떼칠 수가 없다.

그래서 소년은 거의 매일 아침은 굶고, 점심은 학교 급식으로 해결하고 저녁은 건너뛴다. 하루에 오직 한 끼 먹는 점심은 다른 애들 두 배도 넘게 먹지만, 소년은 항상 배가 고프다. 맘씨 좋은 학교 급식소 아줌마 덕분에 먹을 때는 뱃가죽에서 북소리가 나도록 우겨 넣지만, 웬일인지 돌아서서 방귀 한 방 '부욱—' 뀌고 나면 금세 허리끈이 느슨해진다.

'정말로 내 뱃속에 거지가 들었나?'

소년은 아버지의 말을 곱씹어 보지만, 맛이 간 거지가 아니라면 먹기보다 굶기에 이골이 난 제 뱃속에 들어갈 리가 없다고 생각한다.

혹시 아버지의 말대로 정말로 내 뱃속에 들어갈 거지가 있다면, 그건 참 재수 더럽게 없는 거지일 것이라고 소년은 생각한다.

방귀 한 방에 허리끈이 느슨해져도 먹어 놓은 밥심이 있어선지, 그래도 오후 한나절은 펄펄 뛸 만큼 소년은 활기차다. 정말로 견디기 어려운 건 어둠이 깔리는 저녁부터다.

오밤중에 불기 없이 싸늘한 냉방에서 자다 보면 소년은 일쑤 심한 허기증 때문에 잠을 깬다. 꿈속에서조차 먹을 걸 찾거나, 남 먹는 걸 보고 입맛을 다시다 눈을 뜨고 보면 시커먼 어둠뿐이고 쿨렁한 뱃구리가 허전하다.

빈 뱃속을 채우기 위해 찬물을 벌컥벌컥 들이킬라치면 귀도 밝지, 덜그럭 소리에 잠을 깬 소년의 아버지가 버럭 소리를 지른다.

"이 자식아 오줌 쌀라고 그렇게 물을 처먹어?"

소년은 목으로 넘기던 찬물을 콱 뱉어버리고 싶을 만큼 화가 치민다.

'씨발 먹은 게 있어야 쌀 거 아녀?'

그러나 소년은 생각과 다른 말로 위기를 넘긴다.

"풀빵 사 먹은 게 너무 달았는개뷰."

받은 돈 떵겨서 오락 게임에 바쳤다고 실토를 하면 껄떡이형 말마따나 작살이 날 판이다. 그러니 먹기는커녕 구경도 못한 풀빵 핑계 대고 찬물이나마 고이 마실 구실을 대야 한다.

핑계도 그럴듯해야 한다. 실토는 무슨 얼어 죽을 실토인가? 연극이 서툴러 까딱 들통이 나더라도 오밤중에 매타작이 푸짐할 판이니, 연극도 천연덕스러워야 하고 그러자면 핑계도 그럴듯해야 한다.

풀빵이 물켜게 하는 건 아는지 소년의 아버지는 더 말이 없다. 다행히 이내 코를 골며, 나 언제 잠 깼었느냐고 시침 뚝 뗀 모습이다. 그러나 소년은 다시 잠들기가 어렵다.

배고픈 걸 참고 견디는 데는 이골이 난 소년이지만, 그건 아이들과 어울려 놀 때나 오락기에 매달려 있을 때다.

귀때기, 볼따구니까지 시려 오는 찬방에서 빈창자를 달래며 잠들기란, 아직도 어린 소년에겐 힘든 일이다. 그러니 손발 다 시리고 오금쟁이, 사타구니는 물론 등짝에까지 황소바람이 불어도 싸다닐 수밖에 없다.

'껄떡이 형이라도 만나면 재수 좋게 컵라면이나 찐빵 하나쯤 얻어먹을지도 모른다.'

소년은 기대를 가지고 시내로 들어선다.

소년이 방금 내려온 길, 누런 가로등 빛으로 황달이 든 그 길에 비하면 시내는 대낮보다 밝다. 휘황한 간판들이 열두 가지 잡색으로 번쩍거리면서, 꼬리 열둘 달린 여우처럼 사람 꼬시기에 바쁘다.

그 밑으로 정신 나간 또라이, 깔치, 학삐리들이 구별이 안 가는 갖가지 옷차림을 하고 거리가 미어지게 오고 간다.

'쓰발놈덜아 후까시 잡지 마!'

소년은 공연히 심통이 나서 아무 데나 대고 눈을 흘긴다.

'저것들 보나마나 공부는 젬병이고 즤 엄니 아부지 등꼴이나 파는 것들이다. 후까시 잡아 봤자 올챙이 개폼이여.'

언젠가 중딩이 고삐들이 희희덕, 깔깔거리면서 몰려가는 것을 보고 껄떡이 형이 한 말이다.

껄떡이 형은 누구에게보다도 중딩이, 고삐리 같은 자기 또

래의 학삐리들에게 유감이 많다. 이유야 알 수 없지만, 학삐리들에게 욕을 걸러 부을 때의 껄떡이 형의 얼굴에서, 소년은 분노를 읽는다.

그러나 껄떡이 형은 절대로 학삐리들에게 먼저 시비를 걸지 않는다. 어쩌다 시비가 생겨도 말빵으로만 얼러 댈 뿐이지 주먹질은 않는다. 뿐만 아니다. 젖내 나는 중딩이들이 덩치 큰 고삐리나 그 또래들에게 당할 때는 이유 불문하고 중딩이들 편을 든다. 설사 고삐리들의 덩치가 껄떡이 형보다 턱없이 크거나 숫자가 많아도 물러서는 법이 없다.

"새끼덜아 깡다구 쎈 척 하다가 나 일 저지르게 할래?"

고개를 숙인 채 치뜬 눈으로 노려보는 껄떡이 형의 얼레빵에 대개의 고삐리들은 기가 죽는다. 어물어물 뒷걸음치는 학비리들에게 껄떡이 형은 한마디 말씀을 잊지 않는다.

"야덜아, 이 근처서 내 동생덜 괴롭히면 골로 간다는 걸 알아 둬라."

그러나 상황이 그렇지 못한 때도 있다.

한번은 덩치가 큼직큼직한 고삐리 셋과 껄떡이 형이 마주섰는데, 소년이 보기에도 한 짱 뜨기 직전까지 가 있었다. 여느 때와 달리 껄떡이 형의 얼레빵이 잘 먹혀들지 않고 껄떡이 형도 물러설 기세가 아니었다. 한 짱 뜨기로 한다면 보나

마나 껄떡이 형이 당할 게 뻔했다.

보다 못한 소년이 나섰다.

"형, 이 형들 디게 싸가지 없는디 쌍칼, 도끼형들 다 오라고 할까?"

껄떡이 형의 바지를 흔들며 소년이 큰소리로 말했다. 물론 소년이 불러서 달려올 쌍칼이나 도끼 형은 있지도 않았다. 그러나 껄떡이 형은 천연덕스럽게 받았다.

"냅둬라. 나 혼자도 이것들 쑤시는 것쯤은 식은 죽 먹기다. 어느 놈부터 쑤셔 주까?"

한 손을 주머니에 넣은 채 얼레빵을 놓는 껄떡이 형의 모습은 소년이 보기에도 자신만만하고 당당했다.

"야, 가자."

소년의 예상대로 겁먹은 고삐리들이 슬금슬금 뒷걸음질을 치더니 이내 사람들 사이로 사라져 버렸다.

"너 이 자식, 공부는 못하는 게 그런 대갈빡은 잘 굴린다."

껄떡이 형은 소년의 뒤통수를 쓰다듬었다. 껄떡이 형의 칭찬에 기분이 좋아진 소년은 내친 김에 자랑을 늘어놓았다.

"형, 나 그전에 우리 엄마 있을 때는 공부 디게 잘했다. 상도 많이 타고……."

말해 놓고 나니 소년은 갑자기 가슴이 찡하게 아려 왔다.

'엄마 있을 때, 그래 그때는 다 좋았지, 그런데……'

지금 이렇게 말이 아닌 내 꼴을 엄마는 알고나 있을까? 도대체 엄마는 어디서 뭘 하고 있는 걸까? 나를 아주 잊어버린 건 아닌가? 소년은 코끝이 시큰해진다.

"임마, 늬 엄니 없어도 공부는 잘해야 된다. 대갈빡은 공부하는 데 굴려야 되능겨. 알았냐?"

껄떡이 형은 그날 화끈하게 소년의 배를 채워 주었다.

"내가 쏠티니께 맘껏 먹어라."

껄떡이 형을 따라 중국집으로 들어간 소년은 짜장면 곱빼기를 먹고도 만두 1인분을 더 먹었다.

'형은 확실히 화끈하다.'

소년은 그날 부풀어 오른 자신의 배만큼이나 껄떡이 형이 믿음직스러웠다.

그런 껄떡이 형을 오늘 만날 수 있다면 오죽 좋을까만, 그러나 어쩐지 마음이 찜찜하다. 껄떡이 형을 만나려면 먹거리치들 포장마차가 줄줄이 늘어선 국제은행 옆이 제일 좋은 곳이다. 하지만 거긴 위험천만이다.

엊그제 뻥뻥이떡 한 장을 들고 튄 포장마차가 있고, 거기 버티고 있는 황소아저씨가 소년을 벼르고 있을 것이기 때문이다.

색색머리를 한 세 명의 깔치들에게 뻥뻥이떡을 싸 준 황소
아저씨가 잔돈을 세고 있는 틈에, 소년은 늘어선 깔치들의
허리 사이로 손을 넣어 뜨끈뜨끈한 떡 한 장을 들고 튀었다.

못 봤으려니 했는데, 황소아저씨는 이미 2~3미터쯤 몸을
날린 소년을 향해 소리를 질렀다.

"쌩쥐 너 이놈 잡히기만 하면 손모가지 작살날 줄 알어."

따라오지는 않았지만, 소년은 뻥뻥이떡을 우물우물 씹으
면서도 내내 불안했다.

비록 손수레에서 뻥뻥이떡을 구워 팔지만, 주먹이 웬만한
건달 두 배는 되고 떡대도 황소만하다. 그래서 별명도 황소
아저씨다. 한 방 걸리면 그야말로 작살이 날 판이다.

웬만한 건달들도 그런 황소아저씨한테는 시비 걸기를 겁
내고 있는 판인데, 하필 소년이 째빌 맘을 먹은 건, 색색머리
들이 나란히 서서 앞을 잘 막고 있었으므로 기회가 좋았다.

마침 환장하게 쪼그라든 뱃속에서도 어서 집어넣으라고
난리를 쳤다.

소년은 잠깐 뜨끈한 맛만 느껴 본 손모가지를 탁탁 치며
눈치코치 없다고 타박을 했지만, 원죄는 목구멍과 뱃속에 있
었다.

재수 없이 붙잡히면 이번엔 황소아저씨의 왕손이 떡 맛하

고는 상관없는 쌰다구를 조져 댈 것이다.

'으이그-.'

소년은 떡 쌔비던 손으로 제 이마를 쥐어박는다. 얻어맞은 이마가 아픈 건지, 때린 손이 아픈 건지 구별이 안 간다. 손도 이마도 꽁꽁 얼었으니 통증을 느껴야 할 감각도 제자리를 잊은 모양이다.

어쨌든 그 덩치에 걸리면 작살 날 판이니 국제은행 쪽은 위험천만이다.

'쓰발, 껄떡이 형은 왜 맨날 거기서만 빙빙 도는겨?'

소년은 애꿎은 껄떡이 형을 원망하며 잠시 망설인다. 껄떡이 형은 국제은행 뒤편에 들어서 있는 여관에 손님을 끌어 주고 죽때리는 삐끼다. 그러니 그 언저리에서 얼씬거려야 한다는 걸 소년도 알고 있다. 하지만 이 춥고 배고픈 판에 구세주가 되어 주어야 할 껄떡이 형을 만날 수 없다는 것이 원망스럽다. 공연히 부아가 치민다.

'엠병, 할인 매장 앞에나 갈까?'

거긴 사람 왕래가 많으니 구경거리도 많고, 어쩌다 재수 좋게 걸리면 먹던 군고구마나 호떡 한 장을 널름 집어 주는 천사도 만날 수 있을지 모른다.

그러나 거기도 왕재수만 바랄 곳이 못된다. 잘못 어리대다가 쫌생이 패들한테 걸리면 득 보기는커녕 가진 것 다 털리고, 없으면 분풀이 값으로 후크 몇 대 맞고 쪼인트까지 깨인다. 저희 구역이라고 후까시 팍팍 잡으며 설치는데, 뭘 믿고 그러는지 소년은 모른다. 다만 껄떡이 형도 쫌생이들한테는 쪽을 못 쓴다.

소년은 방향을 정하지 못한 채 그냥 인파에 밀려 걷는다. 그러다 소년은 반짝 떠오르는 묘안에 마음속으로 쾌재를 부른다. 언젠가 허리 구부정한 할매가 지나가는 행인을 잡고 손을 벌이며 엉구럭떠는 걸 보았다.

"딸네 집에 왔다가 길을 잃었는데 차비도 쓰리당했다우."

행인들은 대부분 본체만체 지나쳤지만, 그 중에 고급 생가죽 덮장을 걸친 멋쟁이 깔치들은 천 원짜리나 동전 몇 닢씩을 할매의 손에 던져 주었다.

물론 할매의 엉구럭이 야부리 까는 거라는 걸 소년은 알고 있었다.

행인들 역시 모를 리 없다. 그러나 할매의 수입은 꽤 짭짤할 것이라고 소년은 부러워했었다.

왜 그 좋은 생각이 이제야 떠오르는가? 소년은 혼자서 빙긋이 미소를 지으며 손바닥을 마주 비빈다.

'이 손바닥에 왕재수가 따따블로 붙어라.'

그러나 왕재수가 따따블로 붙기는커녕 옴따리가 붙었는지, 너덧 차례 엉구력을 떨며 내민 손에 동전 한 닢 생기는 것 없이 '꺼져'라는 퉁바리와 함께 퇴박만 맞는다. 어떤 멀쩡한 신사는 돈 대신 소년의 짱바구리에 알밤을 먹이면서

"임마, 너 고아원에 잡혀가고 싶어?"

협박까지 한다.

소년은 알밤을 먹고도 시비 붙을 엄두를 못 내고 멀찍이 물러선다.

껄떡이 형의 말에 의하면 '대구리 피도 안 마른 얼라들이 대갈빡 잘못 굴리다 짭새들에게 걸리면 영락없이 달려가서 고아원에 처박힌다'는 것이다.

'쓰발, 짭새가 어떤 놈인지 알 수가 있어야지.'

소년은 잠시 망설인다. 껄떡이 형이야 짭새 알아보는 게 식은 죽 먹기지만, 소년은 그 방면에 생판 무식이다.

이 짓을 더 해야 하나 말아야 하나, 머리에 번쩍 불이 켜질 때와 달리 은근히 겁이 나기도 한다.

고아원에 달려가면 무서운 호랑이 아버지는 둘째치고, 먼저 들어온 쫄닥새들의 텃세가 이만저만이 아니란다. 밥이야 실컷 먹는다지만 쫄닥새들의 텃세에 하루, 한시도 기 펴고 살날이 없단다.

"너 조심햐."

이따금 껄떡이 형이 이르는 말이다.

그래서 겁이 나는데, 엉구럭 그만두자니 배고프고 추운 걸 견뎌 내기가 너무 힘 든다.

잠시 주춤거리던 소년은 다시 용기를 내어 나란히 팔짱을 끼고 가는 원앙새들에게 달라붙어 손을 내민다.

"누나 우리 집이 오창인디 차비를 잃어버렸걸랑유. 시내 버스비 좀 도와주세유. 네?"

소년은 한껏 순진하고 수줍은 표정을 가장하고 애원하듯 말한다. 아무리 야부리 까고 엉구럭을 떨더라도 순진하고 차분한 모범생처럼 말해야 한다.

'나 차비 뚜룩당하고 개털 됐는디 쐬 한 개만 앵기슈.'

껄떡이 형 같은 삐끼나 앵벌이들끼리 주고받는 식으로 너불대다간 그 치들이 알아듣지도 못하려니와, 설사 알아듣는다 해도 쐬를 안기기는커녕 꿀밤 한 대가 고작일 것이다. 그러니 되도록 모범 학생, 참한 범생이처럼 말해야 하는 것이다.

소년은 몇 차례 더 손을 내밀고 엉구럭을 떨어 본다. 맘 좋아 보이고 인심 넉넉해서, 죽은 후에 꼭 천당 갈 것 같은 사람들을 골라 엉겨 보지만, 반응은 모두 천당 안 가겠다는 표정이다.

배고픈 건 둘째 치고 추워서 죽을 지경이다. 손, 발, 귀때기 시린 건 그러려니 하지만, 등짝이나 장딴지 사타구니로 황소바람이 드나드는 건 참으로 죽을 맛이다.

어디 군밤 장수 화덕 옆에 붙어서 훈김이라도 쏘이고 싶지만, 소년만 다가가면 모두 인상을 쓰고 쫓을 궁리만 한다. 소년의 꼬락서니가 덤벼서 득 될 것 없다 싶은지 화덕 곁에 가기도 전에 눈을 부라린다.

어느 건널목에 '나 죽겠소' 하고 엎드려 있는 앵벌이처럼 그렇게 까놓고 동냥을 해 볼까……. 하지만 엎드려 동냥할 장소도 마땅찮고 맨땅에 그냥 엎드려 있다간 그대로 얼어 죽을 듯해서 용기가 안 난다.

소년은 '으드드' 맞부딪치는 이빨을 진정시키기 위해 아래턱에 힘을 불끈 준다. 그리고 몇 번 더 그럴듯한 행인을 잡아 엉구럭을 떤다.

"아저씨 차비를 쓰리당했는디유……."

지성이면 감천인가, 아니면 궁하면 통한다던가, 오늘 재수가 사그리 옴따리 붙은 것만은 아니었나 보다.

재수 탓인지 아니면 땡길 상대를 운 좋게 고른 탓인지, 깔치에게 팔짱을 끼인 사내가 천 원짜리 한 장을 소년의 손에 덥석 쥐어 준다. 깔치 앞에서 개폼 잡는 거겠지만 그게 무슨 상관인가, 소년에겐 하느님을 대신한 구세주인 셈이다.

"고맙습니다."

소년은 이마가 무릎에 닿도록 절을 하고 돌아서며 속으로 탄성을 지른다.

'한 따까리 천 원, 이건 왕재수다. 열 따까리면 만 원. 배추 잎이다.'

그러나 소년의 왕재수는 그걸로 끝인지 다음 행인, 그 다음다음 행인들이 모두 퇴박 아니면 못 본 체다.

"요거 조막만한 게 벌써 수 쓰고 자빠졌네."

제법 폼 잡고 가는 신사 앞에 얼쩡대다 들통이 난 뒤, 소년은 배추잎의 꿈을 포기한다.

'열 따까리, 배추잎 하나면 왕대박인디…….'

소년은 아쉬운 듯 중얼거리며 먹거리치들이 끼어 있는 중심가로 향한다.

먹거리치들이라면 국제은행 부근이 그중 많이 몰려 있고 덤도 많이 주지만, 거긴 켕기는 게 있다. 황소아저씨 때문이다. 돈이 있으면 뚜룩친 **뺑뺑이떡** 값을 치르고 용서를 받아야겠지만, 지금은 그럴 형편이 아니다. 어렵사리 생긴 천 원으로 우선 난리법석을 치고 있는 뱃속을 달래고 사시나무처럼 떨리는 몸을 덥혀야 한다.

소년은 김이 무럭무럭 나는 리어카로 다가가 돈을 내밀고 오뎅 한 꼬치를 집어 든다. 꼬치 한 개를 어린애 젖 빨 듯 아끼면서 덤으로 주는 국물을 세 번씩이나 청해 마신다.

빈 뱃속에 오뎅 꼬치 한 개로는 기별도 안 갈 처지지만, 눈총 섞어 얻어 마신 국물 덕에 그래도 제법 든든해지고 훈기가 돈다.

'으드드' 마주치던 이빨도 잠잠해진다.

먹는 동안 내내 주인의 눈살이 곱지 않았지만, 소년은 이미 어머니가 소년과 소년의 아버지 곁에서 사라진 후부터 염치도 내동댕이치고, 눈치코치도 뚜껑을 덮어 버린 처지다. 부끄러움이나 서러움은 물론, 볼이 벌겋게 붓도록 싸다구를 맞아도, 돌아서면 이빨을 허옇게 드러내고 웃을 만큼 눈물도 말랐다. 그러니 오뎅 주인의 눈치야 어떻든 떠 주는 국물만 목구멍으로 넘기면 그만이다.

거스름 오백 원을 받아 들고 나선 소년은 이제 행복하다. 겨우 오뎅 한 꼬치 씹어 넘긴 목구멍은 감질이 나지만, 눈치코치 말아서 얻어먹은 국물 덕에 등짝에 붙기를 면한 뱃가죽은 그래도 제법 훈훈하다. 주먹에 든 오백 원 동전 한 닢도 꽤나 마음을 넉넉하게 한다.

그러나 집에 돌아갈 생각은 아직 없다. 돌아가 봐야 썰렁한 방, 개켜 본 일 없이 항시 퀴퀴한 냄새를 풍기며 널려 있는 이불, 그 속에 너구리처럼 파고 들어가 체온이 퍼질 때까지 오들오들 떨면서 잠이 오기를 기다리는 게 소년은 지겹다.

아버지가 들어오는 시각은 빨라야 자정이다. 그것도 술에 옴팡 꼴아 가지고 세상 온갖 사람들을 향해 갖은 욕설을 걸러 부으면서, 날 새면 여럿을 한꺼번에 때려죽인다고 난리 난리 치면서다.

"조까튼 새끼덜, 이 이천석이를 뭘루 보고 까불어? 나도 왕년엔 내 차 갖구 사장 노릇 한 놈여. 전무? 지가 뭔데, 상무? 홍 지가 운전대 놓고 회전의자 앉은 게 언제여? 그런데 지놈이 날 흑싸리 껍디기루 봐? 개새애끼덜 다 때려쥑일껴."

소년의 아버지에겐 때려죽일 사람이 엄청나게도 많다.

날마다 그 입에 오른 이름들을 말 그대로 때려죽였다면 그 숫자가 엄청날 것이다. 전무, 상무는 이미 여러 번 죽은 목숨들이고 잘 지내던 친구도 어느 날 갑자기 죽일 놈이 되는가 하면, 어쩌다 소년의 아버지 비위를 건드린 낯선 승객도 수시로 때려죽일 목숨이 된다.

소년의 아버지는 날마다 그렇게 많은 사람을 때려죽이면서 사는 셈이지만, 그래도 세상에 대한 미움이 조금도 가시지 않는 모양이다.

술에 취해 늘어놓는 사설에 욕설과 저주로 그 미움을 삭이지만, 다행스럽게도 그 사설이 길지 않은 게 소년에게는 다행이다. 옷 입은 그대로 쓰러지면서 머리가 방바닥에 닿았다 하면 금세 코를 골기 때문이다.

오뉴월, 동지섣달 구별 없이, 깔개도 덮개도 상관없이 쓰러진 대로 코를 골면서도 삶겨 죽거나 얼어 죽지 않는 게 신기할 만큼 소년의 아버지의 잠은 참으로 못 말리는 잠이다. 더러는 소년이 끙끙대며 찬 방바닥에 요를 깔고 아버지를 굴려 뉘이거나 이불자락을 덮어 주지만, 좀 있으면 도루묵이다.

소년의 아버지는, 그 자신의 말대로 택시 회사의 지입차주 겸 운전기사였다가 개인택시를 가지고 있었다. 그러나 사고 후로 운전보다 술과 놀음에 더 정신을 쏟는 바람에 택시 한 대가 전 재산이었던 소년의 집은 금세 거덜이 났다.

차주에 사장 소리도 심심찮게 듣던 아버지는 고용 기사로 전락하고, 그나마 험한 술버릇과 놀음 때문에 사납금조차 못 채우는 날라리로 찍혔다. 정식 고용 기사에서 스페어 기사로, 거기서 다시 술꾼들의 밤 운전을 대신해 주는 대리 운전 기사 신세가 되었다.

한나절이 넘게 퍼질러 자고, 오후 늦게 어슬렁거리고 나가서 한두 탕 대리 운전을 하고 나면, 돈 생긴 것만큼 또 술로 조지거나 놀음판에 끼어든다.

그런 아버지에게 허구한 날 악다구니를 퍼붓고 얻어맞고, 찔끔찔끔 눈물을 짜던 어머니는 어느 날 온데간데없이 사라졌다.

"인규야 엄마가 돈 많이 벌면 너 데리러 올 테니 공부 열심히 하고 있거라. 아버지하고 같이 못 살면 외갓집에 가 있거라. 외갓집에 전화하면 외삼촌이나 이모가 와서 데려갈 것이다. 다른 데는 가지 말고 엄마를 기다리고 있어야 한다."

눈물로 얼룩진 편지 한 장 달랑 남겨 놓고, 소년의 어머니는 사라졌다.

아버지의 지겨운 매뜸질이 무서워 달아난 어머니 탓에 소년이 대신 그 화풀이 대상이 되었다.

그러나 소년은 어머니를 원망하지 않았다.

이제 어머니 대신 맞는 매뜸질에 소년은 웬만큼 이골이 났지만, 그래도 여전히 아버지의 매는 두렵고 지겹다.

집에 들어갈 마음도, 국제은행 쪽으로 갈 용기도 없는 소년은 아랫배에 힘을 불끈 주고 다시 한 번 엉구력을 떨어 볼 참이다.

'조또 밑져야 본전여.'

소년은 허탕할 셈치고 고급 털맹이 덮장에 털 복숭이 강아지를 안고 가는 아줌씨에게 달라붙는다.

"아줌마, 나 차비 쓰리 당했는데……."

말을 마치기도 전에 소년의 손에 하얀 동전 한 움큼이 안겨진다.

'어라? 이게 웬 왕재수여?'

대충 세어 보니 털맹이 덮장 속에서 따뜻하게 익은 백동전이 열 개도 넘는다.

소년은 얼른 주머니에 쑤셔 넣고 몇 발짝 옮겨 엉겨 붙을 다른 상대를 물색한다.

두어 번 허탕을 쳤지만, 아까와 달리 소년은 느긋하다. 추위도 배고픔도 한결 가신데다가 주머니에 쇠가 든든하니 세상이 한층 밝아 보인다.

'오뎅을 2개쯤 먹으면 국물은 더 많이 먹을 거다. 아니 달콤한 호떡을 먹을까? 그래도 쇠는 남는디…….'

소년은 유혹을 느낀다. 그러나 왕재수 붙은 김에 한 따까리 더 뜨자는 욕심도 버릴 수가 없다.

'배추잎은 아니래도 한 따까리만 더 걸리면 신나는 달밤인디…….'

소년은 저만큼 앞쪽에다 시선을 박고 다가오는 행인들 중에 찍을 만한 대상을 물색한다. 쩐도 좀 있어 보이고 기분으로 인심도 쓸 만한 사람이어야 한다. 아무리 쩐이 있어 보여도 물 찬 제비마냥 뺀질한 치들은 헛짜다. 인상이 넉넉해 보여도 어깨 처지고 덪장에서 개털 냄새가 나는 치들도 역시 헛짜다.

소년은 마침내 마땅한 대상을 찍어 놓고 웅크린 몸을 더욱 웅크린 채 다가간다.

바바리 덪장에, 꼭지에 중절모까지 얹은 중년 개비짱이다. 개폼 값으로라도 누런 할아버지 한 장쯤은 앵기겠지.

소년은 신사 옆을 종종걸음으로 따라가며 손을 내밀고 엉구럭을 떤다.

"아저씨 저 좀 도와주세유. 차비를 잃어버려서 버스를 못 타걸랑유. 집이 오창인디 걸어서는 못 가는디유."

신사는 힐끗 돌아보더니 군말 없이 소년의 손에 검은 물건을 덥석 쥐어 준다.

'어?'

소년은 이미 저만큼 멀어진 신사의 뒤통수와 손바닥을 번갈아 본다.

이게 꿈인가, 생시인가. 생시라면 미칠 일 아닌가? 지갑이 통째로다.

소년은 다급히 지갑을 펼쳐 본다. 앞 칸에 신분증과 명함 딱지가 한 다발이나 꽂혔는데, 뒤 칸은 텅텅 빈 헛간이다.

"얼러려?"

소년은 어처구니가 없어서 눈으로 중절모 신사를 더듬어 찾았으나 이미 미어지게 몰려가고 몰려오는 행인들 속에 휩싸인 뒤다.

'개털 지갑 아녀? 쓰발……'

소년은 찜찜한 가운데 욕을 한입 물어 뱉을 참인데, 난데없이 억센 손아귀가 뒷덜미를 움켜잡는다.

"이 새끼 잘 걸렸다. 너 그놈하고 한패지?"

고함과 함께 소당처럼 큰손이 볼따구니에 벼락을 친다. 똥물 뒤집어썼구나, 튀자라는 생각이 번개처럼 스쳤으나 이미 때는 늦었다.

"가자. 이 새끼 조막만한 게……"

소년의 허리춤을 휘어잡은 손이, 개 끌듯 끌었다. 왕대박 꿈은커녕 옴따리가 통째로 엉겼으니 참으로 미칠 일이다.

"이거 놔유."

한껏 버둥거려 보았으나 가벼운 소년의 몸뚱이는 중절모 개비짱 못지않게 덩치가 큰 사내의 손을 벗어날 수가 없다.

지나는 행인들이 힐끗힐끗 돌아보지만 말리는 사람이 없다.

꼼짝없이 파출소까지 끌려간 소년은 힝제비로 몰릴 판이다. 맹꽁이 차고 빵깐 간다 생각하니 소년은 눈이 캄캄하다.

"나는 아니유. 아닌디유."

질금질금 눈물을 흘리며 애소를 해 보지만 들어주는 사람이 없다. 소년을 끌고 온 사내는 흥분해서 떠벌리고 경찰은 눈만 껌벅거리며 듣고 있다.

"요 생쥐만한 새끼가 쓰리꾼 패거리에 얼려가지고……."

흥분을 가라앉히지 못한 개비짱은 또 한 대 소년을 후려칠 기세다. 소년은 양손으로 머리를 감싸고, 개비짱 말마따나 생쥐만큼 작게 움츠린다.

"여보쇼!"

지켜보던 경찰이 팔을 을러멘 개비짱을 말린다.

"손님께서 착각하셨다니까요. 손님 지갑 턴 놈이 현금만 빼고 버린 지갑을 이 녀석이 멋모르고 주워들었던 겁니다."

경찰이 조금 짜증스럽게 말한다.

듣고 있던 소년은 쾌재를 부르고 싶을 만큼 속이 확 풀린다. 경찰은 과연 경찰이고 도사다. 어쩌면 그렇게 보지도 않고 잘 알아맞힐까? 질금질금 짜던 억지 눈물도 쑥 들어간다.

'그거 봐라 내 말이 맞지?'

소년은 개비짱에게 고함이라도 치고 싶다.

"여보쇼, 당신 어느 나라 경찰이여? 시방 쓰리꾼 편들고 있는 거여?"

개비짱이 이번엔 경찰을 치기라도 할 기세다.

'얼치기, 빙신. 쓰리는 지가 당하고 왜 엉뚱한 사람한티 지랄 뻗어?'

소년은 개비짱의 뒤통수에 대고 눈을 흘기며 중얼거린다.

"그놈들은 일꾼하고 바람잡이가 패지어 다니지만 이런 어린애는 안 끼고 합니다. 그리고 현금 빼 낸 빈 지갑은 저희끼리 주고받지도 않아요. 이 녀석한테서 나온 동전은 댁의 지갑에 있던 것도 아니고, 또 설사 이 녀석이 같은 똥패라면 사람 많은 거리 복판에서 그 지갑을 펼쳐 들고 있겠어요?"

'옳지, 경찰 아저씨가 내가 할 말 다 해 주는디, 진짜루 도사다.'

소년은 속으로 또 쾌재를 부른다.

그러나 껄렁한 개비짱은 여전히 속이 끓는지 목소리에 독이 꽉 찼다.

"경찰이라는 것들이 도대체 뭐 하는 거여? 쓰리꾼이 활개를 쳐도 그거 하나 못 잡고. 민주 경찰, 이래도 되는 거여?"

"죄송합니다. 여기 연락처 남겨 놓고 가시면 혹시라도 그놈을 잡게 되면 알려 드리겠습니다."

경찰이 장부 겉장을 열고 그 위에 볼펜을 얹어 놓았지만, 개비짱은 거들떠보지도 않는다.

"나, 참 재수 없어!"

묻은 것도 없는 앞자락을 탁탁 털어 낸 개비짱이 횡하니 나간다.

멍하니 서서, 바람을 일으키며 나가는 개비짱의 등짝을 지켜보던 경찰이 한숨을 푹 내쉰다. 그리고 훈훈한 난로 덕에 풀린 몸을 낡은 소파 귀퉁이에 걸치고 있는 소년의 곁에 와 앉는다.

"임마, 너 정말 쓰리꾼여?"

웃지도 않으면서 장난처럼 묻는다.

"아뉴, 아니유. 난 쓰리꾼 아뉴."

소년은 벌떡 일어서서 손사래를 치며 말한다.

"이 녀석아 그럼 이 추운 밤에 왜 길거리에 나다녀?"

"우리 아부지가 안 와서 기다리느라구유."

"아버지가 뭘 하시는데?"

"택시 몰아유. 개인택시 기사걸랑유."

소년은 속이 조금 뜨끔하지만 내색을 하지 않고 자신 있게 말한다.

파출소 경찰이 개인택시 기사의 얼굴이나 이름을 모두 알리 없고, 만약에 차 번호를 대라면 옛날 집 앞에 떡 버티고 있던 그 차 번호 비슷한 걸 주워섬기면 되리라는 배짱이다. 다행이 경찰은 소년의 말을 그냥 믿어 주는 눈치다.

"집은 어디냐?"

소년은 달동네 이름을 대려다가, 아버지를 기다리기 위해 시내까지 오기에는 그곳이 너무 멀다는 생각을 한다. 얼핏 떠오르는 대로 학교가 있는 동네 이름을 댄다.

경찰은 소년의 아래위를 잠시 훑어본다. 경찰관이 알고 있는 동네 사정과 소년의 주제꼴이 어울리지 않는다는 생각이 드는지 아버지, 어머니 이름까지 꼬치꼬치 묻는다.

"집에 누가 있냐? 지금."

"아무도 없슈. 엄마는 시골 갔슈."

소년의 눈빛이 흔들리는 걸 눈치챈 경찰이 정색을 하고 목소리를 조금 높인다.

"이놈 거짓말하면 혼난다. 너 집 나와서 돌아다니지?"

"아뉴. 우리 아버지한테 전화 해 보면 알쥬. 우리 아버지 핸드폰 있걸랑유."

소년이 적어 준 번호를 들고 전화를 걸던 경찰은 응답이 없는지, 짜증스런 표정으로 몇 번이나 반복해서 다이얼을 누른다. 마침내 통화가 됐는지 경찰이 큰소리로 묻는다.

"이천석 씨 맞습니까?"

소년은 속으로 '휴' 하고 안도의 숨을 내쉰다. 뭣도 모르는 풋내기 얼라들이 앵벌이 흉내 내며 잘못 설치다가, 고아원에 달려간다는 껄떡이 형의 말이 생각나서 은근히 걱정이 되던 판이었다.

몇 마디 통화를 하고 난 경찰이 다시 온화한 얼굴을 하고 말한다.

"춥겠지만 너 혼자 집에 가야겠다. 네 아버지가 운전 중이라 너 데리러 올 수가 없단다."

조마조마하던 속을 탁 풀고 소년은 일어섰다. 전화기가 놓여 있는 책상 앞으로 다가가 거기 놓여 있는 동전을 가리키며 말했다. 소년의 몸 뒤짐을 해서 나온 돈이다.

"아저씨 이거 내 돈인디유."

"응. 네 돈이지. 가져가거라."

소년은 경찰의 말이 떨어지기 무섭게 동전을 집어넣었다. 그리고 성큼성큼 난롯가로 다가가 뜨거운 보리차를 따라 후후 불어 마셨다.

"이놈아 입 덴다. 천천히 마셔."

경찰의 말을 귓가로 들으며 소년은 연달아 두 컵을 마셨다. 몸은 녹았어도 오뎅 국물로 잠시 달랬던 허기증이 되살아났었는데, 뜨거운 보리차 두 컵이 들어가니 그만해도 한결 부드럽다.

"그 녀석!"

기가 찬 듯, 혼자 웃는 경찰관에게 꾸벅하고 소년은 파출소 문을 나선다.

재수가 있는 날인가 없는 날인가, 소년의 머릿속이 헷갈린다. 엉구럭으로 두 따까리 떠먹었으니 왕재수였던 셈인데, 쌰다구에 파출소는 뭔가? 빙신 같은 골개비만 아니었으면, 아니 바바리 덮장, 그 힁제비 웬수만 아니었으면 기분 쏠쏠한 날인데.

그러나 소년은 금세 잊는다. 쌰다구, 파출소, 그런 것 오래 곱씹어 봤자 쩐 안 생기고 먹을 거 안 생기기 때문이다.

그러나 저러나 엉구럭으로 한 따까리 더 뜰 엄두도 안 나는데 시간은 멀었다. 11시가 되려면 아직도 한참인데 날씨는 여전히 오지게 춥다. 그러나 아까 초저녁 때처럼 막막하지는 않다.

오뎅 국물 덕에, 파출소 보리차 덕에 으드드 이빨 마주치는 것도 멎고 환장하게 소리 지르던 뱃속도 조금은 조용해졌다.

그런데도 입이, 목구멍이 가만히 있질 않는다.

주머니에 쐬든 걸 아는지 입이 요사를 떤다.

호빵은 부드럽고 팥 속이 달짝지근하다. 오뎅은 사근사근하고 국물 맛이 죽인다. 호떡은 야물게 씹히면서도 속은 꿀맛이다. 떡볶이는 쫀득거리는 데다 매콤달콤한 양념이 입안을 화끈하게 죽여준다. 뭘로 먹을래?

입이, 목구멍이, 뱃속이 어서 먹자고 요사를 떤다. 그러나 소년은, 내일은 진이 빠지도록 놀아 봐야겠다는, 오락 게임에 대한 미련을 버리기가 어렵다.

'쓰발, 낼은 낼이구…….'

결국 소년은 입과 목구멍의 요사에 항복하고 만다.

내일 소년이 기대하는 것이 아무리 큰 것, 설사 그것이 신의 은총 같은 거룩한 것이라도 그것을 위해서 당장의 주린 배의 유혹, 입과 목구멍의 요사를 견뎌 내기엔 하루 종일 먹은 것이 너무 적다. 그리고 소년은 너무 어리고 날씨도 춥다.

소년은 파출소에서 웬만큼 떨어진 곳에 있는 포장마차를 향해 당당하게 걸어간다.

주머니엔 소년의 체온으로 따뜻하게 익은 쇠가 17개, 1,700원이나 들어 있다.

비록 목덜미를 잡혀 싸다구를 언어맞고 파출소 행차까지

했지만, 그래도 오늘은 재수가 왕대박이다. 요사 떠는 목구멍이나, 꼬르륵 소리를 참고 있는 뱃속을 그냥 놔둘 수 없다.

'먹자, 먹어서 남 주냐?'

소년은 포장마차 앞에 떡 버티고 서서, 주먹 안에 땀이 나도록 움켜쥐고 있던 쇠 열 냥을 좌판에 좌르르 쏟아 놓는다.

"뭐 먹을래?"

스카프로 얼굴을 감싸고 그 위에 모자까지 눌러쓴 주인 여자의 눈치가 달라진다. 눈이 가늘어지고 입가에 웃음까지 띠고 있다.

'알랑방구 떨고 있네.'

소년은 입속으로 중얼거리면서 대답 대신 오뎅 꼬치 하나를 척 집어 든다.

"춥지? 자, 뜨뜻한 국물 좀 마셔라."

오뎅 먹는데 국물 대령은 당연하지, 소년은 오뎅 한입에 뜨거운 국물 한 그릇을 다 비우고 빈 그릇을 다시 내민다.

"날이 엄청 춥다. 뜨뜻하게 많이 먹어라. 쬐만 애가 어째 이 밤중에 돌아댕기냐?"

주인의 태도가 아주 삽살맞다. 눈과 입가에 띠운 웃음이 소년이 쏟아 놓은 동전 때문만은 아닌 것 같다.

소년은 아까보다 천천히 뜨거운 국물을 후후 불어 마시면서 주인 여자를 힐끗 쳐다본다. 마주친 주인 여자의 눈이 가늘게 웃고 있다. 입가에도 웃음이 묻어 있다.

"배가 고팠능개비다. 어여 먹고 더 먹어라."

주인 여자의 상냥한 말에 소년은 공연히 가슴이 찡해진다. 방금 오뎅 국물이 되넘어 오는 것도 아닌데, 가슴에서 뜨거운 것이 울컥 치민다.

'어여 먹고 더 먹어라'

소년이 입을 쩝쩝거리며 맛있게 음식을 먹을 때마다 엄마는 이윽히 바라보며 늘 웃고 있었다. 그리고 주인 아줌마와 같은 말을 되풀이하곤 했다.

'어서 먹고 더 먹어라. 그래야 쭉쭉 크지. 어이구 내 새끼.'

귀찮을 만큼 엉덩이를 치고 뒤통수를 쓰다듬던 엄마의 표정이 주인 아줌마와 꼭 닮았다. 소년은 다시 주인 아줌마의 얼굴을 바라본다.

"왜? 이르케 싸매고 있응께 촌티 나고 숭하냐? 추운디 멋이 머 필요하냐?"

'그게 아니고 아줌니는 울엄마 비슷해유.'

소년은 그렇게 말하고 싶었지만 그냥 씩— 웃는다.

"우리 둘째 놈 맹이루 싱거운 거 보니까 너도 열한 살잉개비다. 열한 살 때는 와리바시마냥 찌단하게 크는 때라 속이

읊어서 싱겁단다. 너도 삐쩍 마르고 싱거운께 열한 살이 맞
능개비다."

아주머니는 혼자 입을 벌리고 웃는다. 손님도 없고 입도
심심했던지 말속에 장난기까지 묻어 있다. 그러나 소년은 말
장난할 기분이 아니다.

'엄마, 나 열한 살 맞어? 그럼 벌써 4년 됐는디 엄마는 지금
어디 있능겨? 아버지는 맨날 술에 꼴아가지구 나를 조지기
만 하는디…….'

연신 오뎅을 씹고 국물을 마시면서 소년은 생각한다. 엄마
는 정말 나를 잊어버린 걸까? 아버지 말대로 영영 돌아오지
않을 것인가? 이미 기다리기를 포기했던 일인데, 아줌마 때
문에 마음이 흔들렸나 보다.

소년이 오뎅 두 꼬치에 국물 세 그릇을 다 먹고 아쉽게 손
을 털자, 아주머니가 난데없이 호떡 한 개를 불쑥 내민다.

"이거 하나 더 먹어라."

소년은 성큼 내밀던 손을 멈칫하고 아줌마의 얼굴을 빤히
쳐다보며 말한다.

"천 원어치 다 먹었는디유."

"그 돈 가져가고, 이거 더 먹어라. 니 꼴 보니 배가 엄청 고
팠던개비다."

아줌마가 미쳤나, 내가 미칠 일인가? 소년은 아줌마 얼굴과 호떡과 동전을 번갈아 보면서도 의아스럽기만 하다.

'이게 웬 떡인가?' 날렵하게 채뜨렸어야 할 일인데, 소년의 손은 계속 멈칫거리고만 있다. 그리고 입이 생각에도 없는 엉뚱한 말을 쏟아 놓았다.

"나 인저 배부른디유……."

"얼렐레, 고게 체면도 차릴 줄 아네."

아줌마는 또 웃는다.

소년의 입과 달리 손은 인내심이 아주 짧았다. 아줌마의 말이 끝나기도 전에 두 손이 덥석 아줌마의 손에 들린 호떡을 잡았다.

오뎅 꼬치를 아깝게 베어 먹던 아까와 달리 소년은 입이 미어지게 호떡을 씹는다.

아줌마를 똑바로는 쳐다볼 용기가 나지 않아 고개를 푹 숙인다.

공연히 가슴이 찌릿찌릿하고 눈물이 날 것도 같다. 학교 급식소에서, 배에서 북소리가 나도록 밥을 퍼먹고 '아, 배부르다'고 소리치며 거윽— 트림을 하면서도 가슴이 찌릿하기는커녕 시장기에 묻혔던 심술기만 도지던 소년이었다.

맘씨 좋은, 급식소의 고마운 아줌마가 더 먹으라고 등을 두드려도 눈물이 나기는커녕 귀찮기만 하던 소년이었다.

소년의 입에서 염치 알고 체면 차리면서 사양하는 말이 나온 게 언제던가? 까마득한 일이다. 아니 기억에 없는 일이다.

'기분 참 요상하네.'

그러나 소년은 용케 눈물 한 방울 흘리지 않고, 좌판에 당당하게 쏟아 놓았던 쇠도 도로 주워서 주머니에 넣었다. 내친 김에 아줌마 옆의 물 끓이는 화덕 곁에서 불도 실컷 쬐었다.

화덕 열기 때문인지, 아줌마의 인정 때문인지, 온몸이 덜덜 떨리던 추위와 함께 모처럼 마음이 확 풀린 소년은 아줌마가 묻지 않는 말까지 다 해 버렸다.

평소와 달리 야부리 까거나 엉구럭떨지 않고 그냥 술술 나오는 대로 다 말해 버렸다.

"우리 꼰대는유, 옛날에 나 어렸을 적에 개인택시 기사였걸랑유. 그런디 다 까먹구 맨날 술에 꼴아 가지고 울 엄마만 죠졌다구유. 그래서 울 엄마가 도망쳤는디, 돈 벌어 가꾸 나 데릴러 온다더니 여태두 안 와유. 울 엄만 순 야부리꾼이구 우리 아부지는 요새두 술만 꼴면 나를 디립다 조지는디, 디게 싸가지 읎쥬?"

왜 그랬을까? 껄떡이 형 말고는 아무에게도 하지 않았던 말을 다 털어놓은 것은? 소년 자신도 알 수 없는 일이다. 그러나 말하는 동안 소년은 아주 마음이 편했다.

묵묵히 들어준 아줌마가

"딱두 하지. 그렇지만 아버지한테 그런 말하면 나쁜 사람이여. 다신 그러지 마라. 알었냐?"

조금 화난 얼굴로 꾸지람하는 말에도 그렇게 기분이 상하지 않았다.

"야!"

군말 보태지 않고 아주 얌전하게 대답했을 뿐이다.

대충 시간을 맞춰 화덕 곁을 물러 나온 소년은 집으로 향하는 발길이 여느 날보다 가벼웠다.

추운데 길가에서 얼쩡거리다 감기 들지 말고 얼른 집으로 가라는 아줌마의 말대로, 소년은 더는 한눈파는 일 없이 곧장 집으로 갔다.

가는 동안 내내 소년은 기분이 좋았다. 귀때기가 따끔따끔 시리고 코끝이 빨갛게 얼었지만 속이 든든하고 마음이 푼더분하고 보니 '까짓것 이쯤이야'다.

오늘따라 방 안에 불이 켜져 있다. 아버지가 다른 날보다 일찍 돌아왔구나, 늦게 싸돌아다닌다고 욕 한 바가지쯤은 얻어먹겠구나 생각하면서도 소년은 기분이 좋다.

컴컴하고 냉기 가득한 방에 혼자 들어서는 것보다, 불 켜진 방은 그래도 온기가 있어 보인다. 바깥에서 보면, 밝은 전등 빛 아래 도란도란 얘기가 오갈 듯도 싶다.

그러나 싸늘한 냉기와 지겨운 정적보다, 그리고 각오한 욕바가지보다 더 무서운 것이 방 안에서 기다리고 있을 줄을 소년은 미처 몰랐다.

조심조심 방문을 열고 들어서자, 담배 연기 자욱한 속에서 웅크리고 앉았던 아버지가 범상을 한 채 달겨들었다.

"이누무 새끼."

고함과 함께 소년의 뺨에서 철썩, 오진 소리가 나고 눈에선 불이 번쩍 튀었다.

"너 또 도둑질하다 파출소 끌려갔지?"

아버지의 두 번째 고함과 함께 옹근 주먹이 웅크린 소년의 등깜을 후린다.

"아부지, 그게 아니구유……."

그러나 말할 틈이 없다.

"나가 뒤져 이 새꺄."

고슴도치처럼, 방바닥에 몸을 말고 구르는 소년의 등과 엉덩이에 아버지의 주먹과 발길이 사정없이 떨어진다.

"아이구 그게 아닌디……."

그러나 아버지의 매타작은 멈추지 않는다.

"아니긴 머가 아녀. 이 싸가지 노란 놈, 니 에미마냥 나가, 나가 뒈져."

소년은 변명을 단념하고 후닥닥 방문을 차고 달아난다. 매번 같은 꼴이지만 형세가 이지경이면 튀는 게 상책이다.

마을의 손바닥만한 공터에 다다른 소년은 비로소 한숨 돌리고 허리를 편다. 심호흡을 한다. 볼따구니도 얼얼하고 등 깜도 쑤신다. 그렇게 얻어맞고 채여도 별반 탈이 없는 건 역시 엉덩짝이다.

'쓰발 엉덩이만 차지, 쌰다구 등짝은 왜 패능겨?'

소년은 중얼거리면서 하늘을 본다. 별이 차갑다. 찬바람에 오들오들 떨고 있는 것 같다.

"이 싸가지덜아, 니덜만 춥냐?"

소년은 오들오들 떨고 있는 별을 향해 냅다 쏘아붙인다. 재수가 있는 날인가 없는 날인가, 참으로 헷갈리는 날이다. 어쩌면 오늘뿐만 아니라 소년의 인생이 온통 헷갈리는 것인지도 모른다.

"야! 이 싸가지덜아아."

소년은 아까보다 더 큰 소리로 하늘을 향해 소리친다. 오들오들 떨던 별들이 물기 가득한 소년의 눈 속으로 왈칵 쏟아져 내린다.

밥과 눈물

1학년 때, 소년의 키는 다른 아이들과 고만고만했었다. 짝꿍 민희와도 같은 키였다.

그런데 5학년이 된 지금은 아니다. 몇 년 사이에 다른 아이들은 성큼 자랐는데 소년은 늘 그 턱인 듯, 자란 표가 안 난다.

조회 시간이나 체육 시간 같은 때, 같은 학년 아이들과 섞이면 소년의 머리통은 다른 아이들의 어깨쯤에나 닿을 만큼 낮아 보인다. 얼굴도 늘 파리하게 야위었다.

그런 소년에 비해 민희도 다른 아이들 마냥 훌쩍 자랐다. 비록 지금은 반이 갈려 짝꿍이 아니지만, 어쩌다 마주 서 보면 소년이 한참 어린 동생 같다.

옛날과 달리 표 나게 키 차이가 나는 건 물론이고, 민희가 무언가를 꾸짖고 화를 내면, 소년은 고개를 숙인 채 묵묵히 듣기만 하는 모습도 그렇다.

소년이 그렇게 못 자란 건 늘 배를 채우지 못하고 허기를 안고 살기 때문이다.

소년이 하루 중, 제대로 밥을 먹는 건 학교에서 급식하는 점심 한 끼가 고작이다.

나머지 두 끼 중 한 끼를 빵으로 때우거나, 재수 없이 오락실에서 돈을 다 털리는 날은, 아침은 굶고 저녁은 건너뛰는 식이다.

그나마 등교하지 않는 날은 점심 한 끼마저도 밥 구경을 못한다.

아버지가 아침마다 던져 주는 3,000원으로 하루를 살아야 하는 소년으로서는 매일이 허기와의 싸움이나 다름없다.

주먹에 쥔 돈 3,000원으로 빵을 사 먹을 거냐, 오락 게임을 할 거냐. 그걸 결정하기가 참으로 힘이 든다.

그것도 4학년에 올라 온 뒤에 큰 인심 쓰듯 올려 준 게 그렇다. 500원짜리 빵이 800원이 되고, 1,000원에 3개 주던 꼬치 오뎅이 1,000원에 2개로 올랐지만, 아버지의 계산은 달랐다. '쬐끄만 배때기'에 그만하면 된다는 것이다.

오락 게임을 하면 아무리 재수가 좋은 날도 돈은 털리게 마련이다. 얼마쯤의 시간을 즐기느냐, 얼마쯤 털리고 일어서느냐일 뿐, 돈을 털리는 건 틀림없는 사실이다.

다만 그 시간만은 오로지 게임에만 매달리게 되니 오락실의 유혹을 뿌리치기가 어려운 것이다.

외롭고 따분한 생각, 아이들의 놀림이나 선생님의 꾸중, 그리고 배고픔도 잊고, 가끔씩 떠올라 소년을 미치게 만드는 엄마 생각도 까맣게 잊어버리기 때문이다.

그러나 오락실을 나서면 뱃속에서 야단이 나는 게 참 지랄 같다.

온몸이 녹작지근하게 힘이 빠지며 입은 구진하고 뱃속은 무얼 집어넣으라고 꼬르륵 꾸루룩 난리를 치는데, 빈손일 때는 정말 참기가 힘이 든다. 그래서 야단치는 뱃속을 채우는 날은 오락실 유혹을 참아내는 게 또한 쉽지 않다.

오락실 주인도, 오락기도 인색하기가 구두쇠 뺨 칠 지경이어서 선금을 지르지 않으면 먹통이다. 정 참을 수 없을 때는 다른 아이들의 게임을 옆에서 들여다보거나 한마디 거들면 왕짜증을 낸다. 오락실 주인도 소년의 그런 꼴을 보면 인상을 팍팍 쓴다.

어느 날, 오락실에서 2,000원을 털리고 난 소년은 단돈 1,000원을 가지고 학교 앞 상점에 들어섰다. 간식을 사러 온 아이들이 북적대었다. 혼자인 주인은 빵이나 과자, 음료수를 집어 들고 온 아이들이 내미는 돈을 받거나 거스름을 내주는 일만으로도 바빠서 상점 안을 돌아볼 여유가 없다.

빵을 하나 들고 값을 치르려던 소년은, 비집고 드는 아이들에게 밀려 계산대와의 거리가 오히려 멀어졌다. 잠시 밀치기를 당하던 소년은 슬그머니 돌아섰다.

손에 들었던 돈을 도로 주머니에 집어넣고 상점을 나와 버렸다. 상점 문을 나설 때 소년은 뒤통수가 근질근질할 만큼 아슬아슬했지만, 모퉁이를 돌아서서는 '휴' 하고 긴 숨을 내쉬며 활짝 웃었다.

게 눈 감추듯 순식간에 빵을 먹어 치우고 손을 탈탈 터는 소년의 얼굴에 희색이 만면했다. 기분이 '짱'이었던 것이다.

'왕재수다.'

소년은 양손을 소리 나게 부딪친 다음에 두 엄지를 하늘로 곧추세우고, 속으로 '화이팅'을 외쳤다. 격에 안 맞는 '세레모니'였지만, 소년은 그만큼 기분이 좋았던 것이다.

그 후, 소년은 몇 차례나 더 그 '왕재수'를 즐겼다. 부끄러움이나 가책 같은 건 없었다. 오히려 제 값 치르고 사 먹는 것보다 맛도 좋은 것 같고 재미도 쏠쏠했다.

소년은 껄떡이 형에게 그 일을 자랑처럼 늘어놓았다. 껄떡이 형은 소년을 꾸중하기보다 오히려 칭찬하듯 말했다.

"너 같은 얼치기 놈이 그런 재주래도 있으니께 굶어 디지지는 않겠다. 진짜루 배고파 디질 지경인디, 죽 때릴 자리 없으면 뚜룩 쳐서라도 배 채우고 살어야지 어짜겠냐, 세상이 그런 걸. 들키면 뺨 한 대 맞아 주고 얼레빵 놓는 거여. 나 빵깐 가서 뺑이 치는 대신, 당신 나 때린 거 고소할 거여. 그러면 다 기죽게 마련인거. 새꺄 대갈빡을 굴려. 대갈빡을……."

소년은 '쏠쏠한 재미'는 몇 번이나 계속되었다.

그래도 눈치를 못 채고 아이들이 주는 돈 받는 데만 정신을 팔고 있는 주인이, 껄떡이 형의 말을 빌려 '얼치기' 같다는 생각까지 했다.

그러나 그게 화근이었는지, 조심성을 잃은 소년의 '쏠쏠한 재미'는 오래가지 못했다. '얼치기' 상점 주인에게 들켜 버린 것이다.

빵을 집어 들고 대충 눈치를 보던 소년이, 유유히 상점을 나와 대여섯 발자국쯤 걸었을 때, 주인이 소년의 뒷덜미를 낚아챘다.

"이 도둑놈, 대구리 피도 안 마른 게 상습범이여."

오래전에 눈치를 채고 별러 왔던지, 소년의 뒷덜미를 움켜쥔 주인의 손이 부들부들 떨렸다.

소년은 주인이 채뜨리기 전에 훔친 빵을 재빨리 입안에 우겨 넣었다.

목구멍으로 한 점 넘어가기도 전에 주인의 왁살스런 손바닥이 소년의 볼따구니를 후려쳤다. 입안의 것이 반 남아 튀어나왔지만 소년은 남은 것을 뱉지 않고 끝내 삼켜 버렸다.

"이놈아 빵 값 내."

주인이 소년의 코앞에 펼친 손을 내밀고 흔들었다.

"나 돈 없는디유."

그날따라 게임기에 탈탈 털린 터라 정말 돈이 없었다. 설사 돈이 있었대도 소년은 주지 않을 판이다. 뺨 맞은 것으로 값을 치른 것이라 생각한 것이다.

그러나 주인은 소년을 그냥 놓아주지 않았다.

"그럼 니 에미 오라고 해."

상점 주인은 기어코 빵 값을 받아 낼 모양이었다.

"우리 엄마 없는디유. 나 1학년 때 아버지가 패서 도망 갔걸랑유."

"걔 엄마 진짜 도망갔대요."

둘러서서 구경하던 아이들 중에 누군가가 소리를 질렀다.

"그럼 니 애비 오라고 해."

"우리 아버지두 없슈. 빵깐에 있는디유."

아버지 얘기는 물론 거짓말이었다. 껄떡이 형 말대로 '대갈빡'을 굴려 본 것이다. 주인은 기가 막힌 듯, 공중에다 '헉' 하고 헛바람을 내뱉었다.

"잘됐다. 이놈, 경찰서로 가자. 너도 감옥에 가서 니 애비하고 같이 썩어 봐라."

그러자 소년은 주인의 덜미 잡은 손을 홱 뿌리치며 큰 소리로 말했다.

"좋아유. 경찰서 가면 아저씨가 나 뺨 때린 거 고소할 티니께, 가유. 경찰서 가유."

주인은 질린 표정이었다.

"꺼져 이 자식아!"

주인은 소년의 뒤통수를 한 번 더 쥐어박고 물러섰다.

소년은 뭇 아이들이 보내는 멸시와 조롱의 눈길을 뒤로한 채 돌아서서 영웅처럼 웃었다.

껄떡이 형은 참 대단하기도 하지, 어쩌면 그렇게 사람의 마음이나 일 돌아가는 걸 모두 좌악 꿰고 있는 걸까. 가르쳐 준 수법을 처음 써먹어 본 건데, 이렇게 잘 먹혀들다니, 소년은 그게 신기하고 재미있을 뿐, 아이들의 멸시 따위는 안중에도 없었다.

그러나, 그 일을 아이들 중 누군가가 고자질했는지, 아니면 상점 주인이 연락을 했는지, 이튿날 소년이 교실에 들어서자마자 선생님이 다가오더니 따라오라고 작은 소리로 말했다. 아이들이 금세 둘씩 셋씩 머리를 맞대고 수군거리기 시작했다. 이미 소문이 쫙 퍼진 모양이었다.

눈치 빠르게 사태를 짐작한 소년은 한바탕 혼날 각오를 하고 태연히 선생님을 따라 나섰다.

다행스럽게도 4학년에 올라와 다시 만난 담임선생님은 1학년 때의 그 선생님이다. 전의 담임선생님처럼 여러 아이들 앞에서 소년을 혼내는 일이 없다.

손바닥이나 종아리를 때리지도 않는다. 숙제를 빼먹거나 일기를 안 써 와도 표 나게 야단치는 법이 없다. 학습 준비물을 전혀 안 가져오는 소년을 위해서 미리 마련해 둔 듯, 아무 말 없이 소년의 책상에 놓아주기도 한다. 그러고도 가끔 소년을 불러 세워 놓고 묻는다.

"엄마 소식 못 들었니?"

소년이 입을 다물고 가만히 서 있으면, 선생님은 소년의 손을 잡거나 머리를 쓰다듬으며 말했다. 그리고 아주 작게 한숨을 쉬기도 한다.

"엄마는 멀리서도 네가 훌륭한 사람이 되기를 바랄 거야."

소년은 그런 선생님 말씀이 고맙지만 엄마 얘기를 꺼내는 건 싫다.

엄마 생각만 하면 마음이 복잡해지기 때문이다. 미움이 솟아 화가 치밀기도 하고, 그립고 보고 싶은 마음에 견딜 수 없을 만큼 슬퍼지기도 한다.

교실 밖으로 나와 앞장서 가던 선생님은 엉뚱한 양호실로 들어갔다.

'나는 아픈 데도 없는디 뭣하러 양호실로 가능겨?'

양호실 문 앞에서 혼자 중얼거리며 머뭇거리는 소년을, 선생님이 큰소리로 불렀다. 교실에서와 달리 대단히 화가 난 목소리다.

"들어오지 않고 뭐해?"

아니나 다를까, 양호실에 들어선 소년이 힐끗 쳐다보니, 선생님의 얼굴이 영 딴사람처럼 보인다. 입을 꾹 다문 채 눈을 부릅뜨고 있다. 이제까지 한 번도 본 일이 없는 모습이다.

그러나 소년은 '쫄지 않겠다'고 속으로 다짐을 한다.

'돈도 없고 배고파 디지겠는디 어쩐대유?'

마음속으로 그렇게 항의를 해 본다.

'죽 때릴 자리 없으면 뚜룩 쳐서라도 배 채우고 살어야지

어쨌겠냐?'던 껄떡이 형의 말을 되뇌어 본다.

실은 때리고 고함치는 다른 선생님들보다 지금 담임선생
님이 더 무섭다.

1학년 때는 엄마처럼 다정하게 느껴졌었는데 지금은 무섭
다. 때리지도 않고 큰소리로 꾸중하지도 않는데 그냥 무섭
다. 아니 마주 서기만 해도 마음이 쫄고 말문이 탁 막힌다.
속으로 쫄지 말자고 다짐하지만 그게 생각처럼 되지 않는다.

"인규야, 이리 가까이 와."

화가 잔뜩 난 표정이었는데, 선생님의 말은 의외로 부드
럽다.

소년이 주춤주춤 다가서자 선생님이 덥석 끌어안았다.

당황한 소년은 선생님에게 안긴 채 눈만 껌벅거린다. 오랜
만에 사람의 품에 안기고 보니 기분이 참 야릇하다. 어쩌면
옛날 엄마 품에 안긴 것도 같고, 엄청 센 힘에 사지를 묶인
것도 같다.

그러고도 선생님은 말이 없는데, 약상자 앞에서 시퍼런 배
추잎, 만 원짜리 돈다발을 들고 척척척 세어 넘기던 양호 선
생님이 끼어든다.

"이 녀석아, 상점에서 빵을 샀으면 돈을 줘야지. 남의 것을
거저먹는 건 도둑질이야. 바늘 도둑이 소 도둑 된다는 말도

몰라?"

'체, 우리 반 선생님도 아니면서 왜 상관이랴. 도둑질인 거 누가 모를개비?'

소년은 당황한 가운데도 양호 선생님을 힐끗 쳐다본다. 원망이 담긴 눈빛이다.

양호 선생님은 돈다발이 든 핸드백을 서랍에 넣고 잠근다.

'돈도 참 억수로 많네. 저게 내 돈이라면 별거 별거 다 사 먹을 틴디. 그까짓 빵 한 개 훔치지 않고 백 개, 천 개라도 사서 아이들에게 다 나눠 줄틴디…….' 선생님에게 안긴 채 소년은 잠시 엉뚱한 생각을 한다.

분명 어제 일 때문일 텐데, 선생님은 자초지종을 묻지도 않는다. 끌어안았던 팔로 소년의 양어깨를 잡고 말없이 소년의 얼굴을 바라보기만 한다.

소년은 고개를 푹 숙인 채 두근두근 제 가슴 뛰는 소리를 듣는다. 선생님 앞에 서면 언제나 그렇다. 참 이상한 일이다.

지난해 담임선생님에게는 손바닥을 맞고 된통 꾸중을 들어도 가슴이 뛰기는커녕 눈도 꿈쩍 않던 소년이다.

그런데, 지금 선생님 앞에서는 이상하게도 가슴이 뛴다. '쫄지 말자'고 속으로 다짐을 해도 그게 안 된다.

"너 정말 돈이 없었니?"

앞뒤 사정은 제쳐 놓고 선생님이 직방으로 묻는다.

"예!"

쫄지 않겠다고 다짐 했는데도 헛일이다. 목소리가 겨우 들릴 만큼 작다.

"정말?"

"예!"

"아침밥은 먹었니?"

아침밥은커녕 어제 저녁에도 입에 빵 한 조각 넣어 보지 못했다. 오락실에서 돈을 몽땅 털리는 바람에 찬물로 저녁을 대신했을 뿐이다.

그러나 소년은 대답하지 않았다.

선생님은 어깨를 감쌌던 손을 풀고 소년의 얼굴을 잠시 쳐다보고 말했다.

"지금도 아버지가 늦게 일어나셔서 아침밥을 못 먹고 학교에 오니? 배가 무척 고팠겠구나. 내일부터는 지각해도 괜찮으니까 아버지에게 아침밥 지어 달라고 해서 먹고 와야 한다. 알았어?"

씨도 안 먹힐 소리다.

쌀도 없고 전기밥솥이 고장 나서 진짜 밥통이 됐다는 걸 선생님은 모를 것이다. 쌀과 전기밥솥이 있어도 밥을 지을 아버지가 아니라는 것도 모를 것이다.

선생님이 소년의 아버지가 옛날과 어떻게 달라졌는지를 알 까닭이 없으니, 모르는 게 당연한 것이다.

"이거 상점 아저씨 갖다 드리고 늦게 드려서 '미안합니다'라고 해. 나머지는 언제든 네가 먹고 싶은 거 사 먹고."

선생님이 3,000원을 소년의 손에 쥐어 준다. 소년의 손을 감싼 선생님의 손이 따듯하다.

"싫어유."

손을 빼내는 소년의 눈에 눈물이 글썽해진다.

"싫어? 왜."

"어제 싸다구 맞었슈."

뺨 맞은 걸로 빵 값은 치른 셈이라는 생각이다.

"그래도 갖다 드려. 어제는 돈이 없어서 못 드렸다고 말해. 그러면 아저씨도 미안하다고 하실 거야. 그 아저씨가 너를 때린 건 나쁜 일 다시 하지 말라는 뜻이야."

선생님의 목소리는 이제까지와 달리 엄숙했다.

그러나 선생님의 말은 맞지 않았다. 소년이 1,000원을 내밀자 낚아채듯 돈을 받은 상점 주인은 엉뚱한 말을 했다. 선생님의 예상과는 전혀 다른 말이다.

"싸가지 노란 놈, 도대체 커서 뭐 될래? 부전자전으로 니 애비마냥 감옥이나 들락거릴 거냐? 그리고 니 선생도 참 한심하다. 도대체 학교서 뭘 가르치길래 애새끼들이 저 모양인지……."

"아저씨 우리 아버지 깜빵 간 거 아니거든유. 그리구 빵 값 줬는디 왜 우리 선생님 욕해유. 내가 빵 째빈 거 선생님이 가르친 거 절대 아니거든유."

소년은 치뜬 눈으로 주인의 얼굴을 노려보았다. 주인은 소년의 눈을 피했다. 그리고 소리를 꽥 질렀다.

"재수 없어. 가, 이 자식아."

소년은 '재수 없는 건 아저씨'라고 소리를 지르고 싶다. 그러나 참는다.

상점을 나와 학교 후문을 들어선 소년은, 돌아서서 상점 쪽을 향해 쑥떡 한 방을 크게 먹였다. 침도 탁 뱉었다.

'쓰발 엿이나 먹어라. 퉤!'

부글거리던 속이 좀 후련해지는 것 같다.

교실에 들어서니 수업이 한창이다. 제자리에 가 앉으라고 선생님이 눈짓을 보낸다.

"얌마, 너 벌서고 왔지?"

뒷자리의 남자애가 작은 소리로 말한다. 소년은 못 들은 체하기로 한다. 보나마나 선생님이 눈여겨보고 계실 텐데,

응대거리하다 보면 말싸움이 될 게 뻔하다.

"너 어제 빵 훔쳐 먹다 뽀록났다며? 그래서 터졌다며?"

뒷자리 녀석은 계속 소년의 비위를 긁는다. 소년은 못 들은 척하면서도 '이따 보자'고 속으로 벼르고 있는데, 녀석 옆의 여자애가 한마디 했다.

"선생님이 쳐다보셔. 조용히 해."

수업이 끝나고 선생님이 교실을 나가자, 소년은 일어서서 뒷자리 녀석의 귀에다 입을 바짝 대고 작게 말했다.

"너 죽을래? 이걸로 옆구리 팍 찔러 줄까, 얼굴 확 그어 줄까?"

소년의 손엔 어느새 집어 들었던지, 녀석의 책상에 놓여 있던 샤프연필이 들려 있다.

"어, 어라?"

뒷자리 녀석은 큰 덩치에 어울리지 않게 멈칫했으나 뒷말을 잇지 못했다. 녀석은 여럿 앞에서 소년을 얕보고 놀리다가 단둘이 마주쳤을 때, 된통 골탕을 먹는 수모를 몇 번 당한 터라, 이번에도 소년의 성질을 섣불리 건드려 놓고는 뒷감당을 못했다.

다행인 건, 아이들 누구도 이미 쫙 퍼져 있는 소년의 어제 일을 가지고 말을 꺼내지 않았다. 소년이 상점에 빵 값을

108   천사의 깊고 편한 잠

갚으러 간 사이에, 선생님이 아이들의 입단속을 해 놓았다는 걸 소년은 몰랐다. 그러나 아무도 소년의 옆에 다가와 아는 체를 하지 않았다.

소년은 마치 눈에 보이지 않는 투명하고 둥근 막 속에 갇혀 허공에 외롭게 떠 있는 것 같았다.

점심시간에도 소년의 옆자리나 앞자리 식탁에는 아무도 앉지 않았다.

비록 선생님의 엄명 때문에 소리 내어 소년을 비난하지는 못 해도, 멸시와 조롱, 경계심을 풀지는 않고 있는 것이다.

그래도 소년은 태연했다. 아이들이 보내는 눈길이 뒤통수가 근질거리는 걸 느끼지만, 소년은 아닌 척한다.

'니깐 것들이 그런다고 누가 몸 닳고 쫄릴개비?'

하지만 태연한 척 할수록 마음이 언짢다. 허전하다고 해야 할지 외롭다고 해야 할지, 아니면 슬프다고 해야 할지 마음이 참 야릇하다.

'지들두 배고프고 돈 없으면 별 수 없을 걸……'

훔친 것에 대한 부끄러움 따위는 애써 지우려 하지만 개운치가 않다.

저희끼리 삼삼오오 어울리는 틈새에 참견을 하려 해 보지만 '넌 빠져' 하고 밀쳐 내거나, 하던 걸 작파하고 뿔뿔이 흩어져 버린다.

절박한 허기를 느껴 보지 못한 아이들은 소년의 도둑질이, 소년의 냄새나는 옷보다 더 혐오스러울지 모른다.

어느 날보다 하루를 힘겹게 보낸 소년은 거리에 휘황한 간판 빛들이 요란을 떨 무렵에, 국제은행 쪽으로 발길을 옮겼다.

시간 죽이는 데는, 침침한 방 안에 처박혀 있는 것보다 볼일이 없더라도 사람들이 우글거리는 거리를 싸다니는 게 약이다.

오고 가는 사람 구경도 심심찮지만 즐비한 노점상들이 저마다 손님 끄느라고 벌이는 '쑈'도 볼만하다. 우두커니 서서 다가드는 손님만 상대하는 사람들도 있지만, 별난 옷을 걸치고 손짓 발짓에 걸쭉한 입담까지 섞어서 행인의 발길을 잡는 사람들도 많다.

게다가 사이사이에 먹거리 노점상들도 심심찮게 끼어 있어서 눈요기 귀요기에, 돈만 있다면 입요기 재미까지 쏠쏠한 곳이다.

다행히 오늘은 소년의 주머니도 든든하다. 아버지가 준 3,000원 중에서 1,000원으로 아침을 해결하고, 오락실에도 가지 않았으니 2,000원이 고스란히 남은 데다, 선생님이 준 돈에서 얼치기 상점 주인에게 빵 값 1,000원을 갚았으니 거기서도 2,000원이 남았다.

일금 4,000원이 소년의 주머니에 들어 있다. 거금인 셈이다. 운 좋게 껄떡이 형을 만나면 뺑뺑이떡이나 붕어빵 몇 개쯤 쏠 용의도 있다.

껄떡이 형은 만날 때마다 소년의 빈 배를 채워 주었다.

그뿐만 아니라 늘 친동생처럼 대해 준다. 비록 말은 거칠고 엉덩짝을 걷어차거나 훅크를 넣기도 하지만 모두가 흉내뿐이다. 그게 반갑다는 표시라는 걸 소년은 안다. 그런 껄떡이 형에게 모처럼 한 방 쏜다면 형도 기분 좋아할 것이다.

국제은행 앞길에 들어서자 똑바로 서서 반듯하게 걸어갈 수 없을 만큼 오가는 사람들이 많다. 이 거리는 낮보다 밤이 더 붐빌 만큼 해 진 뒤에 더 많은 사람들이 쏟아져 나온다.

차가 다니지 않는 거리라서 그런지, 노점상들도 길 양옆을 점령하고 옮길 줄을 모른다.

소년도 행인들 틈에 끼어 이리저리 몸을 비끼며 걷는다. 행인들보다 걸음을 늦추고 해찰을 떨다 보니, 몇 걸음마다 몸을 부딪친다. 어쩌다 덩치 큰 어른들과 부딪치면 소년의 작은 몸뚱이가 넘어질 듯 비틀거린다.

보통 때 같으면 이미 지나쳐 버린 행인의 등 뒤에 대고라도 욕을 걸러 부었겠지만, 오늘은 그냥 얌전히 걷는다. 주머니가 든든하니 기분이 삼삼하고 너그러워진 것이다.

학교에서의 일은 벌써 잊었다. 선생님에게 안겼을 때의 야릇한 기분도, 선생님의 손에서 전해지던 따뜻한 느낌도 잊고, 아이들의 싸늘한 시선에 언짢던 기분도 다 날려 버린 것이다.

"명품 가방 루이비통이나 샤넬, 구찌와 똑같은 핸드백이 단돈 3만 원, 5만 원. 물건 보고 가세요. 안 보고 그냥 가면 1년 내내 후회하시고, 보고 안 사면 평생 후회하십니다."

가판대에서 행인의 이목을 끌기 위해 너스레를 떠는 상인이 있는가 하면, 우두커니 서서, 살 테면 사고 말 테면 말라는 식의 장승 같은 상인도 있다.

그러나 가판대 앞에서 물건을 고르거나 흥정하는 손님들은 별로 눈에 띄지 않는다. 힐끗힐끗 곁눈질하고 지나칠 뿐이다. 상인이 유난스레 수다를 떠는 가판대 앞이나 장승처럼 서 있는 가판대나 사정은 마찬가지다.

어정거리며 걷던 소년은 사람들에게 빙 둘러싸인 가판대 앞에서 걸음을 멈췄다. 사람들 등판에 가려 얼굴조차 보이지 않는 상인의 굵은 목소리만 들린다.

"이걸 한 달만 장복하면 인절미 같던 그놈이 참나무 방맹이처럼 단단해지고, 심통 난 마나님 입에서 홍야 소리가 절로 나오는 건 물론이요, 조석으로 반찬이 달라집니다. 부부 금슬이 달라지고 인생이 달라집니다."

소년은 둘러선 사람들 사이를 비집고 들어가 가판대 앞에 바짝 붙어 선다.

좌판 위엔 풀뿌리, 나무뿌리, 괴상한 열매 따위가 널려 있고, 한쪽 끝에 거무튀튀한 물이 담긴 페트병이 여러 개 놓여 있다.

'도대체 저게 뭔데 인절미가 방맹이가 되고 반찬이 달라진다는 거여? 도깨비 방맹이도 아닌디, 무슨 귀신 씻나락 까먹고 개 풀 뜯어먹는 소리랴?'

소년이 널려 있는 풀뿌리와 페트병을 살펴보는데, 장사꾼이 갑자기 목소리를 바꾼다.

"야, 꼬맹이 총각, 자네는 올 데가 아닐세. 가거라. 가서 공부하고 나중에 배꼽 밑에 있는 놈이 영글고 짝 찾아서 씨 뿌릴 때가 되면 그때나 오거라. 지금 먹어 놓으면 돈 버리고 사람 버리고 나도 욕을 바가지로 먹어버린다. 냉큼 가거라."

둘러섰던 사람들이 와그르르 웃는데, 장사꾼은 소년을 향해 양팔을 내저으며 새 쫓는 시늉을 한다.

'별것도 아닌 풀뿌리 가지고 공갈치면서…….'

소년이 투덜거리면서 뒷걸음질로 물러나려는데 누군가가 귀를 잡아당긴다. 껄떡이 형이다.

"형!"

소년이 반색을 했으나 껄떡이 형은 여전히 귀를 놓아주지 않는다.

"쌩쥐 요놈 쌔꺄. 왔으면 왔다고 할 것이지 머할라고 이런 데서 얼쩡대고 있능겨?"

생쥐는 껄떡이 형이 붙여 준 소년의 별명이다. 껄떡이 형은 말이 끝나기가 무섭게 무릎으로 엉덩이를 박는다. 물론 아프지 않을 만큼 시늉뿐이다.

"안 그래도 나 형 보고 싶어서 왔는디."

소년은 방금 놓여난 귀를 쓰다듬으며 말 한다.

"쌩쥐, 너 진짜여?"

"진짜여!"

껄떡이 형이 소년의 머리통을 자신의 옆구리에 붙이고 팔로 감아 안는다.

소년이 껄떡이 형을 알게 된 건 참 행운이다. 피붙이 친척도 아니고 이웃에 살다 안면 튼 처지도 아니다. 학교 선배도 물론 아니다. 그냥 우연히 만났을 뿐이다. 그런데도 둘은 가끔 만나면 친형제나 다름없이 반긴다.

"너 배고프지?"

둘이 만나서 반가운 표시를 하고 나면 껄떡이 형이 늘 하는 말이다.

"오늘은 아닌디. 나 돈 4,000원이나 있는디, 내가 한 방 쏠까?"

소년은 아까부터 작정했던 말을 자랑스레 꺼낸다.

"니가 쏜다구? 뭘."

"뭐든지. 형 먹구 싶은 거."

"짜식, 웃기네."

껄떡이 형은 자지러지게 웃었다. 웃음을 그친 껄떡이 형은 말없이 붕어빵 노점 앞으로 소년을 데리고 갔다. 빵 한 봉지를 사서 딱 한 개를 집어 든 후, 소년에게 안겨 주었다. 그리고 빵 값을 치르면서 말했다.

"쌩쥐야, 이건 니가 쏜 거다."

"진짜루 내가 쏠라구 했는디."

소년이 말하자, 껄떡이 형은 한입 베어 문 붕어빵을 우물거리며 소년의 등을 가볍게 두드려 주었다.

"그래. 니가 쏜 거다. 니가 쏜 거라 더 맛있다."

껄떡이 형은 영업을 해야 한다며 돌아갔다.

'은하 모텔'이란 거창한 간판을 단 여관에 손님을 끌어다 주는 것이 껄떡이 형의 영업이다. 해 진 뒤부터 자정이 훨씬 넘는 밤중까지가 영업시간인 셈이다. 그러니 껄떡이 형이 소년과 오래 얘기할 시간이 없는 것이다.

하루가 저문 이 시각까지 4,000원이란 거금이 주머니에 남아 있게 된 사연이랑, 껄떡이 형이 가르쳐 준 대로 '대갈빡'을 굴리고 '얼레빵' 놓았던 일을 자랑하지 못한 건 서운하지만, 소년은 기분이 매우 좋다.

빵 봉지에서 소년의 손으로 옮겨지는 온기가 가슴까지 따뜻하게 덥혀 준다.

어제, 오늘 일 다 잊고 오직 붕어빵이 전해 주는 따뜻한 온기와 단맛을 즐기는 소년은 모처럼 행복하다. 북적대는 사람들 모두가 웃는 것 같고, 여느 때 눈에 들어오지 않던 휘황한 오색 간판들도 유난히 정다워 보인다.

셋째 시간 수업이 끝나고 화장실에 다녀오던 소년의 눈에, 바쁜 걸음으로 층계를 내려가는 양호 선생님의 뒷모습이 보였다. 마주치지 않은 게 다행이지만, 만약에 마주쳤더라면 양호 선생님은 틀림없이 또 한마디 했을 것이다.

'남의 것을 거저먹는 건 도둑질이야. 바늘 도둑이 소 도둑 되는 거 몰라?'

이미 머릿속에서 지워졌던 며칠 전 양호 선생님의 말이 생각난다.

'우리 반 선생님도 아니면서 무슨 상관이랴? 도둑질인 거 누가 모를개비?'

속으로만 불평을 했었지만, 소년은 새삼 유감스런 생각이 든다.

지나다 보니, 방금 뒷모습을 보이며 바삐 층계를 내려가던 양호 선생님이 문 닫는 걸 잊었나 보다. 양호실 문이 활짝 열려있다.

힐끗 들여다보니 텅 비었다. 약상자 앞의 책상 위엔 핸드백이 덩그마니 놓여 있다. 며칠 전 시퍼런 만 원짜리 배추잎 다발을 넣었던 그 핸드백일 것이다.

'저게 내 돈이라면 빵을 백 개, 천 개라도 사서 아이들에게 나누어 줄 틴디……'

당찮은 생각을 하던 일이 떠오른다. 주위를 살펴보니 아무도 없다. 넷째 시간이 동학년 체육이니, 전 학년 아이들 모두가 운동장으로 나가고, 각 학급 교실마다 당번 한두 명씩만 남아 있을 것이다.

소년은 망설일 것 없이 양호실로 들어가 책상 위에 놓여 있는 핸드백을 열었다. 그 속에 든 작은 손지갑에 시퍼런 배추잎이 들어 있다.

소년은 손에 집히는 대로 몇 장을 빼서 주머니에 쑤셔 넣고 부리나케 운동장으로 달려 나갔다.

어디서 꾸물대고 있었는지, 소년보다 더 늦게 나오는 아이들 덕분에 소년은 시침 뚝 떼고 체육시간 내내 신나게 뛰었다.

체육시간이 끝난 뒤에, 화장실로 가 세어 보니 빠삭빠삭하는 만 원짜리가 12장이다. 이 정도면 껄떡이 형도 아마 한 따까리에 만져 보기가 쉽지 않을 것이다.

양말 밑에 돈을 감추고, 태연한 척 화장실을 나왔지만 소년은 가슴이 뛰었다. 액수가 너무 많기 때문이다.

'한바탕 난리가 나겠지.'

다소 떨리긴 하지만, 혹시 혐의자로 지목된대도 싸대기나 종아리 몇 대쯤 맞고 입 다문 채 버티면, 이건 온전히 내 꺼다. 소년은 얼른 그 시간이 지나길 바랐다.

그러나 그날도 그 이튿날도 조용했다. 양호 선생님은 돈을 잃어버린 것조차 모르는 눈치다. 멀쩍이서 양호실 주변을 살펴봐도 별다른 기미가 보이지 않는다.

'돈이 너무 많으니까 없어진 것도 모르는가 보다. 양호 선생님도 별수 없는 꼴통인가?'

웬만큼 마음을 놓은 소년은 제일 먼저 껄떡이 형에게 달려가 돈 자랑을 했다. 늘 신세만 진 건 물론, 지난번에 내가 쏜다고 허풍만 떤 것도 갚을 겸, 진짜로 한턱 쏘면서 칭찬도 받고 싶었던 것이다.

"형, 오늘은 진짜루 내가 한턱 쏠게."

소년의 말에 껄떡이 형은 심드렁하게 웃는다.

"또 쏜다구? 니가 무슨 쇠가 있다구."

"이거 봐."

소년은 따로 뽑아 둔 만 원짜리 석 장을 들고 펄럭거렸다.

"임마. 그렇게 많은 돈이 어디서 났어?"

"우리 아버지가 손금 봐서 대박 텄나봐. 맛있는 거 맘대로 꼴리라고 줬걸랑."

"야, 니 꼰대 사람 됐내비다."

껄떡이 형은 별 의심 없이 소년의 말을 믿는 눈치다.

껄떡이 형은 울면을 먹고 소년은 짜장면을 곱빼기로 먹었다. 기분 좋게 돈을 치르고 나오던 소년은 입이 근지러웠다.

"형, 이 돈 실지는 우리 아버지가 준 것이 아니라, 우리학교 양호 선생님 가방에서 째빈겨. 그런데도 모르나 봐. 여태 돈 잃어버렸다는 말도 없걸랑!"

소년은 솜씨 좋다고 칭찬 한마디쯤은 들을 줄 알았는데,

껄떡이 형은 난데없이 소년의 따귀를 후려친다.

"이 꼴통! 핵교 선생님 걸 쌔벼? 짜샤, 너 그러다 퇴학 맞으면 내 꼴 되능 거 몰라? 널 당장 갖다 주고 불어. 안 그러면 너 가만 안 둬."

껄떡이 형은 제 주머니에서 만 원 지폐 두 장을 내주며 축낸 돈을 보충하라고 했다.

"선생님은 모르구 있는디……."

소년이 어물쩍거리자, 소년의 엉덩이에 껄떡이 형의 발길이 날아들었다. 먼저 맞은 뺨도 얼얼한데, 이어서 맞은 엉덩이도 만만찮게 아프다.

"짜샤. 야부리 깔겨?"

껄떡이 형이 또 한 차례 소년의 뺨을 후려친다. 껄떡이 형이 이렇게 모질게 때린 적이 없었는데, 그리고 빵 훔쳐 먹었다고 자랑을 했을 때는 꾸짖기는커녕 '굶어 디지지는 않겠다'고 칭찬을 했었는데, 참 별일이었다.

소년은 아픈 것보다도 껄떡이 형의 돌연한 변화가 당황스럽고 서러워서 눈물이 핑 돌았다. 그러나 껄떡이 형의 기세에 눌려 아무 말 못하고 고개만 크게 끄덕였다.

"아퍼?"

껄떡이 형이 소년의 눈에 그렁한 눈물을 닦아 주며 묻는다. 변덕이 죽 끓듯 하나, 야부리 깔 거냐고 윽박지를 때와는 생판 다른 목소리다.

소년은 말없이 고개만 젓는다. 그러나 속으로는 야속한 맘이 사라지지 않는다.

'째려 놓구 아프냐구 묻는 건 무슨 심뽀여?'

껄떡이 형은 소년에게 거듭 다짐을 받은 뒤에, 고개를 숙인 채 멀어져 가는 소년의 뒷모습을 한참 동안이나 바라본다. 그 표정이 착잡하다. 아직도 행방조차 알 수 없는, 딱 소년만한 제 동생을 생각하고 있었던 것이다.

다음날, 소년은 마음이 흔들렸다.

껄떡이 형과 약속한 대로 선생님께 돈을 돌려주며 내가 훔쳤소, 하고 불어 버리기가 훔치기보다 더 어렵다. 선생님은 전혀 모르는 눈치인데, 자청해 나서기에도 용기가 안 나지만, 빠삭빠삭하는 배추잎에 대한 미련도 버리기가 그리 쉽지 않다.

'에라 모르겠다.'

소년은 마음을 바꿨다. 돈은 그대로 꿍치고, 돌려주었다고 거짓으로 말해 버리더라도 껄떡이 형이 안 믿을 이유가 없으리라는 생각이었다. 선생님께 직접 물어 보기 전에는 알 턱이 없기 때문이다.

소년은 며칠간 껄떡이 형을 만나지 않은 채, 반에서 얼간이로 통하는 녀석 하나를 골라잡았다. 얼간이는, 중학교 일진 형들의 흉내를 내며, 깡폼을 잡는 아이들에게 끌려 다니며 온갖 심부름을 다 하는 빵셔틀이다. 군것질 심부름에 급식, 우유 갖다 바치기, 청소 대신하고 '짱' 노릇하는 녀석의 가방 들어주는 것도 모두 얼간이 차지다.

'빙신아, 멋할라고 그렁 거 해 주냐?'고 소년이 핀잔을 주자, 얼간이는 벌레 씹은 표정으로 '쓰발 나 학교 안 댕기고 싶다'고 했다. 소년은 그런 얼간이를 불러 세웠다.

"야! 내가 떡볶이 사 줄까?"

얼간이는 놀라면서도 감동한 눈치다. 미처 대답도 못하고 멍청히 서 있는 얼간이를 잡아끌고 학교에서 멀리 떨어진 상점으로 갔다.

떡볶이를 한 접시 앵기고, 길가 상점을 두루 훑으며 초코파이와 아이스크림에 비비탄 권총까지 한 자루 앵겼다.

얼간이가 누구에게 이런 대우를 받아 봤을까? 얼간이는 너무 황홀해서 완전히 맛이 간 표정이었다.

"야! 니네 짱이 뭐라고 하면 내가 억지로 끌고 갔다고 햐. 지랄하면 내가 맞짱 떠 줄티께."

며칠간 소년은 얼간이를 비서처럼 거느리고 다니면서 호

기를 부렸다. 세상에 부러울 것 없이 째지게 좋은 기분이었다. 그야말로 '짱'이었다. 먹고 싶은 것 마음껏 사 먹고, 오락 게임도 멀미가 나도록 했다.

길 가다가 고물 손수레 옆에서 빵을 먹는 초라한 할머니에게 시퍼런 만 원짜리 한 장을 선뜻 뽑아 주기도 했다.

놀라서 거절하는 할머니에게 억지로 떠맡기다시피 만 원을 준 소년은, 자신이 큰 부자이기라도 한 것처럼 기분이 좋았다.

그러면서도 얼간이에게 한 가지 다짐받는 것을 잊지 않았다.

"너, 내가 이렁 거 사 줬다고 말 하면 안 돼. 다른 애들도 다 사 달라고 덤비면 니가 책임져야 돼. 할머니 돈 준 것도 비밀이여 알었어?"

얼간이는 고개를 끄덕이고 소년은 그런 얼간이를 믿었다.

평소 남에게 먼저 말을 걸고 들기는커녕, 묻는 말조차 어렵게 대답하는 얼간이의 성격을 잘 알기 때문이다. 그러나 그게 탈이었다.

며칠 후, 수업 중인 교실 문이 벌컥 열리더니, 소년의 아버지가 성큼성큼 들어섰다. 소년은 가슴부터 털컥 내려앉았다.

아버지는 자신보다도 나이가 훨씬 적은 여선생님에게 허

리를 푹 꺾어 인사를 한 뒤 말했다.

"지가 인규 애빕니다."

다른 아이들이 영문을 모른 채 눈을 굴리고 있는 사이에, 담임선생님은 재빨리 소년의 아버지를 데리고 교실 밖으로 나갔다.

'저게 꼰질렀나?'

제 발이 저려 가슴을 쿵덕거리고 있던 소년이, 서너 칸 앞쪽에 앉아있는 얼간이를 쳐다보았으나, 머리털 더부룩한 뒤통수만 보일 뿐, 표정은 알 길이 없다.

'그만큼 다짐을 해 놨는데 설마……'

소년은 억지로 자위를 해 보지만, 불안은 가시지 않는다. 잠시 후, 혼자서 돌아온 선생님은, 나대던 몇몇 아이들을 자리에 앉힌 뒤 아무 일 없는 듯 수업을 했다.

소년은 비로소 '휴' 하고 가뒀던 숨을 내쉬었다.

그러나 소년의 안심은 너무 빨랐다. 하루 일과를 마치는 종례가 끝나고, 성미 급한 아이들이 고삐 풀린 말 떼처럼 문밖으로 몰려 나갈 때, 선생님이 소년을 불러 세웠다.

1학년 때의 담임이었던 선생님이 4학년에서 다시 담임이 되었지만, 소년은 스스로 선생님과 거리를 두고 있다.

선생님은 1학년 때와 같이 변함이 없을지 몰라도, 자신은 이제 선생님에게 다가갈 수 없는 존재라 생각하기 때문이다.

"인규야, 나 좀 보고 갈래?"

소년은 갑자기 등짝이 서늘해졌다. 사물함에 넣으려던 가방이 천 근 무게로 팔에 매달린다.

'그냥 토껴?'

머뭇거리는 사이에 선생님이 다시 말했다.

"가방은 거기 놓고 이리 오너라."

'알 쪼여! 얼간이 이 새끼가 꼰질른겨.'

아이들이 빠져나간 빈 교실에서 소년은 선생님과 마주 앉았다. 선생님이 쪽지를 내밀었다.

"이것 좀 읽어 볼래?"

'떡뽀끼, 짬뽕, 짜장민, 건총, 대지고기, 빵, 붕어빵, 오라깸, 니야까 할머니…….'

더 읽어 보나 마나 얼간이 글씨다.

'얼간이 너는 죽었다.' 소년은 속으로 이를 갈았다.

"뭔지 알겠니?"

선생님은 그냥 지나가는 말처럼 묻는다. 소년은 대답 대신 선생님의 얼굴을 잠시 쳐다본다.

'눈치챘으면 열불 나서 악쓰고 쌰다구 앵기고 그러는 건데…….'

걸핏하면 싸다구를 앵기고 손바닥을 내리치던 3학년 때의 남자 담임선생님과 달리 맘이 곱다는 건 알지만, 소년으로선 정말 이상한 일이다.

지난번 빵 한 개 훔치다 들켰을 때도 그렇고, 이번 일도 그렇다. 그렇게 많은 돈을 '뚜룩 친' 도둑놈을 앞에 놓고도 장난말 하듯 '뭔지 알겠니?'라고 심드렁하게 묻는다. 그래서 더 무섭긴 한데, 그 속을 알 수가 없다.

"인규야, 그거 누가 쓴 건지, 뭘 쓴 건지 알겠어?"

선생님은 목소리만 조금 크게 했을 뿐, 여전히 태평한 모습이다.

'모른다고 잡아뗄까?'

그러나 선생님 앞에서는 왠지 쫄아들기만 하는 판이라 버틸 용기가 안 난다. 소년은 마음을 바꿨다.

'그래 확 불어 버리자. 그리고 선생님께 내가 당한 것만큼, 얼간이 이 쌍통을 반쯤 죽여 놓는 거다.'

소년은 작정한 대로 순순히 불었다.

"얼간이, 아니 현기랑 나랑 사 먹은 겁니다."

"돈은 아버지가 주신 거냐?"

"아뉴. 지가 양호 선생님 가방에서 째볐슴, 아니 훔쳤습니다. 그걸루 이렁거 사 먹고 오락 껨 했습니다."

"니야까 할머니라는 건 뭐냐? 거기서도 뭘 째벴니?"

선생님은 소년의 말투를 흉내 내고 조금 웃었다.

"아뉴. 고물 수레 할머니가 길거리서 빵 먹는 게 불쌍해서 만 원 준 겁니다."

"할머니가 불쌍해서 만 원이나 줬어?"

물어 놓고 선생님은 잠시 말이 없다. 지그시 감았던 눈을 뜨더니, 소년의 얼굴을 물끄러미 쳐다본다.

"할머니가 왜 그렇게 불쌍해 보였니?"

"그냥유."

"그냥?"

"예."

"현기는 나쁜 돈인 줄 몰랐다던데, 정말 너 혼자 그런 게 맞니?"

"예, 저 혼자 훔쳤습니다. 현기는 애들 꼬붕 노릇하는 거 불쌍해서 그냥 사 줬슈."

소년은 차라리 속이 후련했다.

일진 흉내 내는 녀석들의 빵셔틀 노릇하면서 쩔쩔 매는 얼간이가 만만하기도 했지만, 불쌍해 보인 것도 사실이다.

길가에 너저분한 고물 몇 개가 실린 손수레 옆에 쪼그리고 앉아서, 메마른 빵 조각을 뜯어 먹던 할머니 모습이 불쌍해서 두 눈 딱 감고 만 원짜리 한 장을 억지로 쥐어 준 것도 역시 사실이다.

소년이 대문 앞에서 집 나간 엄마가 돌아오기를 기다릴 때, 그 옆에 쪼그리고 앉아 볕 쪼임을 하면서, 소년에게 말을 걸어 주던 할머니가 생각 난 때문이었다.

'올 거면 올 때가 됐는디……'

할머니도 소년 못지않게 엄마가 돌아오기를 기다렸었다. 할머니의 말에 늘 심통 난 대답을 했지만, 가끔은 보고 싶기도 하다.

"그랬구나. 인규, 너는 참 정직한 사람이구나. 사람들은 다 조금씩 실수를 하거나 잘못을 저지르지만 감추고 거짓말을 하는데, 너는 아주 정직하게 말해 주니까 참 다행이고, 불쌍한 할머니 도와주기도 했으니 선생님 맘도 기쁘다."

'대체 이게 무슨 된장에 초 쳐 먹는 소린가. 악쓰고 쌰다구 앵길 차롄데, 맘이 기쁘다니……'

쌰다구 몇 대 맞을 각오를 한 참인데, 알 수 없는 선생님의 마음이 쌰다구보다 더 무섭다. 내던졌던 부끄러움, 두려움이 새삼스럽게 소년의 가슴을 파고든다.

'이거 기분 확 꼬이네.'

소년은 당황스러운 가운데 속으로 중얼거린다.

"인규야!"

"예!"

"너 요즘도 아침 안 먹고 학교에 오지?"

"아뉴."

"먹니?"

"예!"

"뭘 먹지?"

"밥."

소년의 말은 물론 거짓말이었다.

그러나 사실대로 말할 수는 없다.

만일 아침을 안 먹는다는 걸 선생님이 알고 그것을 아버지에게 얘기한다면, 소년은 작살이 날판이다. 싸다구 몇 대가 아니라 '죽을 줄 알아.'라고 협박한 대로, 아버지는 소년을 그냥 두지 않을 것이기 때문이다.

그런데 선생님은 속아 주지 않는다.

"그래? 이번 대답은 정직하지 않은 것 같구나."

"……."

소년은 할 말을 잃었다.

껄떡이 형처럼 삐끼판에서 짬밥 먹고 사는 처지는 아니지만, 눈치로 사람 속 떠 보는 데는 도사라고 자부하는 소년도,

도대체 선생님의 속은 알 길이 없다.

다행히 선생님은 더 묻지 않고 실로 엉뚱한 말을 했다.

"너 배고픈 거 알아. 그러니까 그 돈으로 여러 가지 사 먹은 거잖아. 그래서 말인데, 내일부터는 학교에 조금 일찍 와서 급식소에 가면, 그곳 아줌마가 밥 줄 거야. 그리고 하교할 때 들러서 아줌마가 싸 주시는 도시락 가져다 저녁때 집에서 먹도록 해."

소년은 믿기지 않는 눈으로 선생님의 얼굴을 빤히 쳐다보았다. 그러면서 소년은, 경찰서에 달려갔다 나온 경험을 얘기하던 껄떡이 형의 말을 떠올렸다.

'짜샤. 요새 짭새덜은 신사라서 피나면 약 발라 주고 배고프다면 멕여 놓구 조진다구.'

'선생님도 나를 멕여 놓구 조질라나?'

그러나 그게 아닌 것 같다. 급식소에 가서 아침밥을 먹고, 도시락 싸서 집에 가져가 먹으라면 '멕여 놓고 조질' 작정도 아닌 모양이다.

"내 말 알겠니?"

선생님이 물었다.

소년은 그제야 선생님을 빤히 쳐다보던 시선을 거두고 어정쩡하게 고개를 주억거렸다.

"매일 그렇게 해야 돼. 알았어?"

이번에는 좀 더 확실하게 고개를 끄덕였다.

"그럼 됐다. 배고프지 않고, 이번 일 나쁜 짓인 거 알았으면 다시는 그런 짓 안 하는 거지? 약속할 수 있니?"

소년은 눈을 내리깔고 주눅이 든 채 작은 소리로 말했다.

"예에."

"도장 찍자."

선생님은 새끼손가락을 내밀었다. 소년이 새끼손가락을 걸자 선생님은 자신의 엄지로 소년의 엄지에 대고 밀며 큰 소리로 말했다.

"도장!"

이상한 일이었다.

처음에 '확 불어 버리자'고 작정했을 때는 '까짓것 쌰다구 아니면 매뜸질이겠지' 하고 뱃장이 든든했었다.

그런데 일 가닥이 엉뚱하게 돌아가는 바람에 기분이 영 아닌 것이다. '배 째라'고 버틸 뱃장은커녕, 술술 나오던 말도 점점 기어들어갈 만큼 '야코'가 팍 죽은 것이다. 선생님 앞에서 '쫄지 않겠다'던 다짐이 도루묵이 된 셈이다.

맞을 만큼 맞고, 맞은 만큼 얼간이에게 쌰다구를 앵길 참이었다. 그런데, 그게 아니다. 왜 선생님께 꼰질러 바쳤느냐고 얼간이를 조질 마음도 사라졌다.

째빈 돈은 이미 다 써 버렸지만, 선생님은 돈 얼마를 훔쳐 갔느냐, 얼마나 썼느냐, 그런 것도 묻지 않았다. 물어내라는 말도 물론 하지 않았다.

그러나 정작 벼락이 떨어진 것은 아버지로부터였다.

빈 가방일망정 메고 다니기 귀찮은지라, 집에 두고 나와 껄떡이 형을 만날 참이었다. 그리고 형 말대로 양호 선생님께 돈을 모두 돌려줬다고 말할 생각이었다.

담임선생님이 뒷말을 안 할 것이 확실하니, 껄떡이 형에게 '야부리'를 까도 '뽀록'날 염려가 없으리라 믿기 때문이다.

축낸 돈 2만 원까지 보태 주면서 돌려주라던 껄떡이 형이 꽤나 궁금해 할 것이다. 주머니에 돈이 남아 있을 때는, 돌려줬다고 '야부리' 까다가 들통 나면 어쩌나 싶어 만나지 않았지만, 지금은 그럴 염려가 없다.

그러나 그런 형에게 '야부리'를 까야 한다는 게 좀 찜찜하다. 쌰다구 한 대, 꿀밤 한 대 안 먹이고 아침, 저녁밥까지 챙겨 준 선생님께도 켕기고 쫄리는 일이다.

하지만 그날, 껄떡이 형을 만나리라던 소년의 계획은 꽝으로 돌아갔다. 가방을 놓기 위해 들른 집에, 학교에 왔던 아버지가 석 달 굶은 호랑이상을 한 채 기다리고 있었다.

'아차!'

아버지를 보는 순간 소년은 또 가슴이 쿵 내려앉았다. 벌건 대낮에 집에 붙어 있으리란 생각을 전혀 안 했고, 선생님과 얘기하는 사이에 확 쫄아서 기분이 야릇하게 헝클어지는 바람에, 아버지 생각을 미처 못 했다. 무서운 매타작, 그걸 예상치 못한 것이다.

아니나 다를까. '이느무 새끼. 누가 도둑질 하라데.' 고함과 함께 물 주전자가 날아왔다. 주전자가 소년의 가슴팍을 때리면서 반 남아 담겨 있던 물이 온통 얼굴로 튀어 올랐다.

"주는 돈 어따 내삐리고 밥 굶는다고 주딩이 놀리면서 도둑질하고 댕겨??"

제구실 못 하는 주인을 따라, 별 쓰임새도 없이 처박혀 있던 쓰레기통이 다시 날아왔다.

'토끼자.'

그러나 소년은 도망치기 전에 아버지의 왁살스런 손에 잡히고 말았다.

소년은 잽싸게 두 손으로 머리를 감싸고 고슴도치처럼 웅크렸다. 그 동작이 얼마나 익숙하고 날렵했던지, 아버지가 첫 발길질을 허탕치고 비틀할 정도였다.

"이 도둑놈의 새끼."

소년의 등과 어깨, 옆구리에 주먹과 발길, 빗자루 세례가 떨어졌다.

'쓰발! 내가 도둑놈 새끼면 지는 진짜 도둑놈이지. 아버지면 다여? 3,000원 주면 다여? 밥도 안 주면서, 왜 직살나게 패대기만 하능겨?'

웅크린 채 떨어지는 매를 고스란히 맞으면서, 소년은 마음속으로 그렇게 중얼거린다.

소년의 말마따나 '직살나게' 맞는 데도 이제 도가 튼 셈이다. 도망가지 못하고 붙잡혔을 때는 아버지의 분이 풀려야 매도 멎는다. 울고 엉구럭떨고 빌어 봤자 소용없는 짓임을 소년은 안다.

언젠가 소년의 큰아버지가 와서, 소년의 몸이 멍투성이인 것을 보고 아버지에게 고함을 질렀다.

"이 천하에 무지막지한 인간아. 니가 애비냐, 니가 애비여?"

그러나 아버지의 손버릇은 여전했다. 말보다 손이나 매가 먼저 나오고 손이 닿지 않으면 물건이 날아간다.

그날도 소년은 맞을 만큼 맞은 뒤에야 놓여났다. 어깨도 옆구리도 뻐근한데, 허벅지를 어떻게 맞았는지 걷기조차 불편했다.

'옴재수 붙은 날은 새똥에도 대갈빡 나간다.'는 껄떡이 형의 말마따나, 잘못하다간 껄떡이 형도 싸다구 한 대 더 앵길지 모른다. 선생님 돈 고스란히 갖다 줬다고 야부리 깔 판인데, 그게 탄로 나면 틀림없는 싸다구감이다.

껄떡이 형은 소년의 우상이다.

비록 지금은 여관에 손님 끌어다 주거나 '암치'들을 붙여 주고 죽때리는 삐끼 노릇을 하지만, 껄떡이 형은 큰 꿈을 가지고 있다.

돈을 모아서 호텔을 짓고 사장이 된다는 것이다. 그래서 돈 될 일이면 물불을 안 가린다. 돈을 너무 밝힌대서 별명도 껄떡이다. 그러나 안 쓴다. 죽어라고 안 쓴다.

소년에게 종종 뺑뺑이떡이나 붕어빵을 사 주는 것은, 잃어버린 동생을 생각해서다. 제 동생과 나이도 키도 비슷하고 학년도 같은 소년을 동생 맞잡이로 생각하는 것이다.

"임마, 너 핵교 빵꾸 낸 거 아녀?"

좀 이른 시간에 만나면 껄떡이 형이 소년에게 꼭 묻는 말이다.

'빵꾸'란 말이 결석을 뜻하는 건지, 퇴학을 뜻하는 건지 소년은 잘 모른다.

그러나 학교를 제대로 다녀야 한다는 뜻인 것쯤은 안다.

"형, 내가 학교 빵꾸 내면 형이 나 쥑여도 좋아."

소년의 말에 껄떡이 형은 손바닥으로 소년의 뒤통수를 아프지 않게 쳤다. 그러면서도 형은 씽긋 웃었다. 기분 좋은 웃음이었다. 후크를 앵길 때도 아프지는 않지만, 뒤통수를 치며 웃어 줄 때는 소년도 기분이 좋아진다.

언제던가, 소년은 그런 껄떡이 형이 좋아서 한마디 했다.

"난, 형이 좋다."

그러나 형은 의외로 화를 냈다.

"이 꼴통아. 나 같은 놈 좋아해서 어쩔겨? 너도 이 새끼, 학교 종치고 삐끼 될래?"

어쨌거나 아버지에게 진저리나게 터진 날은 껄떡이 형을 만나는 것도 꽝이 됐다.

그러나 이튿날부터 사흘간 소년은 신나게 살았다. 끼니마다 배불리 먹을 수 있다는 것이 그렇게 행복한 것인 줄을 소년은 미처 몰랐었다.

어머니가 집을 나가기 전까지는 소년도 다른 애들과 다름없이 세 끼를 모두 먹고 살았지만, 그때는 끼니마다 거르지 않고 음식을 꼭꼭 먹어야 한다는 것이 괴롭기조차 했었다.

그러나 소년의 신나는 생활은 사흘로 끝났다.

웬일로 자정이 먼 시간인데도 술에 옴팍 꼴아가지고, 대리운전 차례가 안 온 것인지 일찍 들어 온 아버지가 저녁참으로 도시락을 먹는 소년을 본 것이다.

"너 워짠 밥이여?"

소년은 선생님과의 약속을 말해 주었다.

식당 아줌마의 친절도 자랑스럽게 말했다.

그러나 소년의 말이 끝나기가 무섭게, 반도 먹지 않은 도시락이 문 밖으로 날아갔다. 이어서 아버지의 큰 손바닥이 소년의 뺨을 소리 나게 때렸다.

소년의 입안에 있던 밥풀이 튀어나오고, 이어 입술에 벌건 피가 배었다.

"이 자식아, 니가 거지여? 비럭질하게."

그리고 아버지는 그 잘난 핸드폰을 꺼내 여기저기 전화를 걸더니, 한 곳에 대고 막말을 걸러 부었다.

"당신, 선생이면 다여, 사람을 뭘로 보능겨? 우리가 거진 줄 알아. 그까짓 돈 12만 원 물어 준다구, 물어 줘. 그러니깐 사람 거지 취급 하지 말어."

분명 선생님에게 대고 하는 말이었다.

소년은 아버지가 전화에 대고 악을 쓰거나 말거나 방을 나왔다. 방문에서 두어 발자국 떨어진 담장 밑에, 도시락과 반찬, 밥덩이가 흉한 모습으로 흩어져 있다.

소년은 그 모양을 멍하니 바라보았다,

소풍 때마다 도시락에 김밥이나 흰 쌀밥을 싸 주던 엄마 얼굴이 떠올랐다.

밥을 꾹꾹 눌러 담은 도시락을 주며 물 젖은 손으로 소년의 머리를 쓰다듬고 '쯧쯧, 이 어린 게…….'라던 급식소 아줌마의 얼굴도 떠올랐다. 꼭 먹어야 한다고 손가락 도장을 찍으며 다짐을 주던 선생님의 얼굴도 떠올랐다.

소년은 돌아섰다.

돌아서는 소년의 눈에 그렁하니 눈물이 고였다. 울어 본 게 언제던가? 아버지에게 눈알이 튀어나올 만큼 얻어맞아도, 쫌생이 패들이 다구리를 앵기거나 쪼인트를 깔 때도 소년은 울지 않았다.

그런데 웬 눈물인가?

소년은 골목 밖 놀이터로 나가, 등받이가 떨어져 나간 의자에 걸터앉았다.

까마득히 깊은 하늘에 보석처럼 반짝이던 별들이, 한 뭉치로 엉켜 소년의 눈앞으로 쏟아져 내려온다.

볼을 타고 흐르는 눈물을 손등으로 훔치는데, 자신도 모르는 사이에 '엄마!' 소리가 절로 튀어나온다.

'엄마, 어디서 뭐 하능겨? 왜 안 와. 아버지는 맨날 밥도 안 주고 조지기만 하는디, 엄마는 왜 안 와?'

얼마 동안 그렇게 찬 의자에 앉아있던 소년은 으스스한 한기에 몸을 떨었다. 그런데도 집에 들어갈 맘이 털끝만큼도 없다.

'맨날 저만 술 처먹고 옴팍 꼴아 있으면서 나는 밥도 안 주고……'

소년은 비로소 아버지에 대한 분노가 솟아오른다.

'쓰발, 지가 무슨 애비라고……'

소년은 큰아버지 흉내를 냈다. 의자에서 일어나 찌그러진 페트병을 냅다 후려 챴다. 그리고는 집과는 반대 방향으로 걸었다. 시내로 갈 참인 것이다.

갈 데가 따로 없으니, 천생 껄떡이 형이라도 만나야 빵 한 개라도 얻어먹고 하룻밤 찌그릴 것이다.

소년은 그날따라 마음이 약해졌던지, 행인을 붙잡고 뭐라고 너불거리는 껄떡이 형을, 먼발치에서 발견하자, 멈췄던 눈물이 다시 솟았다.

'쓰발, 왜 눈물이 자꾸 나능겨?'

소년은 중얼거리면서 황급히 눈가를 훔쳤다. 몇 번이고 몇 번이고 자꾸 훔쳤다.

그리고 서 있는 소년을 껄떡이 형이 먼저 발견하고 급히 달려왔다.

"새꺄, 너 왜 울어?"

도통 소년이 우는 꼴을 못 봤던 터라 껄떡이 형은 어지간히 놀랐던지, 소년의 어깨를 잡고 흔들며 다그쳤다.

"이거 피 났잖어? 어느 놈여, 어느 놈이 한 주먹 앵긴겨?"

소년은 그런 껄떡이 형의 허리를 감아 안고 어깨까지 들먹이며 울었다.

"야, 어떤 돌빡 새끼여? 말해 임마. 내가 쥑일 껴."

편들어 주는 껄떡이 형의 말에 소년은 더 서러워졌다.

까닭 모를 서러움에 한동안 흐느끼던 소년은, 마음을 가라앉히고 지난 일을 모두 털어 놓았다.

양호 선생님의 돈을 되돌려 줬다고 야부리 까리라던 마음도 바꿔서 툭툭 다 까발려 버렸다. 엉덩이 발길이나 쌔대기 한 대쯤 맞을 각오였는데, 껄떡이 형은 야부리 깐 건 모른 체하고 한숨만 길게 쉬고 탄식처럼 말했다.

"이 쓰발 놈아, 니나 내나 애비가 원수다."

"그려. 우리 애비는 애비도 아녀."

소년도 맞장구를 쳤다. 그러자 껄떡이 형은 소년의 장바구리에 난 데 없는 꿀밤을 먹였다.

"짜샤, 니가 니 아버지한테 그러면 못 써."

껄떡이 형은 그러면서도 주머니에서 향기 나는 휴지를 꺼내 소년의 입술에 말라붙은 피를 닦아 주었다.

"따라와!"

껄떡이 형은 앞장서서 근처의 식당으로 들어갔다.

"뭐 먹을래?"

껄떡이 형이 물었다.

"형, 여기 비싼 데잖아?"

소년은 으리번쩍한 식당 내부를 둘러보며 말했다.

"새꺄, 너보고 그런 걱정하랬어? 맘 놓고 니 먹고 싶은 것 먹어라."

"밥."

소년은 몇 술 먹다가 말고 난리를 치른 밥맛을 못 잊어 그렇게 말했다.

"어이, 여기 찌개 백반 하나. 밥 많이 푸고."

소년 앞에 금세 김이 나는 찌개 냄비와 밥이 올라왔다.

"형도 먹어."

급한 김에 밥 한 술을 크게 떠서 입으로 가져가다 말고 소년이 말했다.

"나는 지금 밥 먹을 시간 없어. 너 땜에 지금 영업도 못 하잖어. 난 이따 먹을 티니께, 넌 밥 먹고 딴 데 가지 말고 여기 가만히 있어."

껄떡이 형은 덧밥까지 하나 시켜 주고 계산을 한 뒤에 바삐 나갔다. 소년은 순식간에 덧밥은 물론 찌개 냄비까지 설거지하듯 말끔히 비웠다.

소년이 밥을 먹고 한참을 기다린 뒤에야 껄떡이 형이 다시 왔다.

"너, 오늘 내 방에 가서 찌그리고 있어. 집에 가면 또 터질라."

그날 밤 소년은 껄떡이 형과 함께 잤다. 자정이 훨씬 넘은 뒤에 들어온 껄떡이 형은, 그때까지 낡은 텔레비전에 정신을 팔고 있던 소년에게, 봉지 속에서 따뜻하게 김을 내고 있는 붕어빵을 던져 준 뒤에, 턱을 괴고 앉아 한참 동안이나 말이 없었다.

"인규야, 너 힘들지?"

붕어빵을 씹으면서 텔레비전을 보고 있는 소년에게 느닷없이 물었다.

"아니."

소년은 무덤덤하게 말했다.

"아니긴 뭐가 아녀. 너, 힘들더래도 내일은 집에 가야 한다. 여기서 있으면 니 아버지가 핵교 가서 난리 칠 테고, 그렇다고 핵교 빵구 낼 수도 없고. 어쨌든 핵교는 댕겨라. 중핵교, 고등핵교, 대핵교도 댕겨라. 알겠냐?"

'어쨌든 핵교는 댕겨라. 중핵교, 고등핵교, 대핵교도 댕겨라' 이건 껄떡이 형의 18번이다. 못 다닌 학교에 한이 맺혀서 그 한을 소년더러 풀어 달라는 것인지, 아니면 동생 맞잡이인 소년의 장래를 진정으로 염려해서 그러는 건지 모르지만, 툭하면 18번을 찾는다.

소년은 붕어빵을 한입 문 채 고개를 끄덕였다.

"인규야! 이리 와라."

껄떡이 형이 모처럼 소년의 이름을 자꾸 불렀다. 소년을 부를 때마다 껄떡이 형의 입에서 튀어나오는 말은 '새꺄' 아니면 '짜샤'다. 그도 아니면 자신이 붙여 준 별명 '쌩쥐'다. 이름을 부르는 건 참 드물고 드문 일이다.

소년이 무릎걸음으로 다가가자 껄떡이 형은 소년을 덥석 끌어안는다.

"니나 나나 왜 이렇게 복도 드럽게 없냐?"

껄떡이 형의 눈에 눈물이 핑 돌고 있었으나, 소년은 형이 왜 그러는지를 몰랐다.

"개, 돼지도 지가 낳은 새끼는 끔찍하게 여기는데, 너나 나나, 우리는 돼지 새끼만도 못한 신세다. 부모냐구 없능 거만도 못하고. 씨발. 그나저나 이 자식은 어디서 곪어 디진 건가, 어째 그렇게 눈에 뵈지도 않는다냐?"

소년은 껄떡이 형의 푸념을 듣고 비로소 눈치를 챈다.

"형, 동생 보고 싶어?"

"그래, 보구 싶어 미치겠다. 새꺄, 넌 니 엄마 안 보구 싶냐?"

껄떡이 형은 코맹맹이 소리로 퉁명스럽게 말해 놓고 코를 홀쩍 들이마신다. 소년은 그런 형의 모습이 어린애 같다는 생각을 하면서도, 금세 마음이 울적해진다.

'넌 니 엄마 안 보구 싶냐?'

껄떡이 형의 그 말이 가슴을 찌르르 울리기 때문이다.

잡초들의 축제

하늘이 파랗다.

발에 채인 공이 까마득히 높은 곳까지 치솟으면 하늘이 쨍 그렁 소리를 지르며 깨지고, 그 조각들이 와르르 쏟아져 내 릴 듯, 그렇게 파랗다.

펑!

소년이 하늘을 향해 공을 차고 있다. 소년의 발에 채인 공 은 높이 솟아오르다가, 마치 살 맞은 새처럼 땅을 향해 내리 꽂힌다.

언 땅에 부딪혀 튀는 공을 쫓아간 소년이 다시 힘껏 차올 린다.

채인 공은 또 한 번 기를 쓰고 솟아오르지만, 까마득히 높은 청남색 하늘을 깨트리지 못하고 포물선을 그리며 땅으로 떨어진다.

돌처럼 단단하게 언 땅이 떨어지는 공을 퉁겨 올리면, 기를 쓰고 달려간 소년이 다시 받아 찬다.

넓은 운동장 바닥이 야물게 얼었다.

그만큼 추위가 맵고 바람마저 썰렁하다.

고학년 오후 수업까지 모두 끝난 때라 교실이 비어 있는 건 당연한데, 운동장마저 비어 있다.

수업이 끝나도 학원으로 몰려가는 아이들이 운동장에서 와글댈 틈이 없긴 하지만, 날씨만 푸근하면 그래도 남아서 나부대는 아이들이 있기 마련이다.

그러나 오늘은 없다. 추위가 너무 매운 탓이다. 텅 빈 운동장엔 야물게 언 땅을 이리저리 내달으며 혼자서 공을 차는 건 소년뿐이다.

소년이 차는 공은 소년이 입고 있는 옷가지만큼이나 허름하게 낡았다. 야문 땅과 달리, 해 질 녘 허기진 소년의 배처럼 쿨렁하니 탄력도 없다.

하지만 소년의 날렵한 발끝에 채인 공은 어김없이 튀어 올라 건공중 높은 곳에다 포물선을 그린다.

텅 빈 운동장에서 공을 따라 이리 닫고 저리 닫고, 혼자서 들뛰는 소년의 입에서는 가쁜 숨결만큼 거센 입김이 퍼져 나오고 코끝은 빨갛게 얼었다. 그러나 소년의 이마엔 땀이 송골송골 맺혔다.

마주할 상대가 없이 혼자서 차는 공인지라, 소년은 멀리 차기보다 높이 차올리려고 기를 쓴다. 가능한 한 공을 좇아 내닫는 거리를 줄이고 가까이서 떨어지는 공을 되받아 차거나, 언 땅을 치고 튀어 오르는 공을 걷어차기 위해서다.

그렇게 높이 차올리기에 진력이 나면, 소년은 이따금 발재간을 부리며 '드리블'을 하기도 한다.

양발로 공을 번갈아 치며 앞으로 나가다가, 한 발로 공을 잡아 세우고 몸을 돌려 거꾸로 몰아가기도 하고, 왼쪽으로 갈 듯 발을 내밀었다가 바른쪽으로 치고 나아가는가 하면, 공은 제자리 두고 양발만 오락가락 휘젓기도 한다.

남 보기엔 혼자 하는 공놀이지만, 소년은 분명히 수비하는 상대를 앞에 두고 있다. 그리고 그 수비를 교란시키며 공을 치고 나아가기 위해 열심히 발재간을 부리고 있는 것이다.

비록 체구는 작지만 소년은 운동이라면 무엇이나 자신이 있다. 그중에도 축구라면 학교 내에서는 어느 누구도 소년을 당해 낼 사람이 없다.

그러나 소년이 마음껏 축구 솜씨를 발휘할 기회란 좀처럼 없다.

학교에 축구팀이 없는 건 물론이고, 짝패들끼리 어울려 경기를 하거나 공을 찰 기회도 별로 없다. 대부분의 아이들이 학교가 파하기 전부터 운동장 구석이나 교문 앞에 대기하고 있는 봉고차를 타고 학원으로 직행한다.

유난히 나부대는 아이들이 쉬는 시간에 잠깐씩 네 편, 내 편도 없이 발 닿는 대로 걷어차는 막무가내 축구를 하지만 소년은 감질만 날 뿐이다.

더러 학원 시간이 늦게 정해진 아이들을 모아 편을 가르고 경기다운 경기를 하는 때도 있으나, 오늘같이 추운 날은 그마저도 할 수가 없다.

한 게임 하자는 소년의 유혹에 고개를 끄덕이던 아이들도, 막상 운동장에 나와서는 등을 돌리고 가 버렸다.

언제부턴가 혼자 지내는데 이골이 난 소년은, 별 도리 없이 운동장 구석에서 천덕꾸러기처럼 뒹구는 공을 하늘로 하늘로 차올리면서 혼자서 뛸 수밖에 없다.

점심 후 한참 됐으니, 소년은 뱃속이 쿨렁하다. 그러나 뱃속이 비어 허기증이 난다고, 하늘 푸르고 해가 벌건 대낮에 방구석에 얌전히 들어앉아 있을 소년이 아니다.

소년의 집 단칸방이, 얌전히 들어앉아 있을만한 형편도 아니다. 대낮에도 불을 켜지 않으면 어두컴컴한 데다가, 오히려 방바닥이 사람 덕을 보려 할 만큼 냉방이다.

다른 아이들처럼 학원 갈 생각은 애초에 접어 둔 일이고, 집에 돌아갈 맘도 없으니 날이 춥고 어울려 주는 패거리가 없더라도 운동장에서 혼자라도 뛸 수밖에 없다.

감질나는 짧은 시간이지만, 쉬는 시간만 되면 교실을 빠져나온 아이들이 중구난방으로 차다가, 수업 시작과 함께 몰려 들어 가면, 빈 운동장에 혼자 남아 뒹구는 낡은 축구공이라도 있는 것이, 소년에겐 그나마 다행이다.

주인도 없이 늘 혼자 뒹구는 공이지만, 하루 몇 차례씩은 다만 잠깐씩이라도 기운찬 사내아이들의 발길 덕에 제구실을 한다. 또한 갈 곳도 쉴 곳도 없이 혼자이기가 일쑤인 소년에겐 유일한 위안이요 단짝 구실을 해 주기도 한다.

어쩌면 그런 축구공과 소년의 처지가 꼭 닮은 것인지도 모른다.

구질구질하고 허름한 모양새하며, 또래들과 어울리는 시간보다 버려진 듯 혼자 있을 때가 더 많은 것이 그렇고, 걷어채일 때 말고는 애써 찾아 주는 사람이 없는 것도 그렇다. 바람이 모자라 탱탱하지 못하고 헐렁한 것도 소년의 빈 뱃구레를 닮았다.

한동안 빈 운동장을 이리 뛰고 저리 뛰면서, 공을 차던 소
년은 잠시 멈춰 서서 숨을 돌린다. 가쁜 숨을 몰아쉬며 학교
현관 위의 시계를 본다. 껄떡이 형이 오라는 다섯 시가 되려
면 아직 멀었다.

전 같으면 시간이 이르거나 늦거나 상관없이 맘 내킬 때
근처에 가서 얼쩡대도 되겠지만, 요즘은 아니다. 황소아저씨
에게 걸리면 몸뚱이 어느 한 곳이 작살이 날 만큼 얻어터질
지도 모르기 때문이다.

그놈의 **빵빵**이떡 하나 쌔벼 먹은 게, 이렇게 오랫동안 겁
나는 일이 될 줄은 몰랐다.

하지만 오늘은 겁이 나도 황소아저씨가 있는 국제은행 앞
엘 가야 한다. 껄떡이 형을 만나기로 했기 때문이다.

핸드폰을 들고 자랑하는 녀석에게, 소년은 헛일 삼아 한
번 빌리자고 했다.

그런데 녀석은 아주 선선하게 내어 주면서, 친절하게 통화
방법까지 자세히 가르쳐 주는 것이 아닌가?

'짜샤, 내가 너마냥 온달이 삼촌인 줄 아냐?'

밸이 꼴린 소년은 입술을 비집고 나오려는 말을 참고, 핸
드폰을 받아 들었다. 그러나 막상 전화를 걸 마땅한 상대가

없었다. 아버지에게 걸어 봤자 할 말도 없으려니와 웬 전화
질이냐고 욕이나 한 바가지 얻어먹기 십상이다.

얼핏 생각난 것이 껄떡이 형인데, 번호가 알쏭달쏭하다.
통화료 오른다고 안달하는 녀석의 손을 뿌리쳐 가며 서너 번
을 허탕 친 끝에 껄떡이 형의 목소리가 들렸다.

"형, 나 지금 핸드폰으로 전화 거는디, 형 지금 머햐?"

소년은 턱을 치켜들고 한껏 멋진 폼으로 전화를 했는데,
껄떡이 형의 대답은 대판 욕부터 시작이다.

"새꺄, 너 지금 어딨어? 이 쌍놈아."

"어디는 어디여 학교지."

"너 그거 진짜 맞어?"

"그럼, 아직 공부 안 끝났으께 학교 있능 거 진짜여"

"새꺄. 너 요새 꼴통 안보여서 핵교 떵겨먹고 토낀 줄 알았
잖어. 진짜 핵교 맞지?"

"진짜라니께."

"그럼 이따가 다섯 시에 이리루 와라. 진짜 핵교 안 떵기고
잘 댕겼으면 내가 한턱 쏘고, 야부리 깐 거면 넌 아작날 줄
알어. 새꺄, 들었어?"

황소아저씨 때문에 며칠간 국제은행 근처에 못 가고 껄떡
이 형도 못 봤다.

그런데, 그동안 껄떡이 형은 눈에 안 띄는 소년이 꽤나 궁금했던 모양이다. 껄떡이 형이 화가 잔뜩 날 만큼 자신을 기다리고 있었다는 사실이 소년을 은근히 기쁘게 한다.

"형, 한턱 쏘는 거 진짜지?"

"새꺄, 엉구럭 떨지 말고 이따가 꼭 와. 안 오면 죽어."

껄떡이 형의 말씨가 아무리 거칠고 험해도 소년은 기분이 삼삼하다.

핸드폰을 돌려주고 나서도 소년은 여전히 기분이 좋다.

"야, 니 핸드폰 디게 좋다. 우리 형 목소리가 엄청 잘 들려. 이따가 한턱 쏜다는 말 너도 들었지?"

소년의 너스레에, 옆에서 통화료 올라간다고 안달을 하던 녀석도 입을 헤벌린 채, 고개를 끄덕인다. 소년은 핸드폰 칭찬보다 껄떡이 형 자랑을 하고 싶은 것이었는데, 녀석은 핸드폰 좋다는 말에 골이 휑 뚫렸나 보다.

그러나 아무래도 좋다. 껄떡이 형이 나를 기다리고 있었다. 내가 안 보여서 화가 날 만큼 기다리고 있었다. 생각할수록 소년은 가슴이 뿌듯해진다.

엄마가 집을 나간 후, 그 엄마가 돌아오기를 애타게 기다렸던 소년이지만, 소년을 찾고 기다려 준 사람은 없었다.

그런데, 껄떡이 형이 그토록 화가 날 만큼 소년을 기다렸다니 기분이 안 좋을 수가 없다. 게다가 껄떡이 형이 걱정한 대로 학교 안 떵겨 먹고 착실히 다녔으니, 한턱 쏘는 것도 받아 놓은 밥상이요, 입에 넣은 떡이다.

웬만큼 숨을 고르다 학교 현관의 벽시계를 보고 난 소년은, 이번엔 골문을 향해 슛을 날린다. 골 망을 출렁 흔들고 떨어진 공을 드리블로 옮겨다가 다시 슛을 한다. 골 정면에서 차다가, 코너 쪽으로 몰고 가서 꺾어 차기도 한다.

공이 기차게 잘 들어간다. 기분이 삼삼할 때는 발끝에도 기름이 도는가 보다.

소년은 슛한 공이 골 망을 흔들 때마다, 박지성의 '골 세레모니'를 흉내 내어 본다. 박수도 없고 환호도 없어 조금 싱겁긴 하지만, 그래도 소년은 멈추지 않는다.

그런데 웬일일까? 소년은 이제껏 축구 선수가 되겠다는 꿈을 한 번도 가져 본 일이 없다. 축구할 때는 신이 나서 저절로 힘이 솟고, 아이들도 소년의 발재간이나 슈팅 솜씨에 감탄을 하지만, 소년 자신도 다른 아이들도 소년의 장래와 축구를 연관 지어 생각해 본 일이 없었다.

소년 자신은 까마득히 먼 장래의 일보다 하루하루의 허기를 견디는 것이 너무 힘들기 때문인지도 모른다.

다른 아이들은 소년의 현재 모습과 멋진 플레이로 수만 관중을 열광하게 하는 화려한 축구 선수의 모습과는 너무 이질적이어서 그랬는지도 모른다.

그러나 소년에게도 꿈은 있었다. 유치원 때는 대통령이 되는 게 꿈이었다. 1학년 때는 마술사가 되는 게 꿈이었고, 2학년 때는 선생님이 되는 게 꿈이었다.

그러나 지금의 소년은 자신이 꿈을 갖는다는 것이 그야말로 개털 팔목에 롤렉스시계를 차고, 왕초가 양아치 밑 닦아 주는 것만큼이나 웃기는 일이라고 생각한다.

'쓰발, 될 대로 되라지.'

마음속에 갈등을 겪을 때, 작은 배를 못 채워 허기가 심할 때, 앉을 곳도 쉴 곳도 없어 몸 주체가 어려울 때, 소년이 일쑤 되뇌는 말이다. 먼 훗날에, 아니 내일이나 조금 후에 무엇이 어떻게 되든 상관 않기로 작심하고 맘 내키는 대로 하는 것이다.

전에는 그렇지 않았다.

나는 대통령이 될 사람인데…… 마술사가 되려면…… 선생님이 될 건데…… 이래서는 안 된다고, 스스로를 지키려는 의지가 있었다. 비록 어린 마음, 작은 소견이지만 저 나름대로 정해 놓은 도덕률 속에 자신을 가둬 놓고 거기서 벗어나지 않기 위해 부단히 노력했었다.

그래서 소년은 늘 칭찬을 받았고, 모범생이었고 상을 많이 받는 아이였었다.

그러나 그것은 엄마가 사라지기 전, 그리고 사라진 그 엄마가 돌아오기를 기다릴 때까지만이었다. 기다리는 것에 지쳐서, 엄마가 돌아오리라는 기대를 포기하면서, 그 모든 것도 포기하고 부서져 버렸다. 칭찬도 상도 포기하고 희망이나 꿈도 포기해 버렸다.

'쓰발 될 대로 되라지.'

그렇게 마음먹으면 아주 편했다. 손끝의 가시처럼 거치적거리는 양심의 가책이나 부끄러움, 두려움 같은 것이 사라졌다. 자연히 염치나 체면도 뚜껑을 덮었다.

지금 소년에겐 원대하고 아름다운 꿈 같은 건 달나라 토끼방아 같은 얘기다. 한 꼬치 오뎅이, 한 그릇의 따뜻한 국물이 소원이고 기쁨이다.

공을 다루는 발재간이 좋고 슈팅 폼이나 '골 세레모니'가 박지성을 닮았어도, 그건 따분한 시간과 허기를 이기는 잠시의 위안일 뿐이다. 꿈과는 아무 상관이 없는 것이다.

한동안 슈팅 연습에 몰두하던 소년은 이마에 솟은 땀을 맨손으로 문질러 닦는다.

천천히 몰고 나온 공을 골대가 아닌 화단 쪽을 겨냥하고 가볍게 찬다. 소년의 발에서 튕겨져 나간 공은 정확히 화단 1미터쯤에서 언 땅을 한 번 치고, 화단과 교사校舍 사이의 공간으로 넘어가 멈춘다.

공은 그 자리에서 내일 아침 아이들이 등교할 때까지 여느 날의 소년처럼, 쓸쓸하고 추운 밤을 혼자 지낼 것이다.

그러나 소년은, 오늘만은 쓸쓸하지 않을 것이다. 껄떡이 형을 만나기 때문이다.

교사와 화단 사이의 공간에 공을 남겨 두고, 소년은 시간을 맞춰 교문을 나선다.

언제나처럼 빈 몸이다.

가방은 이미 오래전부터 교실 사물함 속에서 밤을 샌다. 더러 소년의 집까지 나들이를 하는 경우도 있지만 극히 드문 일이다. 밀린 숙제 때문에 손바닥 맞는 걸 대신해서 한꺼번에 해 가기로 약속한 날, 소년이 좋아하는 그림이나 글쓰기 숙제가 있는 날, 그런 때는 더러 가방이 소년의 집까지 나들이를 하는 때가 있었다.

예전 같으면, 그림 숙제나 글쓰기 숙제는 소년에겐 일종의 기쁨이었다.

맘 내키는 대로 그리고, 맘 내키는 대로 쓰면, 칭찬은 아니라도 손바닥 맞는 것은 면할 수 있고, 어떤 때는 상찬의 대상이 되는 때도 많았다. 5학년이 된 지금은 그런 기회마저 아예 없어졌지만, 지난 2학년 때까지만 해도 소년의 그림과 글솜씨는 지금의 축구 솜씨 못지않게 빛났었다.

그때 소년이 펼치던 상상의 날개는 엄마가 퍼부어 주는 사랑만큼 무한했었다. 소년이 그리는 그림 속에는 우주를 나는 꿈이 있었고, 소년이 쓴 글 속에는 따뜻하고 아름다운 동화가 있었다.

그러나 지금, 소년의 가방 속에는 꿈도 없고 동화도 사라졌다. 꿈을 그릴 크레파스는 모두 닳아 없어졌고, 동화를 담을 사랑은 메말랐다. 꿈이 없는 가방, 사랑이 메마른 가방은 그냥 귀찮을 뿐이고 무거울 뿐이다.

그래서 소년은 가방을 가지고 다니지 않는다. 비좁고 어두운 사물함 속에 처박아 놓고 그 안의 책들이, 학습장들이 맨날 맨날 쓸쓸히 지내도록 내버려 둔다.

아이들이 하교한 뒤에 늘 쓸쓸히 혼자 남는 축구공처럼, 부르는 사람도 찾는 사람도 없이 야물게 언, 빈 운동장에서 혼자서 시간을 보내는 소년처럼, 소년의 가방도 그렇게 쓸쓸하게 사물함 속에서 하루하루를 보낸다.

그러나 그것은 소년의 잘못이 아니다.

소년의 가방 속에 들었던 꿈과 소년의 동화를 빼앗아 간 엄마와 아버지, 그리고 선생님의 탓이다.

낡은 축구공과 꿈도 동화도 사라져 버린 가방을 쓸쓸하게 내버려 두고, 빈 몸으로 교문을 나선 소년은 국제은행 거리로 간다. 조금 마음이 켕기지만 껄떡이 형을 만나기 위해서는 안 갈 수 없다.

국제은행 앞에 다다르니 어김없이 황소아저씨의 리어카가 버티고 있다. 손님은 없지만, 뻥뻥이떡을 굽는 아저씨의 손은 한참 바쁘다.

껄떡이 형이 있는 여관 골목까지 가자면 그 앞을 지나야 한다.

소년은 행인들 옆에 몸을 붙이고 태연한 척 걷지만 마음은 조마조마하다. 보통 사람 같으면 '그래, 어쩔래?'하는 배짱으로 버틸 수도 있지만, 황소아저씨는 워낙 무섭다. 황소만큼 덩치도 크고 주먹도 커서 별명도 황소아저씨다. 소년은 아직 그 주먹맛을 안 봤지만, 걸리면 싫어도 한 방 맛을 봐야 할 죄가 있다.

참말로 여러 날 동안 더럽게 속 찜찜하고 켕겼는데, 여태도 마음이 안 놓인다.

행인의 몸 그늘에 숨어 황소아저씨의 리어카 앞을 무사히 통과한 소년이 여관 골목 가까이 가자, 껄떡이 형이 먼저 알아보고 소릴 지른다.

"얌마, 눈깔도 없어?"

"형!"

다가간 소년이 반가운 김에 껄떡이 형의 팔을 덥석 잡자, 형은 모질게 뿌리치며 대뜸 소년의 엉덩이를 걷어찬다.

"이누무 새꺄. 머 하느라고 낯짝도 안 보였어?"

껄떡이 형은 화가 단단히 났던지, 이어서 소년의 뒤통수도 한 대 쥐어박는다. 그래도 소년은 반갑고 기분이 좋다.

"형 나 보고 싶었어?"

"조까구 있네, 니깐 놈이 왜 보구 싶어 새꺄."

껄떡이 형은 여전히 화난 표정에 입도 마냥 거칠다. 그러나 소년은 뿌리친 껄떡이 형의 팔을 다시 잡는다.

"씨발놈아, 나는 니가 핵교 땡겨먹고 도망 간 줄 알었잖어."

껄떡이 형의 말이 조금 누그러졌다.

"형, 나 맨날 학교 댕겼는디, 실은……."

소년은 황소아저씨 때문에 근처에 오지 못한 까닭을 실토하려다 만다.

"뭔디? 말해 봐"

화가 풀렸던지 껄떡이 형의 말투가 완연히 누그러졌다.

"실은 말이지······."

소년은 한 대 쥐어 박힐 각오를 하고 황소아저씨에게 켕겼던 속을 털어놓는다. 그러나 의외로 껄떡이 형은 허허하고 웃으면서 말한다.

"새끼, 그래도 굶어 디지지는 않겠네. 그치만 또 다시 그딴 짓 하면 골로 갈 줄 알어."

그러고는 그만이다. 소년은 속으로 안도의 숨을 내쉰다.

"알었어. 근디 황소아저씨 아직도 뿔따구 났을 틴디 어뜩하지?"

소년이 조심스럽게 묻는다.

"왜? 겁나냐?"

껄떡이 형이 소년을 힐끗 쳐다보더니 흰 이를 드러낸 채 씨익 웃는다. 소년은 껄떡이 형의 그런 웃음이 좋다. 기분도 짱이다. 그렇게 웃고 난 뒤에는 무언가 좋은 것을 소년에게 앵겨 주기 때문이다.

"따라 와."

껄떡이 형은 앞장 서 걸어가면서 소년을 눈빛으로 잡아끈다. 말 안 해도 당연히 따라 갈 일이다. 그런데 아까 황소아저씨가 겁나게 켕기는 까닭을 털어놓았는데도, 형은 시침 뚝 떼고 그리로 가고 있지 않은가?

"형!"

소년은 발길을 멈추고 껄떡이 형을 불러 세운다.

"왜?"

껄떡이 형의 묻는 말에, 소년은 대답 대신 손으로 황소아 저씨의 리어카를 가리킨다. 그리로 가다가 잡히는 날이면 작 살이 날 거라는 암시다.

"새끼 겁은 디게 많네."

껄떡이 형은 소년의 손목을 단단히 잡고 똥개 끌 듯 끌고 간다.

"나 잽히먼 뼉다구두 못 추리는디……."

잡아끄는 형의 손을 뿌리칠 수도, 버틸 수도 없는 소년은 끌려가면서 중얼거린다.

"그렇게 겁대가리 많은 놈이 왜 째벼 새꺄. 커서 뚜룩잽이 돼 가꾸 깜빵 갈텨?"

참 인정머리도 없지, 껄떡이 형은 사정없이 잡아끄는 것도 모자라 꿀밤까지 한 대 앵기며 호통을 친다. 그리고 황소아 저씨 리어카 앞에 소년을 딱 잡아 세워놓고, 겨우 하는 짓이 꼰질르는 것이다.

"아씨, 이 새끼 잡아 왔응께 조져유."

소년은 죽을 맛이다. 다부지게 잡힌 손목만 아니면 후다닥 토끼고 싶지만, 소년의 그런 속을 눈치채고 있는지 껄떡이 형은 손아귀에 더욱 힘을 준다.

"엉? 그래 쌩쥐, 너 이놈 잘 만났다. 거기 좀 있어. 내가 손모가지를 분질러 가지구 뽄때를 보여 줄 티니께."

소년을 힐끗 돌아 본 황소아저씨는 짐작대로 대단히 겁나는 소리로 소년의 기를 죽인다. 그러나 손은 여전히 뻥뻥이 떡을 굽는 철판 위에서 바쁘게 움직인다. 기름때가 꾸질꾸질한 장갑을 낀 손이 보통 때보다 더 커 보인다.

'저 손으로 한 대 맞으면 진짜로 골로 가겠지'

이제 껄떡이 형에게 잡혔던 팔목도 놓여났지만, 소년은 몸이 굳었는지 도망칠 생각을 못한다. 황소아저씨는 여전히 손만 바쁜데, 야속하게도 껄떡이 형은 그런 아저씨를 꼬삭질하고 있다.

"아씨, 이런 새끼는 깜빵 처넣어야쥬. 싸가지 없는 손모가지도 왕창 뿐질러 놓구유."

소년은 그러고 섰는 껄떡이 형을 야속한 눈으로 힐끗 쳐다본다. 싱글싱글, 천연덕스러운 얼굴이다.

'쓰발, 형도 디게 악질이네…….'

소년은 속으로 중얼거린다. 그리고 기왕에 작살날 거 떨 필요 없다고 다짐한다.

'쓰발, 될대로 되라지 뭐, 내가 디지는 거 겁 낼개비? 조질라면 조지라지.'

소년은 마음이 조금 편해진다. 추위와 겁 때문에 은근히 떨리던 몸도 진정이 되는 것 같다. 아작바작 속을 태우는 것보다 될 대로 되라는 체념이 얼마나 마음을 편하게 하는지를 소년은 알고 있다.

체념을 배우기엔 소년의 나이가 너무 어리지만, 아버지와 어머니에게, 친구와 선생님에게 버림당한 채 늘 쓸쓸하게 살아야 하는 소년, 늘 춥고 배고프게 살아야 하는 소년으로서는 스스로도 의식하지 못하는 사이에 저절로 얻어진 깨달음이었다.

어머니를 기다리다 지쳐가면서, 아버지에게 매뜸질을 당하면서, 그리고 훔친 빵으로 허기진 배를 채우면서 슬프게 얻어진 깨달음인 것이다.

'조질라면 조지라지'

체념해 버리고, 이 몸 작살내라고 내맡길 참인데, 황소아저씨는 좀처럼 뿐때 보일 기색이 없다. 형도 더는 꼬삭질도 안하고 태연히 빵빵이떡을 집어 우물우물 씹고 있다. 그러면서도 소년에겐 먹어 보라는 소리 한마디 안 한다.

뱃속은 아버지 말마따나 거지가 들어앉았는지 바깥일을

잘도 알아맞힌다. 어느새 때 된 걸 알고, 먹을 게 있다는 걸 아는지, 이제 막 '디지게' 될 판인데도 뱃속은 염치없는 소리를 내지르고 있다.

'꼬르륵'

소년은 침을 꿀꺽 삼킨다.

"먹고 싶냐?"

껄떡이 형이 먹다 남은 반쪽짜리 뺑뺑이떡을 흔들며 짖궂게 묻는다.

다른 사람이 그랬다면 말 끝나기 전에, 두꺼비 파리 채듯 채뜨려진 떡이 소년의 입속으로 들어갔을 것이다. 그러나 소년은 대답도 않은 채 속으로 중얼거린다.

'쓰발, 형 악질인 거 진짜루 알겠네요. 이게 한턱 쏘능겨?'

그런데, 황소아저씨가 금세 돌아버렸는가, 떡 한 개를 소년의 눈앞에 터억 내밀면서 까무러칠 소리를 한다.

"너도 먹어 이 녀석아. 맞아도 먹고 맞아야지."

눈치 빠르기로 말하면 올림픽 금메달감인 소년이 분위기 파악을 못 할 리가 없다. 형의 꼬삭질, 악질 노릇이나 황소아저씨의 겁대가리 주는 것이 모두 엄포였다는 걸 알아챘다.

"아씨 고마워유."

소년의 손이 두꺼비 혓바닥처럼 날쌔게 떡을 낚아채고 입은 씨익 웃고 있다.

"먹고 맞아 디질 놈이 동작 한 번 빠르네."

황소아저씨도 씨익 웃는다.

"이새꺄, 너 용꿈 꾼 줄 알어. 직쌰하게 터지고 깜빵 가는 건데 아씨가 봐 주능겨 임마."

형도 소년의 뒷통수를 가볍게 치며 웃는다. 소년은 우물우물 떡을 씹으며 생각한다.

'쓰발, 갠히 겁먹고 쫄았잖어?'

정말로 겁먹고 마음 졸였던 자신이 조금은 창피하고 치사한 생각이 든다.

껄떡이 형이 돈 천 원을 내밀자, 황소아저씨는 쳐다도 안보고 말한다.

"그냥 가라. 근데 쌩쥐 요놈, 다시 그딴 짓 하다가 잽히면 진짜 깜빵 처넣는다. 알었어?"

소년에게도 한마디 얼레빵 놓는 걸 빼놓지 않는다.

"이야!"

소년의 대답 소리가 느긋하다.

기름기가 번질번질한 철판 위에 밀가루 반죽을 떼어 놓고, 누르고, 돌리고, 뒤집는 아저씨의 손이 무척 재빠르다. 그 큰 손이 저렇게 빠르게 움직일 수도 있는가? 소년은 신기하다.

눈을 들어 쳐다보니 황소아저씨의 숙인 얼굴도 예수님 제자 같고 부처님 동생 같아 보인다.

그 사이 핸드폰을 꺼내들고 어딘가로 전화를 하던 껄떡이 형이 소년의 어깨를 툭 치며 말한다.

"가자!"

"어디 가는디?"

소년의 묻는 말 속에는 기대가 잔뜩 들어있다. 아까 학교 서 전화 할 때 한턱 쏜다고 했으니 뭔가 있겠지……. 그런 기 대다.

"가면 알어. 임마."

껄떡이 형은 아저씨에게 공짜 떡 고맙다는 말도 없이 고개 만 끄덕하고 나선다. 바짝 따라 걷던 소년이 몇 자국 뗀 후에 껄떡이 형의 허벅지를 툭 치며 말한다.

"아까는 나, 형이 악질인 줄 알었다."

"새꺄, 나 악질인 거 인저 알었냐?"

형은 화를 내기는커녕 쳐다도 안 보고 예사롭게 대꾸한다.

"알지, 가짜루 악질인 거. 근디 아까는 증말루 악질인 줄 알었다니까."

소년의 말속에 능청이 잔뜩 끼었다. 그만큼 마음이 편해진 탓이다.

뺑뺑이떡 한 개가 껄덕증도 웬만큼 가시게 해 주었다. 황소아저씨에 대해 찜찜하고 켕기던 일도 확 풀렸다. 소년의 마음이 안 느긋할 수가 없다.

"아까는 나 진짜루 디지게 터지는 줄 알았는디……."

"새끼, 증말루 디게 겁 먹었능개비네."

"겁먹었지. 그 아저씨 주먹에 한 방 걸리면 진짜 골루 가는 거 아녀?"

"거 봐! 짜샤, 그렇게 겁대가리 많은 놈이 왜 째벼? 죽지 못해 째비더라도 꼴통을 잘 돌려야지. 그 아저씨가 누군데……."

"누군데?"

"왕년에 레슬링 선수였댜. 지금은 교통사고루 다리를 다쳐서 시합도 못하지만, 그래두 그 손에 잽히기만 하면 어느 놈이던 길바닥에 헤딩한 깨구락지 된다."

"근디도 저런 장사햐?"

"얌마, 세상이 안 알어 주는디 어짜냐? 찌그리구 살라면 어짤 수 없지."

"그 아저씨 불쌍하다."

앞서 가던 껄떡이 형이 갑자기 돌아서며 소년의 장바구리에 꿀밤을 준다.

"새끼, 웃기고 있네. 너는?"

쌩쥐가 고양이 걱정할 처지냐는 뜻이다. 아닌 게 아니라 형의 말이 맞는 말이다. 별명도 쌩쥐에다, 꼬라지도 쌩쥐 다름없는 주제에 황소아저씨가 불쌍하다니……. 맞아도 싸다고 생각한다. 소년은 꿀밤 맞은 장바구리를 쓰다듬고 멋쩍게 웃는다.

껄떡이 형은 길가 중국집으로 성큼 들어간다. 소년도 따라 들어가니, 미리 약속이 됐던 듯, 껄떡이 형의 친구가 이미 와 있다. 소년도 몇 번 본 적이 있는 짜개 형이다.

소년이 고개를 끄덕하고 아는 체를 하자, 짜개 형은 소년의 어깨를 툭툭치며 의외로 반겨 준다.

"너 왔냐? 학교는 잘 댕겼다냐?"

"이야!"

소년이 고개를 주억거리며 대답하자, 짜개 형은 두 손으로 소년의 얼굴을 감싸 쥐고 떡처럼 주무르면서 말한다.

"아따 요놈 디게 착해져부렀능개비네."

"야, 이 시발놈아, 갸가 언제는 안 착했냐?"

껄떡이 형은 아까 황소아저씨 앞에서 겁주고 꼬삭질 할 때와는 달리 역정까지 내며 소년을 감싼다.

"그렇게 내가 착하다고 허지 안했냐? 어디, 니가 말해 봐야 쓰겠다. 그래, 그래 안해?"

짜개 형은 껄떡이 형에게 눈을 흘기고 소년에게 묻는다.

"맞아유."

소년이 대답하자, 짜개 형은 또 한 번 소년의 얼굴을 쑤세미질 하듯 쓰다듬는다. 그게 귀엽다는 표시다.

"거 봐라, 맞지. 근디 쟈는 괜시리 역정내구 지랄한다냐?"

껄떡이 형과 짜개 형, 둘이 만나면 늘 그렇다. 불과 몇 번 본 일이지만, 매번 한가지다. 악수하며 부터 욕질이 시작이고 주고받는 말이 모두 시비 걸고 싸우는 것 같다. 그러나 그것이 둘이서 반가움을 나타내는 그들대로의 방법이라는 걸 소년은 안다.

셋이 방으로 들어가자, 금세 음식이 뒤따라 들어온다. 짜개 형이 미리 주문을 해 놓았었는지, 군만두와 탕수육이 한꺼번에 나왔다. 소주 2병과 콜라도 한 병 끼었다.

'와! 졸라 맛있겠다.'

소년은 환성이라도 지르고 싶을 만큼 흡족하다. 한턱 쏜다고 했으니 짜장면 곱빼기 정도는 쏘겠지 했는데, 이건 의외다.

"먹어라, 실컷 먹어라."

껄떡이 형이 소년에게 젓가락을 주며 말하고

"먹어, 팍팍 먹고 모자라면 더 시켜부러."

짜개 형도 거든다. 두 형이 소주잔을 나누며 얘기하는 사이에, 소년은 입과 손이 모두 바빴다. 만두와 탕수육이 미어지게 들어간 입속에 콜라가 또 들어간다. 좁은 목구멍이 뱀 모가지처럼 삼키는 음식 크기대로 늘어나는지 막히지도 않는다.

"새꺄 좀 천천히 먹어. 맥힐라고 환장했냐?"

보다 못한 껄떡이 형이 한마디 하자, 이번엔 거꾸로 짜개 형이 역정을 낸다.

"거 참 자식, 왜 잘 먹는 애한테 지청구 주고 그냐? 그랄라고 데꾸 왔냐?"

껄떡이 형은 말없이 소주잔만 기울인다. 소년은 젓가락 속도를 한껏 늦춘다. 초벌 요기는 한 셈이니 껄떡이 형의 지청구가 아니라도 속도를 늦출 때가 됐다.

"그래 천천히 먹어라 이? 그 쪼깐한 배도 못 채워 가꼬 허기졌던 모양인디, 천천히 많이 먹어라 이?"

짜개 형은 자상하게 어루만지는데 껄떡이 형이 오히려 역정을 내는 까닭을 소년은 알 수가 없다.

소년이 돌아보니 두 형 앞의 소주병이 거의 비어 있다. 한 병은 이미 동이 났고, 다른 한 병에도 남은 술이 한두 잔 될까 말까다. 두 형의 얼굴은 불콰하니 술기가 묻어 있다.

"이 새끼는 굶어 디져도 라면 한 그릇 줄 놈이 없을 턴디, 어디 가서 멀 하고 있는지. 씨발 참!"

그래서였구나. 소년은 비로소 감을 잡는다. 껄떡이 형이 또 잃어버린 동생을 생각하고 있는 것이다.

껄떡이 형의 고향 집에 소년만한 동생이 있다고 했었다. 나이도, 학년도 같고 비쩍 마른 체구도 똑같다고 했었다. 껄떡이 형이 서모 등쌀에 못 이겨 집을 뛰쳐나온 게 벌써 5년이 넘었는데, 동생이 재작년에 형을 찾아간다고 집을 나간 후 오도가도 않는다는 것이다.

모처럼 고향 집에 맘먹고 찾아간 껄떡이 형에게 그 아버지가 남의 얘기하듯 물었다.

"니 동생 너한티 안 갔더냐?"

그렇지 않아도 제가 받던 서모 구박이 동생에게 떨어질 거라는 생각에 맘이 쓰리던 껄떡이 형은, 아버지의 그 생뚱스러운 말에 속이 홀렁 뒤집혔다.

"아부지는 도대체 머 하능규? 새끼덜 다 내쫓구 머하능규?"

냅다 고함을 지르고 그냥 되돌아와 버렸다.

5년여를, 지내던 곳에 돌아와 눈에 불을 켜고 동생을 찾았지만, 껄떡이 형은 실망만 깊어졌다.

인근 고아원도 가보고, 길가의 앵벌이 삐끼, 양아치들에게 물어도 비슷한 애를 봤다는 사람이 없었다.

한동안 여관에 손님 끌어대기보다, 동생 찾기에 정신이 팔렸던 껄떡이 형이, 한번은 눈이 번쩍 뜨였었다.

찌는 여름인데, 턱없이 긴 바지에 구지레한 민소매 런닝만 걸친 채 어정어정 걷는 폼이 꼭 제 동생 같았다. 제때 깎지 못한 터부성한 머리, 주걱뼈가 드러난 깡마른 등판 모습이 영락없는 동생이었다.

껄떡이 형이 쫓아가 덥석 어깨를 움켜잡았으나, 흠칫 놀라 고개를 돌린 애놈의 얼굴은 동생이 아니었다.

그날, 잡힌 팔목을 빼고 달아날 궁리만 하는 애놈을 잡고, 껄떡이 형은 꼬치꼬치 물었다. 아무 대답도 안하고 버티는 애놈을 끌고, 난전에서 반바지와 티셔츠를 사 입혔다. 그리고 짜장면까지 먹여 돌려보내면서 말했다.

"얀마, 내 얼굴 알겠냐? 너 배고프면 나 찾아 와라. 여기 와서 껄떡이 찾으면 다 안다."

그게 껄떡이 형과 소년의 인연이 되었다.

"야, 야! 발 달린 아이가 어디 가서 굶어 죽겠냐? 세상이 그래도 지랄 같지만은 안 형께, 좀 거시기 하겠지만서도 살어는 있겠지."

짜개 형이 껄떡이 형을 위로한다.

"야, 담배 있으면 한 개 주라."

평소 입에도 대지 않는 담배를 찾는 걸 보면, 껄떡이 형의 속이 어지간히 끓는 모양이다.

"야, 나가 언제 담배 피는 것 봤냐?"

짜개 형이 양손을 쫙 펴서 터는 시늉을 한다.

"씨발!"

껄떡이 형이 또 역정이다.

휴 – 하고 긴 한숨을 내쉬고 벽에 등을 기댄다.

머리로 두어 번 벽을 쿵쿵 찧고 눈을 감는다. 감긴 눈꼬리에 눈물방울이 하나 맺힌다.

그걸 바라보는 소년의 마음이 쓰리다. 슬그머니 젓가락을 놓고 고개를 떨군다.

"봐라, 짜샤! 니가 그렇게 야도 먹덜 안 허고 있잖여?"

짜개 형이 껄떡이 형을 나무란다. 벽에 기댔던 몸을 바로 하고 앉은 껄떡이 형이 시침 뚝 딴 채 표정을 바꾼다.

"내가 멀 어쨌다고?"

그러면서도 짜개 형과도, 소년과도 눈 맞추기를 피한다. 좀처럼 감정이 가라앉지 않는지, 상 위에 놓인 술잔을 잡은 채 그냥 들여다보고만 있다.

"야, 넌 어서 먹기나 해라."

짜개 형이 소년 앞으로 음식 그릇을 밀어주며 말하고, 껄떡이 형도 숙였던 고개를 들고 한마디 한다.

"니 배 찰라먼 안죽 멀었다. 더 먹어."

소년은 다시 젓가락을 집어 든다. 아무리 염치, 체면 뚜껑을 닫았더라도 껄떡이 형이 저렇게 마음 아파하는데, 우기우기 퍼먹는 건 너무한 거 아닌가…… 그런 생각이 들지만, 소년의 입과 손은 생각과 다르다. 그냥 집어넣고 씹어 삼킨다.

이윽고 소년이 음식 그릇을 깨끗이 비우고 나자, 짜개 형이 먼저 일어선다.

"야, 가자. 드런 새끼, 지 생일날 왜 짜고 지랄여?"

생일, 오늘이 껄떡이 형의 생일인가? 우연히 핸드폰 자랑을 하던 놈이 옆에 있었던 것도, 그놈이 선선히 전화를 빌려준 것도 뭔가 땡기는 게 있었던 모양이다.

소년은 조금 미안하다. 허리끈 풀어놓고 가지끈 먹은 건 좋은데 껄떡이 형한테 아무것도 줄 것이 없다.

그러고 보니 학교 안 땡겨 먹고 잘 다녔으면 한턱 쏜다는 건 핑계였구나.

소년은 그런 껄떡이 형의 마음이 한없이 고맙다.

그런데도 형한테, 더구나 생일이라는데 아무것도 줄 것이 없다. 주머니에 손을 넣어 더듬어 봐도 점심 후에 오락기에 털리고 남은 500원짜리 동전 하나 뿐이다.

"얀마, 왜 니가 돈 내냐?"

껄떡이 형이 짜개 형에게 소리친다.

소년이 신발 뒤꿈치에 손가락을 집어넣고 어물쩡거리는 사이에, 껄떡이 형 보다 먼저 나온 짜개 형이 음식 값을 치른 모양이다.

"니가 나중에 쏘면 되지. 그래 안 해도 오늘은 내가 한잔 할라고 혔는디 잘됐다."

짜개 형이 거스름을 받아 주머니에 쑤셔 넣으며 말하자, 껄떡이 형은 여전히 벌 먹은 소리로 받는다.

"씨발놈, 내가 쏜댔는데 괜히 선수치고 지랄여?"

업어 주고 뒤통수 맞는다더니, 짜개 형이 딱 그런 기분일 텐데도

"됐다, 됐어."

그러고 만다. 소년이 짜개 형을 본 건 몇 번 안 되지만, 이제 보니 속이 어지간히 좋다. 그래서 껄떡이 형과 죽이 잘 맞는 모양이다.

짜개 형의 고향은 아랫녘 어디라는데, 소년은 이름도 못 들어본 곳이다.

껄떡이 형과는 고향도 다르고, 이곳 국제은행 골목에 흘러들어 온 사연도 다르다. 그런데도 둘이 죽이 잘 맞는 걸 보면 서로 대조적인 성격에도 까닭이 있지만, 길가의 막돌처럼 구르고 잡초처럼 짓밟히면서도 질기게 사는 똥패끼리의 정 때문인지도 모른다.

버려진 것처럼, 그래서 잊힌 아이들처럼 세상에 뿌리박을 데가 없어 떠돌며 사는 그들이다. 때로는 바가지로 눈물을 쏟을 만큼 서럽기도 하겠지만, 그래도 서로의 쓰리고 아픈 속을 아는 똥패가 있어 견딜 수가 있다. 만나면 욕질이고 쌈박질하는 것 같지만, 그게 그들끼리 정을 나누는 방식이다. 사는 방식이기도 하다.

세상이 그들을 관심 밖으로 내동댕이쳤지만, 그들은 세상을 버릴 수가 없다. 악다구니를 하면서라도 세상의 끝자락, 어두운 한구석을 잡고 매달려 있어야 살 수가 있다.

껄떡이 형과 소년이 만난 것도 우연이 아니라 똑같이 버려진 돌멩이, 짓밟히는 잡초 신세였으니, 한곳에서 구르다 보니 만날 수밖에 없는 필연인지도 모른다.

"야, 나는 오늘 제낄 티니께 너는 가서 일해라."

껄떡이 형이 손을 내밀자, 짜개 형은 그 손을 내친다.

"나도 제낄란다. 나가 하루 제낀다고 여관이 망하겄냐, 나가 죽겄냐? 쓰발, 깔치 끼고 후까시 잡는 것들헌티 알랑방구 떠는 것도 인저는 진저리가 난다."

"새꺄, 그러다가 짤리면 삐끼 노릇도 못 할라구 그러냐?"

"쓰발 대수여?"

둘이 나란히 걸어가는 뒷전에서 소년은 끄억— 트림을 하며 느긋하게 따라간다.

배가 든든하니 별로 춥지도 않다. 시계점 벽에 붙은 시계를 보니 겨우 7시가 조금 넘었다. 집에 들어가야 할 시간도 멀었다.

껄떡이 형과 짜개 형이 노래방 간판이 붙은 건물 층계로 올라간다.

뒤따라 올라가던 소년이 멈칫 섰다가 되짚어 내려온다.

밖으로 나온 소년은 길 건너 모조품 장신구를 늘어놓은 좌판 앞에 가 선다.

"이거 얼마쥬?"

소년이 목걸이를 가리키며 묻는다.

"3,000원"

대꾸하는 주인의 말이 귀찮다는 투다.

"이 건유?"

"1,000원."

"더 싼 거 없슈?"

"임마 1,000원짜리보다 싼 게 어딨어? 살려면 빨리 사고 안 살 거면 꺼져."

소년의 몰골이 추레해서 그런지, 장사꾼치고는 되게 도도하고 멋대가리 없다.

"아씨, 이거 500원에 주세유. 야?"

소년은 제일 값싼 목걸이 하나를 집어 들고 흥정을 한다. 굵은 사슬에 십자가가 달린 목걸이다. 머리를 노랗게 물들인 개비짱들이 걸고 다니는 것과 비슷하게 생겼다.

"임마, 장난치지 말고 거기 놔."

주인은 소년을 거들떠보지도 않는다.

"아씨, 나 이거 선물 할라고 그라는디 돈이 500원밖에 없걸랑유. 깎아 주세유, 야?"

소년은 사정을 해 본다. 그러나 주인은 이미, 소년이 물건 살 놈이 아니라고 단정을 했는지 쳐다도 안 본다.

"아씨이ㅡ."

소년이 다시 한 번 간절하게 사정을 했으나, 주인은 여전히 냉담이다. 오히려 들고 튈 놈이 아닌가 경계하는 눈치다.

그냥 물건에 욕심이 난 거라면 소년은 충분히 그럴 수도 있었으리라. 그러나 이건 다르다. 껄떡이 형에게 생일 선물로 줄 건데 그럴 수는 없는 일이다.

"야, 재수 없어. 놓구 꺼져."

좌판 하나 달랑 벌이고 앉은 노점상이 무슨 재벌 총수로 착각을 하는 건지, 행세가 대단하다. 여느 때 같았으면 그깟 목걸이 쳐다도 안 보거나, 너 잘 먹고 잘 살아라, 쏘아 주고 돌아섰을 것이다.

그러나 들었던 목걸이를 얌전히 놓고 물러서는 소년의 얼굴이 조금은 슬프다.

점심 때 그놈의 게임기에만 안 매달렸어도 되는 건데…….
후회막급이다.

껄떡이 형이 오늘처럼 약해 보인 것도 처음이지만, 소년이 다른 사람 때문에 마음이 짠해지기도 처음이다. 더구나 선물할 생각을 하고, 그걸 못해 슬퍼진다는 것은 소년 자신도 상상치 않았던 일이다.

소년이 축 처진 모습으로 노래방에 들어서니, 껄떡이와 짜개 두 형은 서로 어깨를 붙안은 채, 악을 쓰는 건지, 노래를 하는 건지 구별이 안될 만큼 소리를 지르고 있다.

솟아나는 흥을 풀어내는 것이 아니라, 치미는 분노를 토해 내는 것이다. 뱃속에 가득 찬 오물을 왈칵왈칵 토해 내듯, 그렇게 가슴속에서 쌓이고 끓는 것들을 토해 내는 것이다.

한바탕 토악질이 끝나자, 짜개 형은 그냥 마이크를 잡은 채 몸을 흔들며 노래를 하고 있는데, 껄떡이 형은 소년에게로 다가와 어깨를 덥석 끌어안는다. 머리칼 더부룩한 뒤통수를 쓰다듬고, 볼을 비빈다. 술 냄새가 훅하니 소년의 코를 찌른다.

"새꺄, 인저 배부르냐?"

껄떡이 형의 물음에 소년은 고개를 끄덕인다.

"임마, 배고프면 나한테 와. 뚜룩치고 쌔비는 거 그런 거 하지 말고. 알었냐?"

소년은 또 고개를 주억거린다. 코끝이 찡해지고 가슴도 찌릿하게 저려온다.

"형, 미안햐."

소년이 작은 소리로 말한다. 그러나 요란한 반주 소리에 소년의 말이 파묻힌다.

"머라구?"

껄떡이 형이 소년의 입 가까이에 귀를 갖다 댄다.

"미안하다구우."

소년은 조금 큰 소리로 말한다.

"미안? 머가, 머가 미안햐 임마."

소년은, 선물을 사지 못해 슬퍼진 마음을 말하려다가 만다. 말하기도 어려우려니와 말해 봤자 소용없는 일이기 때문이다.

"그냥……."

소년의 말에 기운이 하나도 없다.

"그냥 미안햐? 허허 이 새끼 쪼꼬만 게 철 드는개비네. 그렇지만 얌마 니가 미안할 거 없어. 너는 핵교만 잘 댕기면 되능겨. 떵겨먹지 말고, 알었냐?"

소년은 다시 고개를 주억거린다. 그래, 형의 말대로 절대로 학교 떵겨먹지는 않으리라, 그놈의 지겨운 숙제 안 해간다고 매일 혼나더라도, 명품 옷, 좋은 학용품 자랑하면서 후까시 팍팍 잡고 설치는 놈들이 무시하더라도, 학교는 절대로 떵겨먹지 않으리라……. 소년은 속으로 다짐을 한다.

"쌩쥐야!"

껄떡이 형이 갑자기 큰 소리로 소년을 부른다.

"엉?"

"짜샤, 엉이 머여? 형, 그래야지."

형을 부른 것이 아니라, 형이 부르는 소리에 대답을 한 것인데, 박자가 좀 안 맞는 모양이다. 그러나 소년은 시키는 대로한다.

"혀엉!"

"그래, 임마. 니 형 여기 계시잖니? 쌩쥐 너는 말여, 이 담에 커서 왕호랭이가 뎌야 한다. 왕호랭이, 알겠냐? 어홍 하고 울면 세상이 벌벌 떠는 왕호랭이가 디라구. 쌰가지 없는 것덜, 개폼에 후까시 잡는 것덜, 우리 같은 개털 무시하고 깔보는 것덜, 이렁 것덜이 벌벌 떠는 왕호랭이 뎌야 한다구. 알겠냐? 임마!"

말하는 껄떡이 형의 입에서 술 냄새가 푹푹 나지만 소년은 잘 참는다. 아버지 덕에 구린내와 술 냄새가 뒤섞인 구취를 견디는 데는 이골이 난 소년이다.

"알었어 형."

소년은 아주 진지하게 말한다. 오늘처럼 고맙고 미안한 날, 그리고 여느 날과 달리 마음속에 슬픔을 감추고 있는 형을 위해서, 생일 선물도 줄 수 없는 자신이 할 수 있는 일은 진지하게 형의 얘기를 들어주는 것밖에 없다고 소년은 생각한다.

그 사이 노래 한 곡을 혼자서 부르고 난 짜개 형이 소년에게 마이크를 주며 말한다.

"야, 너도 한 곡 뽑아라."

소년은 사양하다가 마지못해 마이크를 받아 들고 일어선다. 짜개 형이 미리 입력을 했는지 동요 반주가 나오고, 이어서 모니터에 '고향의 봄' 가사가 흐른다. 어물쩡거리다가 첫 소절을 놓쳐 버린 소년이 둘째 소절부터 부르기 시작한다.

'…… 복숭아꽃 살구꽃 아기 진달래…….'

껄떡이 형은 의자에 앉은 채 노래 부르는 소년을 멀끔히 쳐다보고, 짜개 형은 다른 마이크를 잡고 작은 소리로 함께 불러준다. 온몸을 흔들고 털면서 악쓰듯 부르던 때와는 달리 얌전히 서서 부른다.

껄떡이 형의 생일인데……. 케이크도 없다. 촛불도 없다. 선물도 없다.

소년은 자신이 부르는 노래가 형을 위한 축하 선물이라고 생각한다. '해피 버스데이 투유ー'그런 노래는 아니지만, 정성껏 부르면 형을 위한 축하 선물이 될 것이라고 믿는다.

"그 속에서 살던 때가 그립습니다."

1절이 끝나고 간주곡이 흐른다.

"야! 너 노래 잘한다. 내중에 노래 박사, 아니 가수해도 되겠다."

짜개 형이 감탄한다. 소년은 처음처럼 한 소절을 놓치는 실수를 다시 범하지 않기 위해 긴장한 채 박자를 맞춘다.

"꼬옻 도옹네 새 도옹네 차리인 도옹네……."

소년은 용케도 박자와 가사를 하나도 놓치지 않고 잘 부른다. 껄떡이 형도 마음이 좀 풀렸는지 낮게 따라 부른다.

"그 속에서 놀던 때애가 그리입습니이다."

노래가 끝나자 두 형이 함께 자알 불렀다는 칭찬과 함께 힘껏 박수를 보내 준다. 모처럼의 박수에 기분이 좋아진 소년은 싱긋 웃는다.

그러나 노랫말 탓인가, 소년의 가슴에는 촉촉하고 짜릿한 여운이 그냥 흐른다. 그리움일 것이다. 엄마에 대한, 그리고 그 엄마와 함께 살던 따뜻한 시절에 대한 그리움일 것이다.

모니터에 '선곡하세요'라는 글자가 떴어도 아무도 못 본 체하는 걸 보면, 두 형의 가슴 속에도 소년과 같은 여운이 흐르고 있나 보다. 동생에 대한, 가족에 대한, 그리고 삐끼가 아니었던 옛날에 대한 그리움……. 그런 것이 흐르고 있나 보다.

지지배야, 니가 왜 울어.

언제부턴가 꽃잎이 보고 있었던 걸 소년은 몰랐다.

꽃잎은 민희다. 민희는 1, 2학년 때의 짝꿍이었지만 지금은 이미 헤어진, 아니 흩어진 사이다. 그런데도 민희는 보이지 않는 곳에서 항상 소년을 보고 있다.

소년은, 민희는 이미 내 짝꿍이 아니다, 나와는 상관없는 아이다. 그렇게 마음을 먹고 있는데도 가끔씩, 아니 뭔가 일을 저지를 때면 난데없이 뒤통수를 쥐어박는 꿀밤처럼 소년의 뒷꼭지에 꽂히는 따가운 시선을 느낀다.

돌아보면 영락없이 소년을 지켜보는 꽃잎이, 민희가 거기서 있다. '아차' 해서 하던 일을 멈출 때는 이미 늦었다. 시선을 거둔 민희는 이미 등을 보인 채 저만큼 멀어져 가고 있는 것이다.

멀어져 가는 민희는 필시 소년을 향해 원망처럼 중얼거릴 것이다.

"바보. 등신."

그리고 언젠가는 소년 앞에 딱 버티고 서서 소년의 행동을 꾸짖을 것이다.

소년은 그런 민희의 마음을 안다. 하지만 소년은 애써 고개를 저으며 혼자 중얼거린다.

'지지배, 지가 뭐여?'

그러나 소년은 가슴이 쓰리다. 아니, 아무 데나 머리를 콱 처박고 싶을 만큼 창피하다. 그런 때는 '아악' 소리를 지르고 싶고, 어느 구렁창에 뛰어들거나 몸부림을 쳐서라도 자신의 모습을 지워 버리고 싶다.

언제, 어디서 누구 앞에서나 부끄러움 같은 건 내던지고 사는 소년이다. 눈치코치 염치 모두 뚜껑을 닫았다.

그러나 민희의 시선이 마주치는 곳에서는 그렇게 되지를 않는다.

다 내버리고 잊은 것이라고 생각했는데, 창피하고 부끄러운 오묘한 심사, 그게 무언지 민희와 눈이 마주치면 되살아나는 것이다.

소년은 그런 순간이 지나면 잠시 눈을 감고 고개를 저으며 자신을 달랜다.

'뭐가 어떠? 지지배가 쳐다보면 어떠?'

그래도 소년의 몸엔 힘이 빠지고, 주변의 모든 것이 안개에 싸인 것처럼 흐릿해진다.

민희의 눈총을 느끼기 전까지, 당당하기만 하던 몸짓, 염치 코치 내버린 말투, 능청스런 얼굴이 허무하게 무너지는 것이다.

며칠 전, 자유 놀이 시간. 오전 수업 두 시간이 끝난 뒤에 주어지는 20분간의 자유 시간이었다. 말 그대로 제멋대로 즐기는 시간이다.

책을 읽거나 잡담을 하거나 교실 바닥에 퍼질러 앉아 공기 놀이를 하거나, 아니면 책상에 엎드려 잠을 자거나, 그야말로 마음대로 자유를 즐기는 시간이다.

소년은 두말할 것 없이 운동장 복판으로 달려 나갔다.

편 가르고 어쩌고 할 필요도 없이, 뱃구리 헐렁한 채, 온종일 운동장 구석에서 혼자 뒹굴고 있는 낡은 축구공을 차기 위해서다.

소년보다 먼저 나온, 극성맞은 아이들이 펑펑 질러 대는 바람에 정신없이 이리 튀고 저리 튀는 낡은 축구공은, 그래도 신이 나는 듯 땅을 차고 허공을 가르며 아이들을 몰고 다녔다. 누군가의 발에 채여 건공중에 솟았던 공이 떨어질 만한 곳으로, 숨을 헐떡이는 아이들이 마치 송사리 떼처럼 몰려든다.

우르르 몰려든 아이들 복판에서 또 한 번 겨냥도 없이 걸어 채인 공이 달아나면, 송사리 떼도 덩달아 운동장을 가로지르며 내닫는다.

송사리 떼 속에 섞여서 몇 번이나 헛발질을 하던 소년은, 머리 위로 날아오는 공을 멋진 '오버헤드킥'으로 한 방 날렸다. 오랜만에 전신이 짜릿하도록 통쾌한 행운의 킥이었다.

몰려든 송사리 떼 속에서 '와아' 하는 환호성이 일시에 터져 나왔다.

그런데, 어깨를 으쓱이며 양손으로 V자를 그리던 소년의 '세레모니'가 끝나기도 전에, 우악스런 손이 소년의 멱살을 잡았다.

"쌔꺄, 너 일부러 내 얼굴에 대고 찼지?"

그건 아닌데, 그러나 이미 소년의 멱살을 잡은 상대는 눈에 불을 켜고 있다. 덩치도 소년의 두 배쯤은 될 만큼 크다.

소년은 멱살 잡은 손을 떼쳐 내기 위해 몸을 비틀었지만,

완강한 힘에 목은 오히려 조여들 뿐이다.

누구나 달려들어 차는 공, 목표가 따로 있을 리 없고, 있다한들 겨냥하고 말고 할 틈도 없이 내뻗은 발이 공에 닿기만 해도 짜릿한 쾌감을 느낄 판인데, 일부러 누구의 얼굴에 대고 차다니, 참말로 어처구니없는 소리다.

그런데도 소년의 멱살을 잡은 상대의 부릅뜬 눈엔 분노가 꽉 찼다.

정말로 소년이 찬 공에 맞았는지, 흙먼지 묻은 반쪽 얼굴이 벌겋다.

"형, 그게 아녀. 그냥 찬 거라구."

소년이 힘껏 소리쳤지만, 조여든 목이 제대로 소리를 내지 못한다.

"이게 공 좀 찬다고 까불어? 거지 같은 새끼."

소년의 가슴속에서 불덩이가 확 치민다. 그러나 소년은 다시 한 번 애걸하듯 말한다.

"증말여. 형 이거 봐."

하지만 소년의 목은 여전히 조여들고, 한쪽 볼따구니에서 불이 번쩍 튄다. 그 뒤에 벌어진 일을, 소년은 제대로 기억할 수가 없다.

둘러서서 심심풀이 삼아 구경하던 아이들이 뜯어 말릴 때,

소년은 덩치 큰 형을 깔아 눕힌 채, 배를 타고 앉아 주먹을 휘두르고 있었다.

'그래 나는 거지다. 이 씨발놈아 거지는 공도 못 차냐?'

소년은 주먹을 휘두르며, 속으로 그렇게 울부짖었다.

여럿이 뜯어 말리는 바람에 드잡이가 끝나고, 숨을 헐떡거리며 독기 서린 눈싸움을 하고 있을 때, 선생님이 달려 왔다.

선생님 앞에 서서도 독기 서린 눈싸움을 계속하고 있는 두 사람을 보고 있던 아이들 중의 누군가가 말했다.

"선생님, 쟤 피 나유."

소년의 멱살을 잡고 시비를 건, 덩치 큰 상대의 코에서 흐르는 피를 가리키는 말이었다.

그러나 소년의 턱 밑, 울대목 주변이 벌겋도록 충혈된 상처에는 아무도 눈을 주지 않았다. 덩치 큰 상대가 먼저 소년의 멱살을 잡고 뺨을 때렸다는 얘기도 물론 하지 않았다.

"어째 너는 오나가나 말썽이냐? 상급생 형을 이렇게 두드려 패는 놈이 어디 있어? 네가 치료비 낼 거야?"

선생님은 참 한심하다는 표정을 짓고, 검지로 소년의 이마를 쿡쿡 찍으며 말했다.

"저 형이 먼저 내 모가지를 잡았거든유. 뺨도 때렸걸랑유."

소년은 눈을 치며 선생님을 똑바로 쳐다보며 항변했다.

"임마, 니가 먼저 공으로 내 얼굴을 때렸잖아."

덩치 큰 상대가 소년의 항변을 무색하게 만들었다.

마구잡이로 걷어차인 공이 어디로 날아가 누구의 몸, 어디에 맞든, 그건 따질 필요가 없는 일이었다. 따질 수도 없는 일이었다.

머리로 받아 치면 멋진 '헤딩'이고, 양발치기로 걷어차면 '더블 킥', 튀어 오르는 순간 발을 대서 차올리면 '드롭 킥'이다. 그중에서도 가장 멋진 것은 조금 전 소년이 보여 준 '오버헤드 킥'이다. 점프와 동시에 몸을 지면과 수평으로 가누면서 날아오는 공을 머리 위에서 받아쳐 뒤로 날리는 것이다.

누구나 한 번쯤 해 보고 싶은 선망의 '킥'이지만, 유연한 몸에 순발력이 좋지 않으면 흉내 내기도 어려운 기술이다.

그 어려운 기술로 걷어 찬 공이 하필이면 덩치 큰 상급생의 얼굴에 맞은 것이다. 수없이 되풀이한 헛발질 때문에 화가 난 상급생은, 덩치 작고 허름한 소년을 만만히 보고 분풀이 대상으로 삼은 것이다.

규칙도 없고 상대가 따로 없는 막축구 판에서 공에 맞은 건 전혀 시비거리가 아니다. 그냥 우연일 뿐이다. 그건 공을 차겠다고 송사리 떼처럼 몰려다니던 아이들은 누구나 인정하는 일이다.

그런데도 소년을 위해 '우연한 불상사'를 설명해 주는 아이들은 없었다. 소년이 멋진 폼으로 '오버헤드 킥'을 날렸을 때, 박수와 탄성을 보냈던 아이들도 입을 다물고 있다.

　"이 녀석아, 네 눈엔 형의 얼굴이 꼴대로 보이냐?"

　선생님의 일방적인 판단이 소년을 궁지로 몰았지만, 아이들 중엔 덩치 큰 상급생에게 불리한 말을 선생님께 고할만한 용기 있는 아이가 없었다.

　"그게 아니구유……."

　소년이 스스로 해명하려 했으나 선생님은 이미 내려 버린 판단을 뒤집을 생각이 전혀 없었다.

　소년의 담임이 아니지만, 소년이 어떤 아이인가를 알고 있는 선생님은, 이미 이 불상사에 대한 판결을 내려 버렸고, 그런 이상 소년의 어떤 말도 들을 필요가 없다고 생각했다. 소년의 이마에 거듭 꿀밤 세례를 준 선생님은 소년의 말을 끊었다. 그리고 다그쳤다.

　"요놈, 또 엉뚱한 핑계를 대려고 그러지? 형한테 잘못했다고 사과해. 어서."

　소년은 원망 가득한 눈으로 선생님을 쳐다보았다.

　"이놈이 어디서 눈을 똑바로 뜨고 쳐다 봐? 버르장머리 없는 놈."

선생님의 큰 손바닥이 소년의 볼에 철썩 소리를 내며 부딪쳤다.

그때, 난데없이 피라미 떼를 헤치고 나온 여자애가 선생님께 항의를 했다.

"선생님 너무해요. 얘는 그냥 공을 찬 건데, 이 오빠가 둔자바리라서 공에 맞은 거예요. 그래 놓구 먼저 얘 멱살을 잡고 때렸어요. 얘는 잘못한 거 없어요."

민희였다. 자신을 변호하는 유일한 응원군이 바로 민희라는 걸 아는 순간, 소년은 속으로 절망하듯 중얼거렸다.

'아이구, 이 지지배는 왜 하필 이런 때 또 나타난 건가?'

다른 아이들은 다 보고 비웃어도 상관없지만, 민희가 보아서는 안 되는 꼴인데, 또 들켜 버린 것이다. 소년은 치떴던 눈을 질끈 감고 고개를 푹 꺾는다.

"야, 니가 뭘 안다구 떠들어? 쬐끄만 게 까불구 있어?"

덩치 큰 상급생이 민희를 무섭게 노려보고 말했다. 그러자 민희는 더 매몰차게 항변한다.

"오빠가 둔자바리니깐 공에 맞았지, 얘가 일부러 찬 거 아니잖어? 선생님, 멱살 잡고 먼저 때린 건 이 오빠예요. 얘는 잘못한 거 없어요. 얘들도 다 봤어요."

"애 말이 맞냐?"

선생님은 민희의 당찬 항의를 받고서야, 뒤늦은 사실 확인을 위해 둘러선 아이들을 향해 물었다. 그러나 자초지종을 알고 있는 사내아이들은 아무도 대답하지 않았다.

"선생님, 민희 얘기가 맞아요. 우리도 다 봤어요. 뚱땡이 오빠가 먼저 때렸어요."

덩치 큰 상급생에 대한 조롱을 섞어 합창으로 대답한 건, 화단 앞에서 민희와 함께 놀던 여자 아이들이다.

난처해진 선생님이 어색한 몸짓으로 소년과 덩치 큰 상급생의 손을 잡아 악수를 시키면서 말했다.

"둘이 화해해. 또 싸우면 안 돼."

둘러섰던 아이들이 흩어지고 민희와 선생님도 가 버리자, 덩치 큰 상급생도 인중까지 흘러나온 코피를 제 스스로 닦고, 눈만 째지게 흘기며 가 버렸다.

그러나 소년은, 3교시 시작을 알리는 차임벨이 울린 뒤에도 그 자리에 그냥 서 있었다.

'지지배, 지가 머라고…….'

입속으로는 그렇게 중얼거렸지만, 민희에 대한 부끄러움, 내버렸던 수치심이 되살아나 얼굴이 화끈거린다.

'이 담에 또 잘난 척하면 상관 말라고, 너나 잘하라고 면박을 주리라…….'

소년은 횅하니 빈 운동장에 혼자 서서 다짐을 했지만, 허사였다.

청소 시간, 골마루에서 비질을 하고 있는데, 누군가가 구부린 소년의 어깨를 툭 친다.

"바보, 잘못한 것두 없으면서 왜 혼나기만 해."

목소리만으로도 그게 민희라는 걸 아는 소년은, 다짐대로 면박을 주기는커녕, 죄인처럼 고개를 푹 숙인 채 아무런 대꾸도 못했다.

그게 바로 며칠 전의 일이다.

그런데 오늘 또 창피한 꼴을 민희에게 들켜 버린 것이다.

오늘은 막축구가 아니라 이웃 반 아이들과 편을 짜서 시합을 한, 제대로 된 축구 경기를 벌인 것이다.

보통 때는 소년과 어울리는 것을 별로 달가워하지 않는 아이들도, 학급 대항 축구 시합 때만은 소년을 특별 대우로 모신다. 아니, 당연히 주장 자리를 내주고 선수 배치와 작전까지 맡긴다. 소년도 그것이 마땅한 자기 역할인양 받아들인다.

소년은 우선, 자신이 알고 있는 아이들의 소질에 따라 임무를 부여한다.

순간 동작이 빠르고 날아오는 공의 방향을 잘 파악해서 잡아내거나 쳐내는 데 능숙한 아이 1명은 '골키퍼'로 배치하고, '롱 킥'에 능한 아이들 중 2명은 '풀백'으로, 3명은 '하프백'으로 정해 준다.

달리기를 잘하고 패스를 잘하는 아이들 다섯은 '포워드'로 배치한다.

선수 배치가 끝나면, 공을 따라 선수들이 몰리거나 빈자리가 생겨 상대의 기습 공격을 받는 위험을 막기 위해 각자의 활동 범위를 정해 준다.

'풀백'은 중앙선을 넘지 않도록 하되 '하프 백' 세 명은, '포워드'가 공격해 들어갈 때는 그 뒤를 따라 받쳐 주다가, 상대 공격수가 중앙선을 넘을 때는 그를 앞질러 수비 위치로 돌아오도록 한다.

'포워드' 5명에게는 각자의 공격 위치와 방어할 상대 선수를 찍어 주고, 패스를 연결하며 상대의 문전으로 파고 들 요령을 일러 준다. 물론 5명의 '포워드'에 포함된 소년의 위치는 중앙이고 임무는 주공격수다.

막상 경기가 시작되면 각자의 위치나 임무는 까맣게 잊고, 예측할 수 없는 방향으로 이리 튀고 저리 튀는 공을 따라 송사리 떼처럼 몰려다니는 바람에 작전은 엉망이 되지만, 그래도 소년이 열심히 설명할 때는 모두 귀담아 듣는다.

소년의 그런 주장 행세가 아니꼬워서 시큰둥해 하는 아이들이 더러 있지만, 대놓고 불만을 표시하지는 않는다.

소년의 축구 실력을 인정하는 다른 아이들이 동조를 하지 않는 까닭도 있지만, 만약 소년이 화를 내고 경기 참여를 거부한다면, 상대팀에게 패할 것이 뻔하기 때문이다.

매우 드문 일이긴 하지만, 소년의 존재가 뚜렷하게 부각되는 기회는 축구 경기 말고도 또 있다.

운동회 날, 청백 계주가 벌어질 때다. 소년의 달리기 실력이 월등하다는 것은 1학년 때부터 알려진 일이다. 그래서 매년 운동회 때마다 소년이 계주 선수로 선발 되는 건 일종의 불문율처럼 되었다.

계주는 청백 간의 승부에 큰 영향을 줄 뿐만 아니라, 운동회의 마지막 순서가 되기 때문에, 양편 학생들이나 학부모 관객들의 관심이 가장 큰 종목이다.

소년은 거기서 늘 영웅이었다. 소년 앞 차례로 달리던 선수가 10미터쯤 떨어졌어도, 소년은 기어코 추월해서 승부를 뒤집어 놓기 때문이다.

소년의 그런 운동 재질은 타고난 것이었다. 소년을 버리고 떠난 엄마의 덕인지, 아니면 하루가 멀다 하고 때리고 고함치는 아버지의 덕인지는 알 수 없으나, 물려받고 태어난 것임에는 틀림이 없다.

왜냐하면, 소년은 한 번도 달리기나 공차기 훈련을 따로 할 기회가 없었고, 다만 잠시라도 소년에게 그런 걸 가르쳐 준 사람도 없었다. 그런데도 소년은 공만 잡으면 웬만한 또래 선수들 뺨칠 만큼 발재간이나 몸놀림이 탁월하다. 달리기 역시 마찬가지다.

그런 소년이 어쩌다 벌이는 학급 대항 축구 경기나 1년 중, 학년 초, 봄에 열리는 운동회 때만 반짝 두각을 나타낼 뿐 내내 무시되고 외면당하는 것은 소년이 다니는 학교엔 육상부도 축구부도 없기 때문이다.

소년의 학교엔 축구부나 야구부, 육상부 같은 체육부가 없지만, 예능부는 가지가지로 많았다. 합창부, 독창부가 따로 있는가 하면, 리듬밴드부와 현악부가 따로 있고, 글짓기부와 미술부, 서예부가 있다. 그 외에도 글라이더부, 과학발명부도 있고 영어기초반과 중급반, 일어반 등도 있다. 그러나 그런 곳에는 소년이 낄 수가 없다. 모두 돈을 내고 방과 후에 따로 배우는 것이기 때문이다.

많은 아이들이 정규 수업이 끝나면 방과 후 활동에 참여하고, 이어서 2~3군데 학원까지 다니며 학력을 보충하고 예능 특기를 기르지만, 소년은 정규 수업 외에는 그 어떤 것에도 끼어들 수가 없다.

엄마의 소원대로 아버지의 개인택시가 잘 굴러서 새끼를 치고, 엄마가 집에 있어서 다른 아이들처럼 아침저녁 따뜻한 밥을 지어 주고 돌봐 주었더라면, 소년도 다른 아이들과 같이 방과 후 활동에도 참여하고 학원에도 갈 수 있었을 것이다.

그러나 지금은 모든 게 '꽝'이다.

아버지는 개인택시를 차압당한 뒤부터 포악한 폐인이 되어가고, 그래서 소년을 버리고 집을 나간 엄마는 3년째 소식 감감이다.

아버지가 던져 주는 1,000원 지폐 석 장으로 하루를 살아야 하는 소년은 늘 배가 고프다. 시장기를 참기 어려워 하루에도 몇 번씩 물로 배를 채우는 소년에겐 방과 후 활동도 학원 과외도 모두 먼 나라 얘기다.

엄마가 집에 있었다면 안 그랬을 것이다. 방과 후 활동이나 과외 학원에 다니는 건 물론, 1, 2학년 때처럼 여러 가지 상도 타고 선생님들로부터 칭찬받는 애가 됐을 것이다.

학급 대항 축구 경기나 청백 계주 때만이 아니라, 가을 교내 예능 발표회 때도 다른 아이들처럼 화려하게 장식된 무대에 올라가 재능을 뽐내고 엄마를 기쁘게 했을 것이다.

1학년 때의 교내 예능 발표회에서는, 소년이 신랑이 되고 짝꿍인 민희가 각시가 되어 꼭두각시 춤을 추었다.

다섯 쌍이 무대에 올라 함께 추는 것이었지만, 소년과 민희가 가장 귀엽게 추었다고, 구경하던 부모들이 칭찬을 했고, 민희 엄마와 소년의 엄마는 거기에 맞장구를 치며 기뻐했었다. 발표회가 끝나고, 하교하는 길에 소년과 민희는 엄마들과 함께 식당엘 갔다. 짝꿍이 된 소년과 민희처럼 두 엄마들도 사이가 좋았다.

엄마들은 엄마들끼리 마주 앉고, 민희와 소년도 역시 마주 앉았다. 먼저 나온 군만두를 먹은 뒤에 이어서 나온 짜장면을 먹을 때, 민희가 휴지를 내밀며 소년에게 말했다.

"야, 얼굴 좀 닦아. 얼굴에다 짜장을 막 묻히면 어떡해?"

소년은 말없이 민희가 내미는 휴지를 받아 양 볼에 칠갑이 된 검은 장을 닦았다. 그 모습을 보고 있던 소년의 엄마가 말했다.

"아이구, 민희가 마치 큰누나 같구나."

그 말을 받아 민희가 말했다.

"나, 큰누나 안 하고 색시 할 거예요."

두 엄마들이 눈을 크게 뜨고 마주 보며 웃는 사이에 민희가 다시 말했다.

"엄마, 우리가 크면 결혼해도 되지? 무용 선생님이 그랬걸랑. 니네들 커서 둘이 결혼하면 딱 맞겠다."

두 엄마들은 박장대소를 하고, 소년은 입을 내밀고 눈을 흘겼다.

그런 소년에게 민희가 달걀만한 작은 주먹을 불쑥 내밀고 말했다.

"야, 너 내 말 안 들으면 때려 줄 거야. 까불지 마."

소년은 대꾸 없이 눈을 내리깔았다. 수긍의 표시요 항복의 표시였던 셈이다.

엄마들은 '아이고 우리가 사돈 되겠네요.'라며 장난스럽게 웃었지만, 민희는 장난이 아니었다.

예능 발표 전에도 그랬지만, 민희는 늘 어른처럼 소년의 일거수일투족을 다독이며 간섭하고 보살펴 주었다. 소년이 선생님들의 칭찬을 받거나 상을 탈 때는 다른 아이들보다 더 크게 박수를 보내고, 껌이나 사탕 한 알을 슬며시 소년의 손에 쥐어 주기도 했다.

뿐만 아니라, 소년이 어쩌다 옳지 않은 행동을 할 때는, 어디선가 나타난 민희가 가차 없이 그것을 꾸짖었다.

"너 왜 그래? 그러면 나쁜 사람 되는 거 몰라?"

여러 아이들이 보는 데서 민희가 큰소리로 꾸지람을 해도 소년은 반박하거나 화를 내지 않았다.

"알었어."

무표정한 얼굴에 단지 그 말뿐이었다. 소년도 그런 민희가 좋기 때문이었다. 그래서 언제 어디서나, 그리고 누구에게나 당당한 소년이었지만, 민희 앞에서만은 한없이 순한 양이 될 수밖에 없었다.

그러나 누군가 민희에게 해코지를 할 때는 가만히 있지 않았다.

그런 소년과 민희를 두고 대부분의 아이들은 그저 그러려니 했지만, 어쩌다 놀리는 아이들이 있어도 민희는 화를 내지 않았다. 소년도 역시 못 들은 체했다.

한 번은 심술궂은 사내애가 선생님께 일러바쳤다.

"선생님 쟤들은 둘이 사귄대요."

"그래? 축하한다. 다른 사람들도 모두 짝꿍끼리 정답게 사귀면 좋겠다."

선생님의 대답은 아주 싱거웠다. 일러바친 애는 물론 다른 아이들의 기대와는 한참 어긋나는 대답이었다.

이번에는 다른 사내애가 일어서서 말했다.

"선생님, 그게 아니고요, 쟤들은 서로 사랑한대요. 연애하는 거라고요 나중에 결혼도 한대요."

선생님은 눈을 크게 뜨고 깜짝 놀라는 표정을 지었다. 일러바친 애들이 이제는 기대한 대로 선생님의 불호령이 떨어질 것이라 예상했다.

그러나 아이들의 예상은 또 빗나갔다.

선생님은 놀란 표정을 풀고 활짝 웃으면서 딱 소리가 나도록 두 손을 마주치고 말했다.

"어마나 그게 정말이니? 진짜 축하한다. 짝꿍이 둘 다 훌륭한 사람이 돼서 결혼하면 얼마나 좋은 일이니? 우리 반 친구들이 모두 그렇게 훌륭하게 돼서 짝꿍끼리 결혼해라. 그러면 선생님도 결혼식장에 가서 축하해 줄게. 박수!"

불호령을 기대하고 일러바친 아이들은 '에이' 하고 실망을 하거나, 짝꿍과 사이가 좋지 않은 아이들은 '싫어요' 하고 고함을 쳤지만, 그래도 박수 소리는 우렁찼다.

박수가 멈추자 선생님은 소년과 민희를 향해 한 눈을 찡긋하며 말했다.

"자알 해 봐. 알았지?"

소년은 역시 고개를 푹 숙인 채 입을 쑥 내밀고 있었지만, 민희는 '네'라고 크게 대답했다.

그런 민희와의 짝꿍 관계는 2학년 때까지만이었다. 3학년이 되면서 반이 갈렸기 때문이다.

사물함의 물건까지 챙겨가지고 서로 다른 교실로 흩어져 가는 날, 민희는 예쁜 포장지에 싸인 걸 소년의 가방에 잽싸게 집어넣었다. 그리고 소년의 귀 가까이 입을 대고 작은 소리로 말했다.

"학교서 꺼내 보면 안 돼. 집에 가서 봐. 알았지?"

소년은 순순히 고개를 끄덕였다.

그러나 궁금증을 참지 못한 소년은 새 교실로 가는 도중에 화장실에 들어가 그걸 펼쳐 보고 말았다.

등판과 눈 가장자리가 까맣고 털이 보송보송한, 작고 앙증맞은 아기곰이었다. 지우개만한 쪽지를 펼쳐 본 소년은 피시시 혼자 웃었다.

<인규야 사랑해. 나 잊지 마러야 되.>

철자법이 틀리긴 했어도 예쁜 글씨로 그렇게 써 있었다.

그러나 3학년이 된 후부터 소년은 민희를 애써 멀리하려 했다.

엄마를 기다리기에 지친 소년이 서서히 무너지면서, 여전히 예쁘고 깔끔한 민희와 자신은 어울리는 짝이 될 수 없다는 걸 알기 때문이었다.

하지만 소년은 언제나 민희의 눈길 안에 있었다. 아니, 민희의 눈길을 벗어날 수가 없었다.

2학년 때까지 소년과 키가 똑같던 민희는 이제 훌쩍 자라서 한 뼘만큼이나 더 커 보인다. 이전과 다름없이 공부도 잘하고 선생님들의 귀여움을 받는 건 물론, 따르는 친구들도 많다. 거센 남자 아이들도 함부로 심술을 부리지 못할 만큼 당당하기도 하다.

그런 민희는 항상 안타까운 마음으로 소년을 지켜보며, 때로는 타박을 하고 때로는 은근히 정을 표시하지만, 소년은 아니었다. 민희 앞에서는 언제나 주눅이 들고 피하고 싶고, 그러면서도 이따금 훔쳐볼 때면 부끄럽고 슬픈 마음이 된다.

엄마가 돌아오리라는 기대를 버리고, 기다리기를 포기한 후, 소년은 빠르게 변해 갔다.

매사에 의욕을 잃고 심술이 늘어나고 염치나 수치심 같은 걸 팽개친 막된 아이가 되었다. 이전에는 뭇 아이들의 부러움을 사는 아이였지만, 이제는 아니다.

구지레한 옷, 냄새 나는 몸, 놀림 받고 경원당하는 처지에, 툭하면 한바탕 드잡이 싸움도 서슴지 않는 소년이, 민희를 가까이하기엔, 아니 민희의 관심을 받아들이기엔 마음이 너무 무겁다. 하필 소년에게 좋지 않은 일을 벌어질 때마다 부딪치게 되는 민희의 눈길이 야속하기만 하다.

비록 반이 갈리긴 했어도 소년의 집이 예전처럼, 아버지는 열심히 개인택시 기사를 하고 엄마는 아버지가 그날그날 벌어 온 돈으로 적금을 들고 따뜻한 밥을 지으며 살던 옛날처럼, 그냥 그렇게 살았더라면, 소년도 민희와 정답게 지내는 걸 당연하게 생각했을 것이다.

다른 아이들도 물론 그렇게 여겼을 것이다.

그러나 '될 대로 되라지.'라고 모든 걸 포기한 소년에겐 모든 게 싫다. 배고픔을 면하는 것 외에는 관심이 없다.

마음 같아서는 학교 수업도 때려치우고 싶지만, 아버지의 매가 무섭고 껄떡이 형과의 약속 때문에 그럴 수는 없다.

하지만 지겹다. 공부도 지겹고 숙제도 지겹고, 옷깃만 스쳐도 '더러운 거지새끼'라며 탈탈 털어 내는 짝꿍 계집애와 싸우기도 지겨울 뿐 아니라, 별수 없는 애놈들이 깔보고 놀릴 때마다 주먹다짐을 하는 것도 지겹다.

그러다 선생님께 들켜서 손바닥 맞는 건 견딜 만하지만, 번번이 반성문을 써 내는 것도 질색이고 지겹다.

때로는 학교고 뭐고 모두 팽개치고 어디든 훌쩍 도망치고 싶지만, 갈 데가 없다. 가서 주린 배를 채우고 살 방법이 없다. 이나마 학교에 다니면 점심 한 끼는 배불리 먹을 수 있지만, 팽개치고 떠나면 그마저도 '꽝'이 될 것이다.

엄마 편지에는 아버지와 살기 힘들면 외가에 가 있으라고 했지만 한번 찾아 온 외삼촌은 소년에게는 관심도 두지 않고 아버지와 대판 싸움만 하고 돌아갔다.

어떤 때, 엄마가 미치도록 보고 싶을 때는 그 엄마를 찾아가고도 싶지만, 떠난 후 편지는커녕 전화 한 통 없는 엄마가 이 세상 어느 구석에 있을지 도무지 알 길이 없으니 섣불리 나설 엄두도 안 난다.

까딱하다간 거리에서 굶어 죽거나 진짜 거지 신세가 되든가, 아니면 도둑질로 배를 채워야 할는지도 모른다.

'이 새끼는 굶어 디져도 라면 한 그릇 줄 놈이 없을 틴디, 어디 가서 멀 하고 있는지. 씨발, 참!'

껄떡이 형이, 자신의 생일에 소년을 불러 탕수육과 군만두를 사 주고, 울먹이며 하던 말이다. 집 나온 껄떡이 형을 찾아 나섰다가 행방이 묘연해진 동생을 생각하고 있었던 것이다. 매몰차고 야박한 세상에 집도 절도 없이 헤매는 동생이행여 굶어 죽지나 않을지, 껄떡이 형은 그걸 걱정하고 있었던 것이다.

그 껄떡이 형의 동생이 소년과 딱 동갑이고 체구도 비슷하단다. 그래서 껄떡이 형은 동생을 찾아다니다가, 길에서 우연히 만난 소년을 잃어버린 동생 맞잡이로 끔찍이 생각해 주고 있는 것이다.

소년은 그런 껄떡이 형이 '핵교는 꼭 댕겨야 한다. 핵교 땡겨 먹으면 가만 안 둬'라고 협박처럼 다짐을 줄 때마다 그러마고 굳게 약속을 했었다. 소년은 그 약속을 배반할 수가 없다. 뿐만 아니라 껄떡이 형의 동생처럼 '굶어 디져도 라면 한 그릇 줄 놈이 없는', 그 매몰차고 낯설기만 할 세상에 대해 겁이 나기도 한다.

그래서, 껄떡이 형의 말마따나 '그냥저냥 찌그리고 살자니' 참 재미가 없다.

점심 후 잠깐 빼고는 언제나 배가 고프고, 배가 고플 때는 모든 게 짜증스럽고 화가 나고, 공연한 심술기가 발동하기도 한다.

하지만, 공을 찰 때만은 의욕이 나고 온몸에 생기가 돈다.

힘껏 내뻗는 발에 걸어차인 공이 공중에 포물선을 그리며 날아갈 때는, 소년의 온몸에 짜릿한 쾌감이 퍼지면서 짜증스럽고 화나던 마음도 확 풀린다.

반 대항 축구 경기가 시작되자, 소년은 중앙 공격수답게 운동장을 가로세로 내달리며 고함을 치고 작전지휘를 한다.

"야, 드리블하지 말고 패스해. 패스하라구."

그러나 소년의 고함이 잘 먹혀들지 않는다. 멋진 골 한 방에 집착하는 아이들은, 공을 잡는 즉시 패스하기보다 드리블을 시도한다.

그러나 먹이를 좇는 피라미들처럼 공을 향해 돌진하는 아이들 틈에서 공은 엉뚱한 방향으로 튀어 나간다. 드리블을 시도하던 아이는 어느새 뒷전으로 밀려나고, 마구 질러 대는 뭇 발길 중, 어느 발길에 채였는지조차 알 수 없는 공은 그냥 제멋대로 간다.

때로는 공중 높이 튀어 오르기도 하고 때로는 아이들 발길을 피해 도망치듯, 선 밖으로 떼구르르 굴러 나가기도 한다.

소년네 팀이 한 골을 먹은 채 전반전이 끝났다. 이제껏 패한 적이 없는 건 물론, 선제골을 내준 적도 없었던 일이라 소년은 화가 났고, 다른 아이들 역시 맥이 빠진 모습이었다.

소년은 공만 잡으면 드리블을 시도하다가 상대편의 벌떼 수비에 번번이 막혀 버리거나, 공을 빼앗겨 역공을 당하게 하던 아이에게 화풀이를 했다.

"니가 혼자만 공을 차려고하니까 우리가 골 먹었잖아"

소년의 핀잔에 상대가 푸르르 화를 냈다.

"얌마, 키퍼가 골 먹었지 내가 먹었냐? 저도 별수 없는 새끼가 잘난 척하고 있어."

소년의 주장 행세를 아니꼬워하던 아이였다. 어떻게든 한 방 멋지게 골을 성공시켜 소년의 코를 납작하게 해 주리라는 생각에 의욕이 지나쳤던 아이는, 그렇잖아도 제풀에 화가 나 있던 참이었다.

"내가 언제 잘난 척 했어. 이 새꺄."

소년이 눈을 부릅뜨고 상대의 코앞에 얼굴을 바짝 들이대었다. 껄떡이 형이 누군가와 시비가 붙을 때, 상대의 기를 죽이기 위해 써먹는 수법이다.

'쌩쥐야, 너 이거 알아 둬라. 어떤 놈하고 한 짱 뜨게 될 때는, 먼저 요런 독사눈으로 쌔려 보면서 낯짝을 들이미는겨. 그러면 반쯤은 기가 팍 죽걸랑.'

소년은 그런 수법으로 꽤 재미를 봤다. 거리에서 만난 다른 학교 아이들과 간혹 시비가 붙게 될 때도 껄떡이 형의 말대로 하면 대개는 시선을 피하고 뒷걸음질을 치는 것이다.

그런데, 이번엔 잘 먹혀들지가 않는다. 상대는 오히려 더 크게 눈을 부릅뜨고 소년의 어깨를 밀쳐 내면서 말했다.

"저리 가. 이 거지 새꺄. 꼴두 보기 싫어."

"머라구? 이 새끼."

멱살잡이 직전에 이르렀을 때, 승부에 미련이 남은 다른 아이들이 말리는 바람에 다툼은 끝났다.

상대편 아이들은 소년의 팀에서 일어난 분란을 즐기며 약을 올린다.

"니네들 후반전 기권하면 우리가 이긴 거야."

후반전이 시작됐으나 소년네 팀의 경기는 더욱 엉망이 되었다.

양편이 모두 작전이랄 게 없는 경기였지만, 분란 후에 마음이 흩어진 소년네 팀은, 선수들이 제각기 막축구 식으로 질러 대는 바람에 전반전보다 오히려 밀리게 되었다.

후반전 중간쯤에 오기가 솟은 소년은 중앙선 부근에서 잡은 공을 단독 드리블로 상대의 골 앞에까지 밀고 나갔다. 그리고 인사이드 킥으로 가볍게 찬 것이 성공해서 겨우 한 점을 만회했다.

그러나 그 후부터는 상대 선수들의 벌떼수비에 막혀, 소년은 드리블 기회를 다시 잡지 못했다.

드리블로 문전 돌진을 포기한 소년이 공을 잡는 대로 원거리 슈팅을 몇 번 시도했지만, 그마저도 골문 근처에 가기 전에 코앞에서 법석대는 아이들의 몸에 맞고 튀어 나갔다.

막축구처럼 질러 대는 후반전이 거의 끝나갈 무렵, 소년네 팀의 문전에서 양편 선수들이 뒤엉켜 있을 때, 아이들 다리 사이에서 도망치듯 튕겨져 나온 공이 코너 쪽으로 데구르르 굴러갔다.

소년과 드잡이 직전까지 가는 바람에 화가 나서 코너 쪽에 비켜 서있던 아이는, 행운의 선물처럼 제 앞으로 굴러 오는 공을 향해 힘껏 발을 내뻗었다.

그러나 급한 김에 가늠 없이 세게만 내지른 탓인지, '픽!' 하고 설맞은 공은 방향을 바꿔 소년네의 골문 쪽으로 빠르게 굴러갔다.

골키퍼까지 문 앞의 혼전에 엉켜드는 바람에 무인지경이 된 골문 앞을 거침없이 굴러가던 공은, 아무런 제지도 받지 않고 골문이 제 집 대문인 양, 그 안으로 쑥 들어가고 말았다. 자살골이 된 것이다.

'와!' 하는 함성과 함께 상대편 선수들은 펄펄 뛰는 반면에, 소년네 팀의 선수들은 낙심천만한 얼굴로 발을 굴렀다.

소년의 단독공격으로 간신히 만들어 놓은 1:1 동점이 무너지고, 후반전 막판이라 만회할 기회도 잡지 못한 소년네 팀은 결국 2:1로 패했다.

늘 이겨만 왔으므로, 패한다는 것은 전혀 생각지도 않은 일이다.

상대편 선수들이 운동장을 세로 가로 뛰며 환성을 지르는 사이에, 소년네 팀의 선수들은 허무한 얼굴로 자살골을 넣은 아이에게 원망스런 시선만 보냈다.

그러나 소년은 가만히 있지 않았다.

"너 이 새끼. 일부러 자살골 먹은 거지?"

분을 참지 못한 소년이 아이의 엉덩이를 걷어찬 것이다. 평소부터 소년의 존재가 역겹고 못마땅한 아이가 그냥 있을 리 없다.

둘은 순식간에 멱살을 마주 잡고 드잡이를 하다가, 마침내는 한 덩어리가 되어 엎치락덮치락 싸움이 되었다.

자살골을 먹은 아이에게 원망의 시선을 보내던 아이들도 막상 싸움이 벌어지자, 소년을 편들지는 않았다.

먼저 발길질을 했지만, 벌컥 떠미는 바람에 넘어진 소년이 상대의 배 밑에 깔렸을 때는 아무도 말리지 않았다.

그러나 판세를 뒤집은 소년이 아이를 깔고 앉아 주먹을 휘두르려 하자, 우르르 달려들어 소년을 잡아 일으켰다.

이미 패한 경기에 대한 미련도, 경기 전에 팀의 승리를 위해 작전을 맡겼던 소년에 대한 기대도 던져 버린 아이들은, 소년을 경원하고 멸시하는 평소의 습관으로 돌아간 것이다.

소년은, 싸움을 말린다는 핑계로 양팔과 허리를 붙잡고 있는 아이들 때문에, 공매를 세 차례나 얻어맞았다. 소년의 배 밑에 깔렸던 아이가 일어나 발길과 주먹을 날린 것이다.

2학년 때까지는 소년도 다른 아이들과 똑같은 키, 거기 알맞은 체중을 유지하고 있었다. 그러나 3년이 지난 지금은 키도 체중도 다른 아이들과 비교가 안 된다.

늘 허기진 배를 안고 껄떡증을 달래야 하는 소년은, 3년 전인 2학년 때보다 키도 별로 크지 않았고 체중도 다른 아이들에 훨씬 못 미친다. 대신 오기와 심술, 소위 '깡다구'라는 건 남보다 열 곱절 스무 곱절로 늘었다. 그래서인지 학년이나 체구 상관없이 부딪치면 싸우고, 싸워서 지는 법은 없다.

돌봐 주고 보호해 주기는커녕, 편들어 주는 사람 하나 없이, 따돌려진 세상을 혼자 버티자니 그럴 수밖에 없다.

그 외로운 처지의 소년을 안타깝게 생각하고 편들어 주는 유일한 애가 있다면, 그게 민희다. 그런 민희가 소년에게는 꽃잎이다. 그처럼 예쁘고 소중한 존재지만, 가까이하기엔 너무 먼 데 있는 아이다.

민희는 변하지 않은 채 짝꿍이었던 1학년 때와 꼭 같지만, 소년이 변한 것이다. 구지레하고 냄새나고 걸핏하면 싸움질에, 빼앗고 훔치기도 서슴지 않는 그런 아이로 변한 것이다.

집에서도 학교에서도 소년은 언제나 혼자다. 어른들도 아이들도 소년에게 따뜻이 손을 내밀어 주는 사람이 없다, 소년도 굳이 사람들에게 다가서서 어울리기를 포기했다.

마음 한구석엔 언제나 민희가 1, 2학년 때의 꽃잎 같은 모습으로 남아 있지만, 그 옆에 다가갈 수는 없는 일, 아니 그래서는 안 되는 일이라고 생각한다.

축구 시합 끝에 또 한바탕 싸움질을 벌인 소년도, 상대 아이도 종당엔 담임선생님께 들켜서 연구실로 끌려갔다. 출입문 옆에서 나란히 무릎을 꿇고 앉아, 두 손을 만세 부르듯 치켜 든 채 벌을 서고 있었다.

"이 녀석 또 한바탕했구만. 쯧쯧 참 골치다."

엊그제 막축구 판의 '오버 헤드킥' 후유증으로 6학년 형과 드잡이를 할 때, 소년을 일방적으로 몰아붙이며 이마에 꿀밤 세례를 주던 선생님이다. 그 선생님은 아직도 소년에게 유감이 남았는지, 그냥 지나쳐도 될 것을, 이번엔 정수리에 꿀밤을 한 대 또 먹인 것이다.

"그 녀석 하루도 잠잠한 날이 없어요. 제 짝꿍 여자를 괴롭히든가 남자친구를 패든가, 날마다 한 탕씩 일 저지레를 한답니다."

야속하기도 하지, 책상에 앉아서 사무를 보던 담임선생님마저 맞장구를 치신다.

하소연할 데가 없는 소년은 싸움 상대였던 옆의 아이에게 눈을 흘긴다. 저 혼자 볼 욕심을 내고 자살골까지 먹은 너 때문이란 뜻이다.

그러나 상대 아이도 지지 않는다. 같이 눈을 흘기며 꿇은 무릎을 휙 돌려 소년의 정강이를 친다. 소년도 역시 같은 동작으로 되받아친다. 그러다 보니, 꿇어앉은 자세로 벌이는 무릎치기 싸움이 돼 버렸다.

"벌 받는 놈들이 지금 뭐하는 거야?"

담임선생님의 고함이 날아온다. 둘은 무릎싸움을 멈추고 눈싸움을 계속한다.

"늬들 내일 아침까지 반성문 써 와. 오늘은 그만 가!"

담임선생님은 바쁜 일 때문인지, 책상에서 보던 사무를 제쳐 놓고 바삐 교무실을 나가면서 말했다.

우선 해방이라 좋기는 한데 내일 아침까지 반성문을 써 내라니, 소년은 차라리 손바닥이나 종아리 몇 대 맞는 것이 더 낫다.

연구실을 나온 둘은 그냥 헤어지기가 섭섭했던지, 운동장 복판에서 다시 한바탕 벌일 양으로 서로 눈을 부릅뜨고 마주 섰다. 그쯤 되면 지난 일의 시비를 가려 승부를 내는 건 아예 틀려먹은 일이다. 드잡이가 되던 엎치락 뒤치락이 되던 붙어 봐야 결말이 난다.

체구를 비교하면 누가 봐도 소년이 불리하다. 그런데도 소년이 물러설 기미는 전혀 없다. 껄떡이 형에게 배운 비법대로 상대의 코밑에 얼굴을 바짝 들이대고 치뜬 눈을 껌뻑이지도 않고 노려본다.

'한 짱 또 뜰래?'

무언의 협박으로 기를 죽이자는 것이다. 그러자 상대의 눈빛에 완연히 기운이 빠진다.

상대는 소년이 비록 경원의 대상이지만 그 '깡다구'를 안다. 축구 시합 뒤에 벌인 한 판 싸움에서도 결국은 소년의 배 밑에 깔리는 수모를 당했었다. 아이들이 뜯어 말리지 않았더라면 결과는 더 창피하게 됐을 것이다.

그런데 지금은 편들거나 뜯어말릴 아이들이 없다. 모두 방과 후 학습 중이거나 학원으로 직행했는지, 운동장은 텅 비어 있다.

"나 학원 가야 되니까, 너 이 새끼 나중에 보자."

마침내 상대는 전의를 잃고 물러섰다. 학원은 핑계고, 형세 불리함을 읽고 패배를 자인한 것이다. 벗어 놓았던 가방을 짊어지고 돌아서 가는 상대를 향해 소년은 꽥 소리를 질렀다.

"나중 좋아하네. 그래 나중에 니 형, 니 엄마, 니 아부지 다 데꾸 와라. 누가 겁날개비?"

그렇게 조롱을 퍼부었는데도 상대는 뒤도 돌아보지 않고 그냥 간다.

멀어져 가는 상대의 등판을 노려보는 소년은 기분이 영 찜찜하다. 상대의 기를 꺾고 이겼다는 기분보다 오히려 무시당한 듯한 생각이 들고 화가 난다.

형, 엄마, 아버지 다 데리고 오라고 소리치고 나니, 걸핏하면 집에 가서 일러바쳐, 저의 어머니가 학교까지 찾아와 소년에게 야단을 치게 하는, 지금의 짝꿍 여자애가 생각난 때문인가, 소년은 갈수록 화가 치민다.

"야 이 쌍통아. 다 데꾸 와. 데꾸 오라구."

다시 더 크게 소리를 질러도 상대는 여전히 뒤도 안 돌아보고 그냥 멀어져 간다.

소년에겐 자신을 편들어 주거나 감싸 줄 형도 엄마도 아버지도 없다. 친구도 없다.

아버지가 있기는 하지만 툭 하면 발로 차고 때리는 것밖에 없다.

감당하기 어렵고 억울한 일이 있어 아버지에게 고해바친대도 감싸고 편들어 주기는커녕, 오히려 두드려 팰 구실로 삼을 것이다.

소년은 그런 자신의 처지가 외롭다는 생각을 한다. 슬프다는 생각도 든다. 그럴수록 화가 풀리기는커녕 오히려 더 치솟는다.

'쳇, 나중에 보자면 누가 겁낼개비? 콱 쥐어 버릴티니께.'

혼자 중얼거리면서 애꿎은 돌멩이를 후려 찬다. 탁구공만한 돌멩이는 생각처럼 기분이 후련하도록 멀리 날아가지 않고 불과 몇 발작 거리를 구르다가 멈췄는데, 발가락은 오지게 아프다.

'옘병!'

소년은 치미는 부아를 참지 못해 애꿎은 운동장 흙바닥에 두 발을 팍팍 굴러 본다.

손에 든 것도 등에 멘 것도 없는 몸이지만, 축구 시합 때 한바탕 들뛰고 나부댄 뒤라 허리가 꼬부라질 만큼 힘이 없다. 배가 고픈 탓이다. 배가 고픈 것과 화가 치미는 것이 무슨 관계가 있는 것인지, 소년은 그럴 때 더 화가 나고 심술이 늘어난다.

견디기 힘들만큼 뱃속이 비었을 때는 누구하고라도 한바탕 실랑이를 벌여야 속이 풀린다. 화풀이를 하고 기운이 쑥 빠진 뒤에는 오히려 마음이 편해지기 때문이다.

소년은 알량한 학용품이며 교과서까지 모두 사물함 속에 처박아 놓고, 등하굣길조차 거의 맨몸이다.

오늘도 역시 그렇지만, 유난히 몸이 허전하다. 축구 시합 후에 한바탕 실랑이까지 벌이고 난 탓인지, 아직 오후 4시도 안 됐을 텐데 뱃속은 물론 마음까지 다른 날보다 더 허전하다.

저녁때가 돼도 별 수는 없지만, 어디 가서 무얼 해야 배고픔을 잊고 따분한 시간을 보낼지 참 막막하다.

삐끼 노릇하는 껄떡이 형은, 저녁 어스름 때나 돼야 국제은행 언저리에서 여관 손님 낚기를 할 것이다. 그 외의 시간에는 어디 가서 무얼 하는지 약속이 없으면 만나기 어렵다.

막막한 심정으로 텅 빈 운동장을 가로질러 터벅터벅 걸어가는데, 누군가가 소리를 질러 소년을 부른다.

"인규야!"

돌아보니 민희다.

어디서 또 지켜보기라도 했나 보다. 부르는 소리도 심상치 않았지만 등에 멘 가방이 덜렁거릴 만큼 서두르는 발길하며 찡그린 표정이, 어지간히 화가 난 모양새다.

'아이구!'

소년은 눈을 한 번 질끈 감았다 뜨면서 속으로 중얼거린다. 고양이 앞의 쥐처럼 금세 기가 팍 죽는다.

아니나 다를까, 가까이 다가 온 민희가 정작 소년의 얼굴은 쳐다보지도 않고 명령하듯 말 한다.

"따라 와!"

화가 잔뜩 난 목소리다.

소년이 주춤거리자 민희는 소년의 팔을 낚아채고 목매기 송아지 잡아끌 듯 끌고 간다.

소년은 얼이 빠진 듯 맥없이 끌려간다. 조금 전까지 상대를 주눅 들게 하던 독한 눈빛도 사라지고, 어깨를 추어올린 채 싸움닭처럼 도사렸던 오기도 보이지 않는다.

"너 왜 자꾸 그래?"

교문을 벗어나 문방구 점 옆 골목에 다다르자, 민희는 다짜고짜 소년을 다그친다.

소년은 고개를 숙인 채 우두커니 서서 땅만 바라볼 뿐 대꾸가 없다. 민희가 다그치는 까닭을 알고 그 마음을 알지만, 할 말이 없기 때문이다.

"바보야 네가 자꾸 그러니까 애들이 너를 싫어하잖아."

민희의 목소리가 한결 누그러졌다. 다그치기보다 달래고 애걸하는 목소리다.

"내가 뭘?"

모처럼 입을 연 소년의 말이 들릴 듯 말 듯 작지만 생뚱스럽다.

"맨날 싸우고 혼나고 그러잖아. 오늘도 내가 다 봤다고. 네가 깡패야?"

민희의 목소리가 다시 커지자, 소년은 돌아서서 등을 보인 채 기죽은 소리로 말했다.

"상관 마!"

정작 말해 놓고 나니, 스스로가 민희에게 가까이 다가갈 수 없는 존재라고 생각하면서도, 민희와 이어져 있는 가느다란 끈마저 스스로 끊어 버린 듯 허전하고 눈물이 날 만큼 슬퍼진다. 그러나 민희 앞에서 결코 눈물 같은 건 보이지 않으리라고 다짐한다.

"니가 맨날 그러는데 내가 어떻게 상관 안 해. 이 바보야, 바보야!"

민희는 두 손으로 소년의 작은 등판을 펑펑 두드린다.

얌전하던 소년, 공부도 운동도, 그리기나 글쓰기나 못 하는 것 없이 잘하던 소년이었다. 그러면서도 민희의 말에는 무엇이던 고분고분 잘 따르고 호위병처럼 지켜 주던 소년이었다.

가끔씩 민희가 골을 부리거나 투정을 해도 말없이 빙긋이 웃기만 하던 소년이었다.

그렇던 소년이 2학년 2학기가 되면서부터 허물어지기 시작했다.

숙제도 일기도 빼먹고 수업시간에도 멍하니 앉아있거나

딴전치기가 일쑤다. 옷매무새도 행동도 흩어지고, 싸우고 심술부리기가 다반사다. 민희는 그런 소년을 바라보면서 안타깝게 애를 태우다 못해 소년의 등을 펑펑 두드리고 있는 것이다.

그러나 소년은 마침내 가슴에 맺혀 있던 말, 마음속에서 수 없이 되뇌면서도 결코 하고 싶지 않은 말을 하고야 말았다.

"나는 거지새끼잖아."

"네가 왜 거지야. 어째서 거지야?"

"거지니깐 거지지. 그러니깐 상관 마."

"아니야, 넌 거지 아니야, 거지가 아니라구. 이 바보야.'

민희는 소년의 등을 다시 두드리고, 소년은 시큰해지는 콧등을 주먹으로 훔치며 큰길 쪽 높은 건물 꼭대기를 쳐다본다. 눈물을 참기 위해서다.

다른 아이들이 '거지새끼'라고 놀릴 때는 참을 수 없이 화가 치밀었는데, 정작 자신의 입으로 거듭 말해 놓고 나니 더욱 서러운 생각이 드는 것이다.

"애들이 다 나보고 거지라는데……."

"이 바보야, 네가 못 들은 척 하면 되잖아."

민희가 소년의 등을 또 때렸다.

지나가던 여인이 민희의 어깨를 잡고 말했다.

"얘야, 왜 동생을 때리고 그러니?"

여인은 민희와 소년의 엄마 또래다. 그 엄마들이 민희와 소년의 옆에 나란히 앉아있던 1학년 때였다면, 민희는 '얘는 내 동생이 아니라 신랑감이예요'라고 말했을지도 모른다.

그러나 민희는 여인에게 다른 말을 했다. 눈을 흘기고 말투도 대단히 퉁명스러웠다.

"아줌마는 상관 마세요."

"누나가 워낙 상구납구먼."

여인이 지나간 뒤에 민희는, 소년의 손을 잡고 말했다. 너는 거지가 아니라고 소리 지를 때와 다르고, 여인에게 쏘아붙일 때와도 다른 말투다. 달래고 사정하는 투다.

"인규야, 제발 싸우지 마. 놀리면 못 들은 척하고 배가 고프면, 배가 고파도……."

뒷말을 잇지 못하고 머뭇거린다. 훔치고 빼앗아 먹는 짓을 그만두라는 소리는 차마 할 수가 없다. 훔치고 빼앗는 짓은, 싸움질 못지않게 소년이 일쑤 저지르는 일이지만, 그 말을 자신의 입으로 말하면 소년의 마음이 너무 참혹해지리라는 걸 민희는 안다.

"너 여기 가만히 있어."

입을 닫은 채, 반응이 없는 소년을 두고 민희는 골목 밖으로 뛰어 나갔다.

민희가 자리를 뜬 뒤에, 소년은 버릇처럼 중얼거렸다.

"지지배, 지가 머라구⋯⋯."

소년이 콧물 훔친 손등을 바지에 문질러 닦은 뒤 자리를 뜨려 할 때, 민희가 돌아왔다.

"천천히 먹어."

비닐봉지를 소년의 손에 쥐어 준 민희는 짧은 한마디를 남겨 놓고 돌아섰다. 돌아서 가는 민희의 어깨가, 운동장 복판에서 소년을 소리쳐 부르며 달려올 때와는 딴판으로 힘없이 처져 있다.

어깨 처진 민희의 모습이 골목 밖으로 사라지자, 소년은 급히 봉지를 연다. 빵 두 개와 우유 한 병. 소년의 눈이 번쩍 뜨인다. 얼굴에 금세 화색이 돈다.

손바닥만큼 큰 빵 반쯤을 한입에 베어 물고 우물거린다. 턱을 움직이기 어려울 만큼 입안이 꽉 차고 팍팍하다. 고개를 뒤로 젖히고 우유를 붓는다. 몇 번 우물거리는 사이에 반죽이 된 것을 꿀꺽 삼킨다. 이어서 남은 반쪽 빵을 또 한입에 밀어 넣는다.

팍팍한 입안에 다시 우유를 붓기 위해 고개를 들던 소년은, 골목 밖 큰길 건너편 전신주 뒤에, 우두커니 서서 이쪽을 바라보고 있던 민희와 눈이 딱 마주쳤다. 소년의 동작이 정지된 비디오 화면처럼 그대로 굳어 버렸다.

'앗차!' 했지만 이미 늦어 버렸다. 골목 밖으로 사라질 때, 아주 가 버린 줄 알았던 민희가, 거기 그렇게 서서 자신을 바라보고 있으리라고는 전혀 생각지 않은 일이다.

허겁지겁 먹는 모습이 민희에겐 정말 '거지새끼'처럼 추하게 보였을 게 아닌가?

'지지배, 왜 거기 서서…….'

마음속으로 중얼대는 원망과 달리, 소년의 얼굴이 화끈 달아오른다. 부끄러움 때문이다.

볼이 미어지도록 입안에 꽉 찬 것은 팍팍해서 얼른 삼킬 수도 없다. 그렇다고 민희가 빤히 쳐다보고 있는데 확 뱉어낼 수도 없다. 소년의 고개가 푹 꺾인다.

소년의 그런 모습을 안타깝게 바라보고 있던 민희는 이미 몸을 돌려 등을 보이고 있는데, 두 손이 눈자위를 훔치는 것으로 보아 울고 있는 게 분명하다. 그러고 보니 어깨도 들먹이는 것 같다.

'바보. 바보…….'

민희는 속으로 중얼거리지만 소년이 미워서는 아니다.

소년을 저렇게 만든 부모와, 길가 잡초처럼 짓밟고 있는 아이들과 선생님, 어른들이 원망스러운데, 그럴수록 어깃장을 놓고 빗나가는 소년이 야속하고 안타까운 것이다. 민희의 마음속에 자리 잡고 있는 소년의 모습은 잊히지도 변하지도 않는 1학년 때의 짝꿍 그대로다.

그런데도 눈앞에 보이는 소년의 모습은 말할 수 없이 변해 버린 것이다.

민희가 소년에게 바보라고 타박하는 건 제발 예전 짝꿍이었을 때처럼, 그렇게 의젓하고 착실한 아이로 돌아와 달라는 하소연이다. 그런 민희가 등을 돌리고 몰래 우는 건, 외면당하고 버려진 채 막무가내로 변해 버린 소년의 처지에 마음이 아프고, 자신의 힘으로는 어쩔 수 없는 안타까움 때문일 것이다.

잠시 후, 입안에 있는 것을 삼킨 소년이 큰길 건너편으로 눈길을 보냈을 때, 민희는 여전히 양손으로 번갈아 눈물을 훔치며 멀어져 갔다.

남은 빵 하나를 손에 들고 멍하니 바라보고 섰던 소년은 버릇처럼 중얼거린다.

'지지배. 지가 머여, 지가 먼데 우능겨?'

그러나 소년은 마음이 아프다.

울며 멀어져 가는 민희의 모습이 애처로워 보인다. 이전엔 결코 보지 못한 모습이다.

그 까닭이 결국은 소년 자신 때문이라는 데에 생각이 이르자, 가슴 한복판을 예리한 물건으로 그어 내리는 듯한 아픔이 훑고 지나간다.

소년의 마음속에 있는 민희는 언제나 꽃이다.

냄새나고 지저분해서 아이들에게 외면당하는 자신 때문에 더러워져서는 안 되는 꽃이다. 다른 아이들이 해코지하거나 괴롭혀서도 안 되는 예쁜 꽃이다.

그런 민희가 소년을 타박하는 마음, 꽃잎의 마음을 알지만, 번번이 마음과 달리 퉁명스런 말이 나가는 까닭을 소년 자신도 알 수가 없다. 아니, 왜 자꾸 민희의 마음을 아프게 하는 일을 벌이게 되는지 알 수가 없다.

멍하니 바라보고 있던 둥근 빵 위에, 큰길 건너편에 우두커니 서서 자신을 지켜보던 민희의 얼굴이 겹쳐진다. 돌아서 가는 뒷모습도 떠오른다.

머릿속이 참 복잡해진다. 고맙고 미안하고 창피하고, 또다시, 가슴 한구석에 아픔도 같고 슬픔 같기도 한 것이 찌르르 훑고 지나간다.

잠시 양손에 들고 있는 빵과 우유를 번갈아 보고 있던 소년은 자신의 처량한 몰골에, 민희를 울리는 자신에 화가 치민다.

아니 이런 꼴이 되도록, 자신을 버린 엄마와 두드려 패기만 하는 아버지, 따돌리고 외면하는 아이들과 몰아붙이는 선생님, 그리고 세상에 대한 분노인지도 모른다.

소년이 갑자기 소리를 지른다. 그러나 엉뚱한 소리다.

"야, 이 지지배야. 니가 왜 울어."

그런 소년의 눈에서도 기어코 닭똥 같은 눈물방울이 뚝 떨어진다.

슬픈 화해

오늘은 그냥 넘기는가 싶었는데, 기어코 한바탕 일이 벌어질 수밖에 없었다.

거의 매일, 등교해서 얼굴을 대하고부터 티격태격하는 게 예사였는데, 둘째 시간 수업이 끝날 때까지 탈 없이 잘 지냈다.

그러나 쉬는 시간에 밖에 갔다가 돌아온 소년이 자리에 앉자마자, 앙칼쟁이 짝꿍이 시비를 걸었다.

"아이구 똥 냄새."

오만상을 찡그린 채 코를 쥐고 돌아앉았다. 화장실에 다녀왔다고 똥냄새가 묻어 올 까닭도 없지만, 그 근처에도 안 가고 골마루 식수대에서 물만 마시고 왔는데 공연한 시비다.

소년은 못 들은 척했다. 그러나 짝꿍은 학습장을 소년의 엉덩이 쪽에 대고 부채질을 하면서 어깨까지 떠밀었다.

"저만큼 가. 똥 냄새 난다구."

그래도 소년은 못 들은 척했다.

"아무 냄새도 안 나는데 왜 그래?"

뒷자리의 여자애가 보다 못해 한마디 했다. 그나마 소년을 편들어 주는 건, 뒷자리 여자애가 전에 한 반이었을 때부터 민희와 친하기 때문이다. 그러나 짝꿍은 또 소년의 아픈 곳을 찔렀다.

"그럼 니가 이 거지새끼랑 같이 앉아 봐."

소년은 화를 참기 위해 이를 악물고 숨을 몰아쉬었다. 이 판에 조금 건드리면 짝꿍은 또 소리를 질러 선생님께 고해바칠 것이고, 그러면 타박은 여지없이 소년에게 돌아올 것이 뻔하기 때문이다.

그러나 소년의 인내심은 셋째 시간 수업이 끝날 때까지만 이었다.

선생님이 교실을 나가자마자, 두 손으로 짝꿍의 책상을 비질하듯 확 쓸어 버렸다. 교과서와 학습장, 연필 주머니가 흩어져 날아갔다.

"야, 이 거지새끼야."

짝꿍은 비명과 함께 발을 동동 굴렀다. 이미 '거지새끼' 소리 한 번 더 듣는 건 각오한 일이다. 이전처럼 또 제 엄마가 찾아와 뺨을 때리고 퇴학시킨다고 엄포를 놓을지도 모른다.

그래도 제대로 분풀이를 하자면 한 주먹 앵기거나 발로 걸어차고 싶지만, 여자라서 아직은 그렇게 해 본 일이 없다.

책상에 엎드려 훌쩍이는 짝꿍을 본체만체 교실을 나온 소년은, 골마루에 설치된 식수대 수도꼭지에 입을 대고 벌컥벌컥 물을 들이켰다. 쿨렁하게 비었던 뱃속이 써늘해지면서 시장기도 가시는 것 같지만, 그래도 치밀던 화는 좀처럼 풀리지 않는다.

소년은 되도록 교실에 들어가는 시간을 늦추기 위해 골마루를 서성거리며 두어 번 깊은 숨을 쉬어 본다. 화가 조금 풀리는 것 같지만 가슴은 여전히 답답하다.

창턱에 몸을 기대고 밖을 내다본다. 본관 뒤쪽의 병설유치원 실외 놀이터에서 유치원 꼬마들이 옹기종기 모여 놀고 있다. 그네에 매달려 놀거나 모래판 위에 나무꼬챙이로 뭔가를 열심히 그리기도 한다. 미끄럼틀에서 주르르 미끄러져 내리기도 하고, 미끄럼대 난간을 잡고 거꾸로 오르다가 위에서 내려오는 아이들과 엉켜서 한 덩어리가 되어 구르기도 한다.

깔깔대고 재잘거리는 소리가 소년의 귀에까지 들린다.

1학년 때는 소년도 쉬는 시간마다 유치원 놀이장이나 큰 운동장 귀퉁이에 있는 놀이터에 나가 정글짐을 오르내리거나 미끄럼대나 그네를 탔다. 그때마다 짝꿍 민희는 소년의 뒤를 졸래졸래 따라다니며 간섭을 했다.

소년이 그네를 타면 어느 사이에 뒤로 다가와 등을 밀고, 그렇게 몇 번 밀다가는 바꿔 타자며 자리를 비키라 했다. 그리고는 명령하듯 말했다.

"이제는 니가 밀어. 세게 밀어야 돼. 알았어?"

소년이 있는 힘을 다해 밀어도 민희는 늘 불만이었다.

"더 세게 밀어. 하늘까지 올라가게 세게 밀라니깐."

민희의 등을 밀다가 진력이 난 소년이 슬그머니 미끄럼대로 옮겨가면, 민희는 또 어김없이 따라붙었다. 그리고 끊임없이 종알거렸다.

"계단을 왜 두 칸씩 올라가? 바보야, 그러다 다쳐서 피 나면 어쩔려구."

그래도 역정을 내거나 대꾸를 하지 않고 한 칸씩 차근차근 오르던 소년이, 이내 답답증을 견디다 못해 미끄럼판을 거꾸로 오르려 하면, 민희는 또 따라와서 소년의 옷자락을 당기며 만류했다.

"바보야, 거긴 올라가는 데가 아니야, 내려오는 애들이랑 부딪치려고 그래."

그런 민희가 때로는 짜증스럽기도 하지만, 소년은 한 번도 내색하지 않고 고분고분 따랐다. 소년은 유치원 놀이터에서 재재거리고 노는 아이들을 쳐다보며, 민희와 한자리에 앉아 공부하던 1, 2학년 때를 떠올린다.

민희에게 늘 지청구를 듣기가 일쑤였지만, 하루하루가 즐거웠다.

그런데 지금의 앙칼쟁이 짝꿍과는 참 힘이 든다.

소년이 되도록 짝꿍의 비위를 건드리지 않으려고 조심을 하는데도, 짝꿍은 수시로 소년의 속을 긁어 놓는다. 툭하면 '거지새끼'라고 쏘아붙이거나 옷깃만 살짝 스쳐도 탈탈 털면서 눈을 흘긴다.

그럴 때마다 소년은 몰린 방귀 참듯 이를 물고 참지만, 한 번도 소년을 똑바로 쳐다본 일이 없는 짝꿍은 눈치 없이 계속 소년의 속을 긁는다.

소년의 심술이 한 번 터지면 별 수 없이 제가 또 울고불고 난리를 치게 된다는 걸 알면서도, 짝꿍은 조금도 참거나 조심하는 기색이 없다.

오늘도 역시 그랬다. 두 번씩이나 똥 냄새 타박을 하며 부채찍하는 걸로 그쳤더라면, 소년도 잘 참아 넘기고, 앙칼쟁이 자신도 울고불고 난리 치는 일 없이 무사히 넘겼을 것이다. 그런데 소년이 가장 듣기 싫어하는 '거지새끼' 타령을 보태는 바람에 일이 벌어진 것이다.

"후우―."

소년은 바라보던 유치원 놀이터 쪽을 향해 또 한 번 깊은 숨을 쉰다.

생각할수록 앙칼쟁이 짝꿍이 야속하고 밉지만, 한편으로는 불쌍한 생각도 든다.

내가 봐도 내 꼴은 거지새끼나 다름없는데, 그냥 더 참을걸……. 그러나 거지새끼 소리는 정말 듣기 싫다. 뚜껑이 확 열릴 만큼 열 받는 말이다.

"에이, 썅!"

소년은 불끈 쥔 주먹으로 창턱을 탁 친다. 새삼스럽게 화가 치미는데, 그게 미운 짝꿍을 향한 건지, 자신을 향한 건지 갈피를 잡을 수가 없다.

6교시 마지막 수업이 끝나고 과제 예고와 선생님의 주의 사항이 끝나자, 아이들은 고삐 풀린 말 떼처럼 교실을 빠져나간다.

그래 봤자 방과 후 학습실이나 학원에 가서 다시 갇히는 신세가 될 테지만, 아이들은 우선 진저리가 나도록 묶여 있던 교실에서 벗어나게 됐다는 해방감에서 마음이 급하다.

갈 데도 없고 급할 것도 없는지라, 볼품없이 너저분한 교과서와 학습장을 사물함에 집어넣고 꾸무럭대는 소년을 선생님이 불러 세웠다.

셋째 시간이 끝난 뒤에 짝꿍과 벌인 시비 값은, 넷째 시간 내내 의자 위에 무릎을 꿇고 앉아있는 걸로 때웠고, 일기와 숙제를 안 해온 벌도 손바닥 넉 대를 맞는 것으로 이미 치렀다. 그런데 왜 또 부르는 걸까, 의아해진 소년이 사물함 앞에 엉거주춤 서 있는데, 선생님은 가까이 오라고 손짓을 한다.

소년이 교탁 앞에까지 나가 얌전히 서자, 선생님은 지우개로 칠판을 닦으며 소년을 쳐다보지도 않고 말한다.

"너 체험 학습비 안 냈지?"

그랬구나, 소년은 벌 받을 일이 아니라는 데에 우선 안심을 하지만 대답에 힘이 없다.

"예에."

"이 녀석아, 너만 안 냈어. 어떡할 거야?"

빨리 내라는 독촉인데, 소년은 할 말이 없다.

"너 체험 학습비 타서 군것질로 까먹었지?"

선생님은 늘 그런다. 소년에 관한 일이라면 무엇이던 자기 맘대로 생각하고 판단을 내리는데, 그게 모두 소년의 잘못일 거라며 타박하는 것이다.

"아니유. 아버지가 돈 없다고 안 줬습니다."

"이놈, 또 거짓말하는 거지? 체험 학습 간다는데, 그걸 안 주는 아버지가 어디 있어?"

선생님의 목소리가 커진다. 칠판 닦던 손을 멈추고 소년을 쳐다보는 눈길도 곱지가 않다.

다른 아버지나 어머니라면 아마 그럴 것이다. 학교에서 무얼 하라거나 가져 오라면 자신들이 입은 옷이라도 벗어 줄 만큼 대단히 열성인데, 그까짓 체험 학습비 몇천 원을 주지 않을 부모는 없을지도 모른다. 몇만 원, 혹은 몇십 만 원하는 과외비나 개인 교습비도 척척 내는데, 몇천 원 체험 학습비에는, 간식비까지 후하게 얹어 줄지도 모른다.

하지만 선생님은 소년의 아버지가 어떤 사람인지를 잘 모르는 모양이다.

1학년 때 작성한 생활기록부 보호자 직업란에 '개인택시 운영'이라고 적혀 있으니 그러려니 믿고 있을 것이다.

소년 가정의 변화를 모르고 소년의 변모를 모르는 선생님은, 담임 첫날부터 눈 밖에 난 소년이 원래 그런 녀석인가 보다 여기고 있을 뿐이다.

체험 학습비, 그걸 안 주는 아버지가 어디 있느냐구? 선생님은, 소년의 아버지도 다른 아버지와 똑같은데, 소년만 나쁜 놈인 줄 안다. 참으로 어림도 없는 말씀이고 소년으로서는 억울한 일이다.

소년은 그런 선생님에게 자신의 처지나 아버지의 생각 따위를 말할 수가 없다. 말한 대도 제대로 들으려 하지도 않을 것이다.

소년은 아예 대꾸할 것을 포기한다.

소년은 아버지에게 두 번이나 체험 학습비 얘기를 했다.

한 번은 아버지가 술에 곤드레가 되어 밤늦게 들어왔을 때, 한 번은 소년이 등교하기 전까지 늦잠에 곯아떨어졌던 아버지를 깨워서……. 그러나 그때마다 아버지는 돈 대신 욕만 한 보따리 걸러 부었다.

"이 자식아 체험 학습이 뭐 말라비틀어진 개뼉다구여? 핵교서 공부나 하면 되는 거지, 뭣하러 차 타구 돌아댕기며 지랄여, 지랄이. 선생놈덜이 순 도둑놈여. 맨날 돈 걸을 궁리나 하고……."

소년은 한숨만 푹 쉰 뒤, 단념해 버렸다.

그런데도 선생님은 소년의 말을 믿지 않고 몰아붙이기만

한다.

도대체 소년의 말을 믿어 주는 사람이 없다. 아니 들어주는 사람조차 없다.

선생님 역시 귀가 절벽인가, 소년의 말을 믿기는커녕 듣지도 않는다. 그러면서 할 말이 없어 고개를 숙인 채 우두커니 서 있는 소년을 또 다그친다.

"이놈아, 왜 대답이 없어?"

도대체 무슨 대답을 하라는 건가.

'돈 안 주는 아버지가 왜 없슈? 우리 아버지는 돈두 안 주고 선생님들이 도둑놈이라구 욕만 했는디.'

소년은 야속한 마음에 아버지가 하던 말을 속으로 되뇌어 본다. 돈 대신 욕바가지를 퍼 주던 아버지의 말을 그대로 선생님께 들려준다면, 선생님은 아마 아버지의 뺨 대신 소년의 뺨을 갈길지도 모른다.

"선생님, 저 체험 학습 안 갈라는 디유."

소년이 어렵게 말하자, 선생님은 눈을 치뜨고 갑자기 언성을 높였다.

"이놈아, 안 가면 결석인 거 몰라? 또 어디 가서 무슨 짓하고 다니려고?"

소년은 다시 입을 닫았다.

"체험 학습이 모레니까, 잔소리 말고 내일까지는 꼭 가져
와. 알았어?"

선생님의 마지막 호통에 소년은 대답을 못 한 채 교실을
나왔다.

몇 군데 빈 교실이 있긴 하지만, 대부분의 교실에선 웅성
거리는 아이들의 소리가 골마루까지 새어 나온다. 정과 수업
외의 방과 후 활동이 이미 시작됐기 때문이다.

재학생의 절반쯤은 학원에서, 절반쯤은 방과 후 학습실에
서 공부를 더 해야 하기 때문에, 아이들의 일과는 거의 해 질
무렵이나 돼야 끝나는 셈이다. 게다가 학원을 2~3곳씩 다니
는 고학년 아이들은 밤이 돼야 집에 갈 만큼 하루 일과가 길
고 벅차다.

그러나 소년은 정과 시간이 끝난 후엔 갈 곳이 없다. 빈 운
동장에서 뱃구레 헐렁한 축구공을 혼자서 차고 놀거나, 거리
에 나가 어정거리며 시간을 보내기가 일쑤다.

어디로 갈까, 속으로 궁리를 하며 출구 쪽으로 다가가던
소년의 귀에, 떠들썩한 여자애들의 목소리가 들린다.

"니네가 잘 산다고 그렇게 막 놀려도 되는 거니?"

귀에 익은 목소리의 주인이 민희임이 분명한데 예사롭지
가 않다. 그냥 정답게 주고받는 말투가 아닌 것 같다.

소년은 출구 옆의 벽 쪽으로 물러서서 귀를 기울인다.

"놀리든 말든 니가 무슨 참견이야? 그 거지새끼가 니 동생이나 오빠라도 되냐?"

이건 앙칼쟁이 짝꿍 진경이의 목소리다.

소년은 긴장한다. 분명히 소년 자신을 두고 하는 소리들이다. 도대체 오늘 한바탕 난리 친 걸 민희가 어떻게 알았을까?

고개를 갸웃하던 소년이 생각해 낸 건, 편들어 주던 뒷자리 여자애다.

'으이구, 그 지지배가 꼰질러 바친 거구나.'

소년은 일러바친 애가 원망스럽기는 하지만, 굳이 탓하고 싶은 마음은 없다. 민희에게 또 한 번 책잡힌 건 뻔하지만, 그 애가 나쁜 뜻 가지고 그런 건 아니리라는 생각 때문이다.

"진경아. 걔도 옛날엔 공부 잘하고 좋은 아이였어. 지금은 걔네 아빠가 택시 사고를 내서 그렇게 됐지만, 그래도 거지가 아니라구."

민희의 말투는 한결 누그러졌는데 짝꿍 계집애는 여전히 싸움닭 형상인가 보다. 말투에 계속 가시가 박혔다. 소년의 얼굴이 수치심으로 벌겋게 달아오른다.

"거지가 따로 있냐? 옷도 더럽고, 냄새 나고 숙제도 맨날 안 해 오고, 그게 거지지 뭐야?"

"걔네 엄마가 없고 남자니까 옷을 못 빨아 입어서 그런 건데, 그렇다고 거지새끼라고 퍼뜨리는 건 너무 하잖어. 너도 엄마 없으면 별수 없을 걸."

"남자라 옷 못 빨면 니가 빨아 줘라. 1학년 때 니가 그 거지새끼 애인이었다며? 지금도 애인하지 그러니?"

소년은 속으로 '이크'했다. 성난 민희가 상대의 머리채라도 움켜잡고 늘어질 줄 알았다. 그러나 소년의 예상은 빗나갔다.

"나를 놀리는 건 괜찮아. 그렇지만 걔는 놀리지 마. 불쌍하잖어?"

"그 깡패 거지새끼가 불쌍하다구? 불쌍한 거 좋아하네. 너 그전에 그 자식이랑 결혼한다구 그랬다며? 그럼 지금 결혼해서 같이 살지 그러니. 색시 노릇하면서 냄새 안 나게 옷도 빨아 주고 밥도 해 주고……."

'진경이, 저 앙칼쟁이의 말은 갈수록 비틀어지는데, 민희이 지지배는 속도 없나? 그렇게 뿔따구 나는 놀림을 받고 열도 안 뻗치나?'

오래전, 1학년 때의 얘기까지 들춰내며 놀리는 진경의 말을, 듣고 있는 소년이 먼저 뚜껑이 열릴 만큼 열 받는데, 민희는 그래도 화를 안 낸다.

"나한테는 무슨 말을 해도 좋아. 하지만 개한테는 제발 그러지 마."

민희는 차라리 애원을 하고 있다. 자기는 놀려도 좋으니 소년에게는 그러지 말라는 말이, 가슴 복판을 송곳처럼 아프게 찌른다.

민희에 대한 부끄러움과 진경에 대한 분노가 범벅이 되어, 심사가 참으로 묘하게 뒤엉킨다.

소년은 더 있지 못하고 조용히 돌아서서 반대편 출구를 향해 급히 걷는다.

민희가 다른 사내아이들과 시비가 붙었더라면 소년은 불문곡직하고 민희를 편들거나, 그 상대를 골탕 먹이는 것으로 한 구실하려 했을 것이다.

그러나 상대도 그렇고, 돌아가는 얘기 꼭지가 자신이 나서면 민희의 처지가 더 곤란해지리라는 걸 알고, 방귀 뀐 놈 옆자리 피하듯 달아나는 것이다.

골마루를 지나는 사이에, 음악실에서 방과 후 활동하는 아이들의 합창 소리가 쏟아져 나온다. '섬집 아기'다

'엄마가 섬 그늘에 굴 따러 가면

아기가 혼자 남아 집을 보다가

바다가 불러 주는 자장노래에

팔 베고 스르르르 잠이 듭니다.'

아이들의 목소리는 맑은데, 가사도 곡조도 어쩐지 쓸쓸한 느낌이 드는 노래다.

보통 때 같았으면 혼자서 엄마를 기다리다 파도 소리를 들으며 잠이 드는 아기의 모습을 연상하며 귀를 기울였을지도 모른다. 노래가 그만큼 소년의 심사를 짠하게 울릴 만하기 때문이다.

그러나 아무도 없는 골마루를 발소리조차 죽인 채, 도망치듯 걸어가는 소년의 귀에는 '불쌍하잖어?'라던 민희의 말이 맴돈다. '옷도 더럽고 냄새나고'라고 쏘아붙이던 진경의 말도 맴돈다.

평소에도 민희와 눈이 마주치면 기를 못 펼 만큼 주눅이 들었는데, 다음부터는 몸과 마음이 더 짜부라지게 생겼다.

'지지배. 지가 먼데 내가 불쌍하다능겨?'

수없이 중얼거려 보지만, 그럴수록 얼굴만 더 달아오를 뿐이다.

웬만한 일에는 겁을 먹거나 놀라지 않던 가슴이 짠하게 울리는 것 같기도 하고, 체한 때처럼 메슥거리는 것도 같다.

'아이구……'

출구를 나와 학교 후문으로 빠져나가던 소년은, 두 손으로 더부룩한 머리를 벅벅 긁는다. 머릿속도 가슴속도 헝클어진 머리칼만큼이나 복잡하다.

'내일 당장 진경이, 이 계집애를 늑신하게 두드려 팰까, 아니면 약이 바짝 오르도록 골탕을 먹일까. 아니지, 그러면 또 민희에게, 시비를 걸겠지? 니가 그 거지새끼 색시냐고, 뭇 아이들 앞에서 소리소리 지르며 복수하려 들겠지. 민희는 또 나를 붙잡고, 왜 힘없는 여자애를 괴롭히느냐고 화를 낼 테지. 아니, 어쩌면 거지새끼라고 놀려도 참고 또 참으라고 눈물 글썽한 눈으로 바라보며 하소연할지도 모른다.'

소년은 고개를 절레절레 흔든다.

어쩌면 앙칼쟁이는, 저희의 말다툼을 소년에게 일러바쳤다고 억지를 부리며 두고두고 민희를 놀림감으로 삼을지도 모른다. 두 여자애들의 말다툼은 안 들은 것으로 하자. 아니 못 듣고 모르는 것으로 하자. 그러니 앙칼쟁이 진경에게 먼저 시비를 걸어 골탕을 먹이거나 두드려 패는 일 따위는 안 하는 것이 좋겠다는 생각인 것이다.

그리고 앞으로는 무슨 일이 있어도 절대로 민희와 가까이하지 않는 건 물론, 말도 하지 말아야 한다고 다짐한다.

벌써 오래전부터 그런 생각을 하고 있던 터였지만, 성미 고약한 진경의 입에서 나온 말을 듣고 보니, 이전의 생각이 새삼스러워진 것이다.

스스로 돌아봐도 거지꼴인 자신 때문에 혼자서 안타까워하고, 제 잘못이 없이 놀림을 당하면서도 오히려 애원하는 민희의 모습을 생각하니, 소년의 가슴이 또 한 번 찡하게 울린다. 날이 그리 춥지도 않은데, 소년은 시내 싸돌아다니는 것도, 껄떡이 형을 만나고 싶은 마음도 접고, 다른 때보다 일찍 집으로 갔다.

아직은 해가 벌건 대낮인데 참으로 별난 일이었다.

썰렁한 방 안은 밖에 있을 때보다 오히려 더 으스스하다. 엄마가 집을 나간 후, 전세금까지 다 까먹은 터라, 월세가 싼 곳을 찾아 몇 번씩 이사를 하다 보니 말이 집이고 이름이 방이지, 그 꼴이 말이 아니다.

아궁이에 연탄불 피워 본 게 언제인지 모를 만큼 까마득하니 온기가 있을 리 없고, 귀퉁이로 돌아앉은 데다 출입문 말고는 햇볕 한 자락 들어올 창문조차 없으니, 대낮에도 전등 안 켜면 한밤중이나 매한가지다.

그런데도 껄떡이 형은 헤어질 때마다 늘 그런다.

"얌마, 공연히 싸질러 댕기지 말고 곧장 집에 가라. 애들은 핵교 끝나면 해골빡 굴리고 사는 제집에 있는 게 젤로 잘하는 거다."

물론 껄떡이 형은 소년의 집, 아니 소년네의 방이 어떤 형편인지를 모르고 하는 소리다.

다만 집도 절도 없고 아무런 연고도 없는 생판 객지에서 허름한 여관에 손님 끌어다 주고, 그 여관 귀퉁이 비좁은 다락방에서 웅크리고 사는 자기 신세가 한심스러워서 하는 말일 것이다.

소년이 문 옆의 벽을 더듬어 스위치를 누르자 어둡던 방 안이 환해진다.

아침에 소년이 빠져나온 이부자리가 오소리굴처럼 입을 벌리고 있다.

이불을 발로 걷어치운 소년은, 옷장 문을 활짝 열어젖혔다. 서랍마다 제대로 개킨 적 없이 되는대로 쑤셔 넣은 옷가지들이 뒤엉켜 있다.

소년은 그 속에서 자신의 옷을 골라낸다. 그러나 입지 않고 눈대중으로 맞춰 보아도 소년이 입을 만한 것이 없다. 엄마가 있을 때 입던 옷들뿐이기 때문이다.

엄마가 집을 나간 후, 늘 배를 곯아 온 소년이 다른 아이들만큼은 못 자랐어도 2학년 때의 체격보다는 훨씬 커졌다.

그런데 그 사이 아버지가 새 옷을 사 준 것은 두 번쯤이 전부다. 한 번 입으면 몇 달이 아니라 몇 계절을 그냥 지낼 수밖에 없었다. 입은 채 그냥 웅크려 자고, 일어나서 얼굴에 물한 번 발라 눈곱 떼고 나면 새로운 하루가 시작될 뿐이다.

그래도 질긴 옷감 덕분에 해지는 법이 없으니 다행이긴 하지만, 옷 갈아입는 것이 네발짐승 털갈이하는 기간보다 길고보니 때에 절어진 옷이 반지르르 윤이 날 지경이다.

그러니 앙칼쟁이 짝꿍뿐만 아니라, 어른 뺨치게 고급 상표알아보고 옷 때깔 맞춰 친구를 선택하는 아이들이, 소년의구지레한 옷을 보면 냄새를 안 맡고도 난다고 설레발치는 게공연한 허풍만은 아닌 셈이다.

어울리는 또래들 중의 우두머리격인 아이가 하는 말이나행동에는, 이의 없이 동조해야 한다는 건 일종의 철칙이다.그래야 패거리에서 따돌림당하지 않기 때문이다.

공부는 뒷전이고 체구도 작을 뿐 아니라, 걸핏하면 말썽을부려 선생님의 꾸중을 바가지로 끌어안고 사는 소년이지만,축구나 달리기는 언제나 짱이다. 힘보다 독기로 치고받는 싸움도 짱이다.

그런 소년이 어느 패거리 우두머리 아이가 어쩐다고 해서속없이 따라할 이가 없다. 무시하기 아니면 어깃장이니, 구지레한 옷차림이 아니라도 돌려나기 마침이다. 소위 왕따를당하지만 소년은 개의치 않는다.

엄마가 자신을 버리고 집을 나간 후, 기다리다 지친 나머지 엄마가 돌아오리란 기대와 함께 자신마저도 팽개쳐 버렸기 때문이다.

돌아올 엄마를 기쁘게 하기 위해서 공부도 숙제도 열심히 하고, 착한 일 해서 받은 상장을 차곡차곡 모아 두던 노력도, 정성도 버리고, 커서 대통령이 돼야지, 마술사가 돼야지, 선생님이 돼야지, 수시로 바꾸던 꿈도 통째로 버렸다.

염치도 부끄러움도 뚜껑을 닫았다.

그런데 참 별일이다. 팽개쳐 버렸던 부끄러움이란 게 소년의 가슴 한구석에서 송곳질을 하고 있는 것이다.

'나를 놀리는 건 괜찮아. 하지만 걔는 제발 놀리지 마. 불쌍하잖아.'

민희의 말 때문이다. 아니 앙칼쟁이 진경의 놀림을 받으면서도 오히려 애원하는 민희, 뚜껑이 열릴 만큼 열 받고 싸울 일인데도 도사처럼 참아 내는 그 마음 때문이다.

'거지가 따로 있냐? 옷도 더럽고 냄새 나고……'

진경의 말도 귓가에 맴돈다. 숱하게 들어온 소리다. 정 열받으면 한바탕 분풀이를 하거나 혼자서 식식거리며 참기도 했지만, 그것 때문에 민희가 그토록 속을 태우리라는 생각은 안 했었다.

민희가 왜 자꾸 싸우고 말썽 부리느냐고 지청구를 할 때마다, 그 속마음을 알면서도 '지지배 지가 머라고⋯⋯.' 속으로 엉뚱한 말을 중얼거리며 미안한 마음을 지우려 했다.

소년은 입은 것을 모두 벗어 놓고, 방바닥에 흩어진 옷가지 가운데서 커 보이는 것을 골라 입어 본다. 이전에 제가 입던 옷인데도 맞는 게 없다. 아래옷은 엉치에 걸리고 윗옷은 겨우 배꼽을 덮는다. 품도 작아서 허벅지를 조이고 가슴을 조인다. 서너 차례나 바꿔 입어 봐도 마찬가지다.

'쓰발, 왜 이렇게 옷이 작다냐?'

소년은 제 몸이 커진 생각은 안 하고 작은 옷을 타박한다. 전에도 몇 번 갈아입기를 시도하다가 단념하고 말았지만, 이번엔 그럴 수가 없다.

구지레한 옷을 보고 아이들이 툭하면 내뱉는 냄새 타령, 거지 타령이 자신을 열 받게 하는 건 어쩔 수 없지만, 민희까지 마음 아프게 하고, 억울한 놀림감이 되어서는 안 된다는 생각 때문이다.

갈아입은 옷들이 모두 작아서 윗옷은 겨우 배꼽을 가리고 바지는 종아리 중간에서 멈췄다. 그래도 점심 후 잠깐 말고는 늘 비어 있는 배가 홀쭉한 덕에 바지 지퍼는 무난히 잠겼다. 그 위에 트레이닝 하의를 겹쳐 입으니 모양도 괜찮다. 더욱 다행인 건, 지난 여름 푹푹 찌는 더위에 몸에 척척 감기던 얇은 티셔츠가 헐렁하게 늘어나서 허리춤에 집어넣을 만큼 넉넉한 것이다.

그러나 꽁지 빠진 새 모양이다. 바꿔 입을 외투가 없다.

갈색 인조가죽에 안에도 털이 보슬보슬한 점퍼는 눈밭에 굴러도 춥지 않을 만큼 따뜻해 보인다. 그러나 다시 입기에 는 어림없는 일이다. 1학년 겨울에 엄마가 일부러 넉넉한 것 을 골라 산 것인데도 지금은 턱없이 작다. 미련이 남지만, 다 른 옷들과 함께 옷장 서랍에 휩쓸어 넣는다.

별수 없이 벗어 놓았던 구지레한 외투를 다시 입는다. 쳐 다보기도 싫지만 얼어 죽지 않으려면 도리가 없다.

외투 자락을 열고 큼큼 냄새를 맡아본다. 환기가 안 된 방 안에 오랫동안 갇혀 있던 묵은 땀내와 곰팡내가 코에 밴 탓 인지 아무런 냄새도 안 나는 것 같다.

'옘병, 뭔 냄새가 난다고…….'

너스레를 떨던 아이들을 원망해 보지만 속은 영 께름칙하 다. 다시 때가 반질반질한 소매와 앞섶에 코를 바짝 대 본다.

마른오징어 냄새가 나는 것도 같고, 짠 멸치 냄새가 나는 것도 같다.

'이게 뭐가 똥 냄새여? 순 뻥쟁이 지지배…….'

걸핏하면 코를 싸쥐거나 부채질을 하며 떠밀어 내는 짝꿍 진경이의 호들갑을 떠올리며 푸념해 보지만, 냄새 안 난다고 우겨 볼 배짱은 없다.

여름 같으면 옷 입은 채 몇 차례 물을 뒤집어썼다가 말리면 목욕 겸 세탁 한 번 한 셈이 되지만, 겨울엔 그게 안 된다.

소년은 벗은 옷들을 함지박 물에 담가 놓고 발로 질겅질겅 밟는다. 엄마가 있을 때 쓰던 세탁기는 고장 난 채 먼지만 뒤집어쓰고 있으니 어쩔 수 없는 일이다.

찬물에 들어간 발이 시려 온다. 그러나 소년은 그냥 참으면서 밟기를 계속한다.

예전, 엄마도 작은 세탁기 안에 들어갈 수 없는 이불을 빨 때는 소년처럼 그렇게 했었다. 물 함지박 안에서 철벅철벅 두 발로 장단을 맞추면서 팔을 휘젓고 춤을 추기도 했다. 그러다가 깔깔깔 혼자 웃으면서 소년에게 물었었다.

'엄마 춤추는 거 봤지? 어때, 김건모 같지 않니?'

텔레비전으로 보는 김건모의 노래와 춤은 언제나 방청석의 수많은 관중들을 흥분하게 했다. 소년도 덩달아 신이 나서 박수 장단을 치거나 노래와 춤을 흉내 내기도 했다.

하지만 물 함지박에서 추는 엄마의 빨래 밟기 춤은 영 아니었다. 그래도 소년은 엄마가 듣기 좋은 말을 해 주었다.

'엄마 춤추는 거, 김건모랑 진짜로 똑같아.'

'정말? 그럼 나도 김건모처럼 방송국에 가서 노래하고 춤추면서 돈 벌어 올까?'

그러나 소년의 대답이 필요 없을 만큼 엄마의 마음은 빠르게 변했다.

'엄마가 웃기지? 내가 텔레비전에 나가서 이런 춤추면 세상 사람들이 다 웃을 거다. 그렇지?'

소년이 대답을 하지 않자, 엄마는 이내 한숨을 쉬었다.

'쓸 만한 세탁기 하나도 못 사서 함지박 춤이나 추는 팔자에 무슨 김건모 춤이냐? 엄마가 정말 웃긴다. 그지?'

엄마가 방송국에 가서 춤추고 돈 벌겠다는 건 그냥 하는 소리란 걸 소년도 안다. 그건 엄마에게 가능한 일도 아니고 꿈도 아니다.

그때 엄마의 꿈은 아버지의 개인택시가 새끼를 쳐서 회사를 차리는 것이었다. 세탁기를 사고 좋은 집에 사는 건 나중의 일이었다.

'우리 조금만 참자. 아빠가 회사 차리면 그땐 큰 세탁기도 사고 좋은 집에 이사 가서 근사하게 사는 거야. 너는 공부 열심히 해서 대학 가고……. 알았지?'

그러나 엄마는 그 꿈을 이루기 전에 집을 나갔다. '참자'라는 말을 제일 많이 하던 엄마였지만, 아버지의 택시가 차압을 당하면서 꿈을 이룰 수 없게 되자, 제일 먼저 참는 것을 포기한 것이다.

아니 꿈을 포기한 것은 아버지가 먼저였는지도 모른다. 사고 피해자 보상이 보험만으로 감당이 안 되는 바람에 어렵게 장만한 개인택시를 차압당한 후, 지입차주에서 고용 기사로, 거기서 다시 스페어 운전기사로 밀렸다가, 밤중에 취객들의 대리 기사로 굴러 떨어진 아버지가 술과 도박에 빠져서 엄마를 실망시켰으니까.

그리고 보면, 세 식구 중 가장 오래 참고 버틴 것은 소년인 셈이다. 돈 벌어서 돌아온다는 엄마의 말을 믿고, 엄마가 돌아오면 모든 것이 옛날처럼 되돌려지리라 생각하며 1년 반을 참고 버텼던 것이다.

지금은 비록 소년도 모든 걸 포기하고 망가져 버렸지만, 엄마가 돌아오기를 기다리며 참는 동안은, 엄마가 보살펴 주던 모든 걸 스스로 해냈었다. 예전과 같이 바른 생활을 하면서 돌아 온 엄마가 기뻐할 일들을 만들기 위해 무던히도 애를 썼었다.

맨 마지막까지 '참자'라는 엄마의 말을 믿고, 인내의 끈을 붙잡고 있었지만, 막상 그 끈을 놓아 버린 뒤엔 소년이 가장

참혹하게 망가져 버린 것이다.

차곡차곡 모아 두었던 상장을 모두 찢어 버린 건, 엄마에 대한 기대와 희망을 버리고, 자신의 꿈조차 버릴 수밖에 없는데 대한 안타까움 때문이었는지도 모른다. 엄마와 아버지에 대한 분노 때문이었는지도 모른다.

배가 고프면 훔치고 빼앗아 배를 채우고, 걸핏하면 드잡이 싸움에 '깡다구'를 부리고, 숙제나 일기 따위는 내던져 버렸다. 수세미처럼 엉켜 자란 머리나 냄새 나는 옷도 내버려 둔 채 그냥 살았다.

아이들의 놀림이나 따돌림은 당연한 대접으로 알고 지냈다. 도둑놈, 거지새끼 소리도 한두 번쯤은 그냥 넘기고 부끄러움 따위에도 머리 뚜껑을 닫고 살았다.

당연히 선생님의 꾸중이나 회초리에도 달관한 도사처럼 꿈쩍 않고 살았다.

다만 예전처럼 가슴속에 그냥 지니고 있는 게 있다면 민희에 대한 애틋한 마음, 멀리서 바라만 봐도 가슴이 아리다가도 정작 마주치면 주눅이 들고 부끄러워지는 그 마음뿐이다.

밤늦게 돌아온 아버지가 김밥처럼 돌돌 말린 이불 속에서 겨우 잠든 소년을 깨웠다.

"이게 다 뭐냐?"

방 안에 줄을 매고 어지럽게 걸어 놓은 것들을 가리키며 물었다.

"빨래 했슈."

소년은 졸린 눈을 비비던 손으로 머리를 감싸고 말했다. 혹시나 떨어질지도 모르는 손찌검을 경계해서다.

"니가?"

"야!"

"이 자식아, 이 오밤중에 워짠 빨래여?"

아버지의 언성이 높아졌으나 다행히 손찌검이 날아올 기미는 없다.

"애들이 내 옷에서 냄새 난다구 놀리는디, 진짜루 냄새가 나걸랑유."

무슨 헛소리냐고, 손찌검이나 발길이 날아올 차렌데 웬일인지 조용하다.

소년이 고개를 돌려 쳐다보니, 아버지의 표정이 의외다. 눈을 질끈 감고 입을 꾹 다문 모습이, 뺨 맞은 아이 울상과 영락없이 닮았다.

'휴—.' 하고 땅이 꺼지게 한숨을 내뱉은 아버지는 아무 말 없이 방을 나갔다.

소년은 그제야 안심하고 머리에 감쌌던 손을 내린다. 웅크리고 누워서 다시 잠을 청하지만 이미 십 리 밖으로 달아난 잠이 쉽게 올 리 없다.

체온으로 겨우 덥혀 놓았던 이불 속이 썰렁하게 식어, 턱이 덜덜 떨릴 만큼 온몸에 한기가 덤벼든다.

'씨발, 간신히 잠들었는디 괜히 깨워가지고⋯⋯.'

소년은 단잠을 깨운 아버지가 야속하다. 손찌검을 당하지 않은 건 천만다행이지만 혹시 모를 일이다. 술에 잔뜩 취해 다시 들어온 아버지가 무슨 트집을 잡아 매타작을 앵길지 안심이 안 되는 것이다.

돌돌 말린 이불 속에서 한참을 떨던 소년은 어렵게 잠이 들었다.

꿈속에서 소년은 또 아버지에게 심한 매타작을 당했다.

빌어먹을 꿈은 언제나 그렇다. 옛날 엄마와 함께 살던 때나, 민희와 짝꿍이었을 때의 즐거운 일은 떠오르지 않는다. 선생님께 혼나고 아이들과 싸우거나 놀림당하는, 분통 터지는 꿈만 꾼다.

잠을 깨고 보니 방안이 훤하다. 잔뜩 웅크렸던 몸이라, 꿈속의 매타작이 진짜인양 몸 곳곳이 무지근하고 저리다. 그냥 누운 채 기지개를 켜는 소년에게, 자는 줄 알았던 아버지가 말했다. 여느 때와는 딴판인 목소리다.

"옷 입어 봐라."

소년이 벌떡 일어나 보니, 머리맡에 배가 불룩한 비닐봉지가 놓여 있다. 풀어 보니 외투와 바지가 있고 티셔츠에 양말도 있다.

"이거 내 꺼유?"

소년이 물었으나 아버지는 대답 대신 한숨만 길게 내뿜는다. 입은 옷 벗을 것도 없이 그냥 껴입었는데도 대충 맞는다. 몸이 금세 훈훈하게 풀리는 것 같다.

"아부지, 나한티 꼭 맞는디, 이거 비싸쥬?"

아버지는 그래도 말이 없다.

"아버지 고마워유. 그런데……."

소년은 내친 김에 체험 학습비 얘기를 꺼낼 참이었으나, 눈을 질끈 감은 채 입을 굳게 닫고 있는 아버지의 모습을 보고 단념하기로 했다. 애초부터 안 갈 요량이었으니, 그리 아쉬울 것도 없기는 하였다.

모처럼 새 옷을 입고 등교하는 소년의 기분이 쏠쏠하다.

세수도 그냥 물칠만 하는 것이 아니라 뽀득뽀득 닦고 머리도 감았다.

이제 그 앙칼쟁이 짝꿍이 냄새 타령, 거지 타령도 안 할 것이다.

과연, 짝꿍은 조용히 오전을 보냈다. 냄새도 안 났을 테지만, 소년이 짝꿍의 물건을 건드리거나 옷깃이라도 스치지 않도록 몸놀림을 조심했기 때문이다.

"야, 나 이제 냄새 안 나지?"

점심 급식 후, 운동장으로 나가는 짝꿍 진경이의 옆을 슬쩍 지나치면서, 소년이 어렵게 말을 걸었다. 그러나 힐끗 돌아보는 진경의 눈길은 예나 다름없이 싸늘하다. 튀어나온 대꾸도 시큰둥하다.

"쳇, 그까짓 싸구려 옷 하나 얻어 입고 폼 잡냐?"

"얻어서 입은 거 아니거든. 우리 아버지가 사다 준 새 옷인디……."

"거짓말인 거 누가 모를 줄 알고. 니 애인 민희가 사 줬잖아? 내가 사 주라고 했거든."

'이런 싸가지.'

소년은 울컥 화가 치미는 대로 한 대 쥐어박고 싶었으나 참는다. 그러면 작정한 일이 모두 허사가 될 판이다.

어제 하교하다가 민희와 진경의 말다툼을 우연히 엿듣고 소년은 단단히 각오한 바가 있다. 앞으로는 진경이의 비위를 건드리지 말자, 무슨 일이 있어도 성깔 부리지 말자. 그러려면 옷 냄새도 안 나게 하고, 시비를 걸어도 참자. 그래서 빨래할 작정까지 하지 않았던가.

그 바람에 참 재수 좋게 아버지가 새 옷을 사 주는 횡재도 만나고…… 그러니 이전처럼 화가 난다고 함부로 성깔을 부릴 수는 없지 않은가.

소년은 잠시 입을 다물고 진경의 뒤에 한 발짝쯤 떨어져 걷다가 어렵게 말문을 연다.

"야, 나 이제 너한티 안 그럴티니께, 너두 나 놀리지 마."

"뭘 안 그런다는 거야?"

"썽질 내는 거."

진경은 뭘 생각하는지 잠시 말이 없다.

"증말여. 나 썽질 안 낼 거라구."

소년이 다시 강조한다. 힘이 쏙 빠진 목소리다. 마치 시내 밤거리에서 행인을 잡고 '쇠 좀 앵기라'고 엉구럭떨 때처럼 축 처졌다.

"너 진짜여?"

걸음을 딱 멈추고 돌아서서 말하는 진경의 목소리에 힘이 꽉 들었다. 소년을 쳐다보는 눈빛도 매섭다.

"진짜여."

소년의 목소리는 여전히 행인들 앞에서 엉구럭떨 때처럼 힘이 쏙 빠졌다.

"좋아, 그럼 너 항복한 거지? 또 까불면 알지?"

소년의 다짐을 받아 내려는 진경의 목소리가 매섭다.

"알었어."

소년의 목소리에는 여전히 힘이 없다.

소년의 말이 끝나자, 진경은 몸을 홱 돌려 가 버렸다. 소년은 비로소 한숨을 푹 내쉰다. 잠시 눈을 감은 채 우두커니 서 있는 소년의 기분이 참 더럽다.

'나는 그냥 화해하자는 건데, 항복이라구?'

거지새끼 소리를 들은 때보다 오히려 더 화가 나는 것 같기도 하고, 잘못 없이 선생님의 꾸중을 들은 때보다 억울한 느낌도 든다. 아니 울고 싶을 만큼 슬프다.

평소 같으면 운동장 가운데서 뱃구레 헐렁한 공을 따라 이리저리 몰리는 아이들 가운데로 뛰어들었을 소년은, 미끄럼대 층계에 턱을 괴고 앉았다.

되게 오랜만에 새 옷 입고 앙칼쟁이 짝꿍과 화해까지 하고 나면, 기분이 좋을 줄 알았는데 그게 아니다.

소년은 잠시 후 고개를 들어 운동장 구석구석을 살펴본다. 어디 먼빛으로라도 혹시 민희의 모습이 보이지 않을까 해서다. 하지만 소년의 눈길이 가는 어느 곳에도 민희의 모습은 보이지 않는다.

"야, 거지새끼. 너 거기서 뭐해?"

내려다보니 언젠가 막축구 판에서 소년의 '오버헤드 킥'에 얼굴을 맞고 드잡이를 벌였던 '뚱땡이' 상급생이다. 늘 어울리는 짝패가 3명이나 붙어 있다. 그때의 유감이 아직도 풀리지 않은 모양이다.

"너 또 까불면 이번엔 반쯤 죽을 줄 알어. 쥐방울만한 새끼가 겁대가리 없이 까불어."

공 차다가 우연히 맞힌 것뿐인데 까불었단다. 소년이 비록 '쥐방울'만해도 만만찮다는 걸 그때 알았을 텐데, 짝패들 믿고 기가 살았던지 '뚱땡이' 상급생은 계속 시비를 건다.

소년이 천천히 미끄럼대를 내려오자, '뚱땡이' 상급생이 조금 긴장하는 눈치다. 짝패들도 역시 긴장한 표정으로 소년에게로 시선을 모은다.

그러나 소년은 그런 그들은 쳐다보지도 않고 반대편으로 천천히 걸어간다.

"저 자식 팍 쫄았나 보다. 꿈쩍도 못하잖아?"

"얻어터질까봐 겁나니까 항복한 거지."

등 뒤에서 약 올리는 소리가 계속 들린다. 그러나 소년은 못 들은 체 그냥 걷는다.

'내가 왜 쫄아? 그리구 내가 언제 까불구 언제 항복했냐. 썽

질 안 내구 쌈 안 하는 게 어째서 항복이냐. 니들 맘대로 생각
해라. 쓰발놈덜아.'

소년은 걸어가면서 속으로 중얼거린다. 뚱땡이 짝패들 뿐
아니라 진경이에게도 내뱉고 싶었던 말이지만 소년은 잘 참
았다.

그러나 참으로 오랜만에 새 옷을 입은 날인데도 기분이 참
더럽다. 아니, 마음이 슬프다.

그 아이, 재준이

　아이들 누구에게나 방학은 좋다. 그러나 소년에게는 참 지
랄 같다.

　소년도 방학이 좋기는 하다. 숙제나 일기 따위에 신경 안
쓰고, 선생님의 꾸중이나 벌도 없으려니와 아이들의 따돌림
이나 앙칼쟁이 짝꿍과의 아슬아슬하고 지겨운 신경전도 없
기 때문이다.

　그런데 하루 한 끼나마 배부르게 먹을 수 있는 점심이 날
아간다는 것은 정말 견디기 힘든 일이다.

　방학 때는 학교에서 점심 급식을 안 하는 대신, 소년의 집
으로 쌀 포대가 배달됐다.

쌀 두 포대를 가져온 동네 쌀집 주인은, 학교에서 '무료 급식 대상 학생'에게 주는 것이라고 했다. 쌀 포대는 며칠간 열리지도 않은 채 방 안에서 잠을 잤다.

아버지가 밥 하는 걸 기대할 수 없다고 판단한 소년이 스스로 밥을 해 볼 궁리를 했지만, 전기밥솥도 가스레인지도 어느 것 하나 쓸 수 있는 게 없었다.

소년은 쌀 포대가 방 안에 그냥 누워 있을 때, 배고프다 소리를 몇 번 해 보았다.

혹시나 아버지가 밥 지을 방법을 마련하지 않을까 해서다. 그러나 아버지의 반응은 쌀 포대가 없을 때나 마찬가지였다.

"이누무 자식아, 뱃속에 거지가 들어앉았냐? 준 돈은 어따 쓰고 맨날 배지고프다는 소리여?"

소년은 쌀이 밥이 되어 입안으로 들어가긴 틀린 일이라고 단념을 해 버렸다.

그래서 쌀 포대를 들고나가 밥이나 빵과 바꿔 먹을까 생각했었다.

그러나 그 실행은 아버지가 빨랐다. 소년보다 먼저 쌀 포대를 들고 나간 아버지는 아마 술과 바꿔 먹었을 것이다. 어쩌면 푸짐한 안주도 같이 시켜 먹었을지 모른다.

여름은 그래도 겨울보다 견디기가 낫다. 한량없이 긴 하루 해가 지겹기는 하지만, 추위보다는 더위를 견디기가 수월하기 때문이다.

소년에게 허기를 채우고 껄떡증을 면할 먹을 것은 없지만, 시간은 주체할 수 없이 많다.

방학은 더욱 그렇다. 방학 숙제는 팽개친 것이고 학원 같은 데는 엄두도 못 낼 일이니 도대체 할 일이 없다.

그날도 역시 그랬다. 대낮에 국제은행 앞에 가야 껄떡이 형을 만날 수도 없을 거고, 방 안은 찜통이니 들어 앉아 낮잠을 잘 수도 없다.

아침부터 이글이글 타는 해가 푹푹 삶아 대는데, 바람도 한 점 없다.

근처의 은행이나 관공서 민원실에 가면 시원하게 더위를 식힐 수 있지만, 어느새 소년의 얼굴을 익히고 있는 경비원들이 출입문에서부터 쫓아 버린다.

별수 없이 전자 상가 거리를 어슬렁거리고 있는데, 할머니가 허리를 잔뜩 구부린 채 고물 손수레를 힘겹게 끌고 간다. 빈 박스와 부서진 세발자전거, 선풍기 따위가 실려 있지만, 그리 많지도 않은데 할머니는 무척 힘겨워 보인다.

그거나 밀어 줄까 생각한 소년이 다가가다 보니, 손수레 뒤에 이미 한 아이가 붙어서 밀고 있다.

'그래 니가 밀어 줘라. 그리구 너 천당 가라.'

소년이 중얼거리며 돌아서려다 보니, 손수레를 미는 아이가 눈에 익은 모습이다. 고개를 푹 숙인 채 땅을 보고 있는데도 소년은 아이를 금세 알아보았다. 같은 반 아이다.

"야, 재준아!"

소년은 반갑게 불렀다. 친구가 없는 소년이니 같은 반 아이라고 다 반가울 리가 없다. 오히려 상대가 알아보기 전에 몸을 피했을 것이다. 그러나 재준이는 다르다.

재준이는 성이 천 씨여서, 천재준이다. 그래서 심술궂은 아이들이 재준이 이름을 놀림감으로 삼는다.

"야, 천재. 니가 진짜 천재 맞냐?"

"맞아. 천재니까 이름도 천재준이지. 빙신천재."

아이들이 그렇게 놀려도 재준이는 늘 대거리를 하지 않는다. 못 들은 척 한다.

재준이는 아이들이 이름 가지고 놀리는 대로 천재는 물론 아니다.

그렇다고 어디가 모자란 것도 아니다. 성적은 중간쯤이고 말수도 별로 없이 늘 조용할 뿐이다. 아이들은 그런 재준이를 그냥 두지 않는다. 심심풀이 놀림감으로 삼는 것이다.

배짱이 맞는 몇이 패를 짓고, 저희 패보다 힘이 센 아이나 그 패거리들에겐 먼저 다가가 친한 척하지만, 힘이 약하거나 외톨이로 지내는 아이들은, 눈에 띄는 대로 재미 삼아 놀리고 재미로 괴롭힌다.

재준이도 늘 외톨이이니 아이들의 만만한 놀림감인 건 뻔한 일이다.

그러나 재준이는 소년처럼, 놀리고 괴롭히는 아이들과 싸우는 일이 없다.

그렇다고 얼간이처럼 절절 매면서 빵셔틀 노릇하거나 비서 노릇도 하지 않는다. 못 들은 척, 안 본 척하고 피하기만 한다. 화내는 일도 없지만 웃는 일도 없다.

소년은 그런 재준이가 불쌍해 보이다가도, 어떤 때는 어른스러워 보이기도 한다. 친해지고 싶다는 마음이 들 때도 있지만, 어쩐지 말을 걸기가 어렵다.

걸핏하면 욕하고 싸우는 자신을 속으로 흉보고 있을지도 모른다는 생각이 들기 때문이다.

그런 재준이를 뜻밖의 장소에서 만난 건 참 다행한 일인지도 모른다.

재준이는 소년을 힐끗 쳐다보고는 고개를 더 깊이 숙인 채 손수레만 밀고 있다.

"나여, 나!"

소년이 따라 걸어가며 거듭 아는 체를 하자, 재준이는 비로소 얼굴을 들고 말한다.

"알아!"

돌아보는 재준이의 얼굴에 땀이 줄줄 흐른다. 그리고 보니 엷은 티셔츠가 착 달라붙을 만큼 등에도 땀이 흠씬 배었다.

소년은 아무 말 없이 재준이 옆에 붙어서 같이 손수레를 밀었다.

"그냥 가!"

재준이가 작은 소리로 말했다.

"갠찮어. 나 심심해서 그냥 미능겨."

"안 밀어 줘도 돼. 그냥 가."

"너도 밀어 주면서, 왜 그러냐?"

재준이는 말이 없다. 손수레가 멎는다. 할머니가 손수레 뒤로 오면서 묻는다.

"재준아. 뭔 일이냐?"

꼬부랑 할머니다. 손수레를 잡지 않았는데도 허리가 'ㄱ' 자처럼 굽었다. 얼굴에 땀도 줄줄 흐른다.

재준이는 여전히 말이 없고 소년은 뒤늦게 눈치를 챘다. 재준이가 낯모르는 사람을 도와주는 걸로 알았는데, 저의 할머니와 함께 고물 수집을 하고 있는 모양이다.

"할머니가 재준이 할머니예유?"

소년이 꾸벅 인사를 하자, 할머니는 엉뚱한 말을 한다.

"이거 여기서 주운 거 아니다. 저 아래서 싣고 오는 건데 쓸데없는 소리 마라"

할머니는 손수레에 실린 고물을 빼앗으려는 것으로 착각한 모양이다.

"할머니, 그게 아니구유 저 재준이하구 한 반이걸랑유. 그래서 밀어 주려구유."

"그러냐? 나는 또…… . 내버리는 고물두 하두 임자가 많으니까 원…… ."

할머니는 비로소 안심하는 눈치다.

재준이는 여전히 말이 없다. 소년의 얼굴을 외면한 채 손등으로 이마의 땀을 훔어내고 있다.

"할머니 나두 밀어 줄티니께 빨리 가유."

소년이 말하자 재준이가 여전히 외면한 채 말했다.

"그냥 가."

"아이구, 아서라 날두 더운데 니가 왜 땀을 빼냐? 공연히 애쓸 것 없다."

할머니도 만류한다.

"갠찮어유. 둘이 밀면 더 빨리 가구 좋잖어유."

"빨리 가면 뭐하냐. 봐 가면서 찬찬히 가다가 쓸만한 놈 있으면 주워 싣고 가야지."

"좋아유. 나 그렁 거 잘 하걸랑유. 상자, 빈 병, 플라스틱 그렁 거쥬?"

"그 녀석 시원시원하기도 하네. 그럼 잘 됐다. 재준이 좀 도와주렴."

그러나 재준이는 소년에게 다시 말했다. 대단히 마땅찮은 표정이다.

"안 밀어줘도 돼. 그냥 가."

재준이는 자신의 부끄러운 모습, 곤궁한 처지를 보이고 싶지 않은 것이라고 생각한 소년은 일부러 넉살을 떨었다.

"나하구 친한 껄떡이 형이 있는데, 그 형이 그전에 고물 수집했거덩. 그때 내가 많이 도와줬어. 상점에 들어가서 종이 상자도 얻어 오구 수레도 밀어주구 그랬다니까."

물론 재준이의 경계심을 풀기 위한 거짓말이지만, 소년은 정말 많이 해 본 일처럼 수완을 발휘했다.

길가에 내놓은 것이 있으면 재준이나 할머니보다 먼저 날렵한 동작으로 주워 실었다. 단골이 있다고 못 가져가게 하면 넉살을 떨거나 떼를 써서라도 허락을 받고 가져온다.

"내 친구랑 둘이유 할머니 도와드리는 건데유 아저씨도

할머니 도와주시면 안 돼유? 아저씨 디게 멋있게 생겼슈, 탈
렌트 같아유. 마음도 디게 좋은 거 같은디 이거 할머니 갖다
드려두 되쥬?"

소년의 넉살은 그걸로 그치지 않았다. 가게 안에까지 들어
가 너스레를 떨었다.

"우리가유 고물 할머니 도와드릴라구 하는디유. 박스, 빈
병 그렁 거 없나유?"

대부분 허탕이지만 의외로 소득이 클 때도 있다.

그런 소년을 보고 할머니는 흡족해 했다.

"어쩌면 그렇게 바지런하고 야무지냐. 쬐끄만 게 힘도 장
사다."

소년은 신이 난다.

그러나 재준이 앞에서 할머니 칭찬을 듣는 게 좀 쑥스럽
다. 소년에 대해 잘 알고 있는 재준이가 무슨 생각을 하고 있
는지 알 수가 없다. 재준이는 아마, 평소 같지 않은 소년을
보고 마음속으로 의심을 품고 경계를 할는지도 모른다.

하지만 소년은 모처럼 누군가를 위해 땀을 뻘뻘 흘리며 일
한다는 게 정말 즐겁다. 할머니의 칭찬에 신이 나는 것도 사
실이다.

지금은 하늘나라에 가고 없지만 오래전, 대문 앞에서 엄마

를 기다릴 때 말동무가 되어 주던 그 할머니를 만난 것 같은 생각이 들기도 한다.

"이 땀 좀 봐라. 오늘은 니가 애쓴 덕에 그래두 많이 했다. 참 바지런두 하지."

나무 그늘에 수레를 받쳐 놓고 쉬는 참에, 재준이의 얼굴을 닦아 준 할머니가 소년의 얼굴도 닦아주며 등까지 두드려 준다. 수건에서 풍기는 묵은 땀 냄새가 시큼하다.

그러나 싫지 않은 냄새다. 어쩌면 파출부로 나갔던 엄마가 돌아왔을 때 맡았던 냄새 같기도 하고, 아버지가 대문 앞에 세워 둔 택시를 닦고 난 뒤 땀 밴 등에서 나던 냄새 같기도 하다.

그때는 별생각 없이 지나쳤던 냄새가 문득 그리워진다. 그러나 지금은 아버지에게서 나는 건 술 냄새뿐이고 엄마 냄새는 맡을 수가 없다.

"네 어머니 아버지는 너 땜에 속 썩을 일 없겠다."

할머니의 말에 소년은 부지중에 속을 내보였다.

"우리 엄마 없는디유."

"저런, 왜?"

허리를 꼬부리고 있던 할머니가 고개를 번쩍 들고 소년을 쳐다본다. 줄곧 소년과 눈을 마주치지 않던 재준이도 소년을 힐끗 쳐다본다.

소년이 미처 대답을 하지 않자, 할머니가 재차 묻는다.

"왜, 어디 갔길래?"

"집 나갔는디 안 와유……. 우리 아버지가 패 대서 도망갔슈."

소년의 거침없는 말에 재준이가 놀란 눈으로 쳐다보고 할머니도 혀를 찬다.

"저런! 쯧쯧, 그럼 네 아버지는 있냐?"

"야, 그런디 대리운전 하느라구 밤에 늦게 와유. 어떤 때는 술에 잔뜩 꼴아가지구 나를 삭 조져유."

"저런 몹쓸. 이 어린 것 어디 손댈 데가 있다구."

할머니는 소년의 손을 잡고 등을 쓰다듬으며 혀를 찼다.

"쯧쯧, 딱두 하지. 그래두 이렇게 바지런하구 야무지게 컸으니 참 대견하다."

소년은 기분이 좋다. 누구도 자신의 손을 잡아 주고 등을 쓰다듬어 주는 사람은 없었다. 칭찬하거나 대견하다고 말 해 주는 사람도 없었다.

소년은 우연히 재준이를 만나고 손수레를 밀게 된 것이 참 다행이라고 생각한다.

"세상이 어찌 될라고 이러는지 모르겠다. 부모라는 것들이 자식 내버리고 저만 잘 살 궁리나 하니,"

손수레 옆에 쪼그려 앉은 할머니의 몸이 아주 작아 보인다. 조금 떨어져 앉은 재준이보다도 더 작다. 굽은 가슴이 세운 무릎에 딱 붙어서 영영 펴질 것 같지 않다.

할머니하고 똑같은 모습으로 쪼그려 앉은 채, 나무 꼬챙이로 땅바닥에 그림을 그리고 있던 재준이가 벌떡 일어선다. 엉덩이를 툭툭 털고 나서 할머니 손을 잡아 일으킨다. 그러면서도 말이 없다.

"그래, 또 가야지. 팔자 좋게 마냥 쉬기만 할 수 있나?"

할머니를 일으켜 세운 재준이가 모처럼 입을 열었다. 그러나 소년의 얼굴은 처다보지도 않는다.

"이제 그만해. 고마워."

할머니도 재준이 말을 거든다.

"그래, 그만 네 볼일 보거라. 참 기특하기두 하지. 더운데 애썼다."

"아뉴. 나 볼 일 없슈. 맨날 놀아유."

소년은 다시 재준이와 나란히 손수레 뒤를 밀었다.

"우리 아버지가 그전에 개인택시 운전할 때는 디게 맘 좋았었다. 근데 사고 쳐서 망했걸랑. 그래가지구 우리 아버지가 휙 돌아 버렸다구. 맨날 술만 먹구 우리 엄마를 맨날 조지구……."

　오르막길인지 손수레가 갑자기 느려진다. 재준이가 더 기를 쓰고 미느라고 숨을 헐떡거린다. 소년도 하던 말을 끊고 힘을 쓴다. 손수레가 갈지자를 그린다.

　뒤에서 '빵빵' 경적이 울린다. 소년이 뒤를 돌아보니 차가 몇 대나 밀려 있다. 손수레가 차선 안으로 들어와 미처 비키지 못한 탓이다. 건너편 차선에선 차가 쉴 새 없이 지나간다.

　'썅, 쬐끔 기다리면 안 되나, 자가용 타구 댕기면 다여?'

　소년은 속으로 중얼거린다.

　전에 아버지 차를 타고 가다가 앞을 가로막는 손수레가 있으면 '빨리 좀 비켜.'라고 차 안에서 소리를 질렀었다. 그러면 엄마나 아버지가 '조금 기다리면 돼. 저 사람은 지금 힘껏 끌고 있는데, 네가 소리 지른다고 더 빨리 갈 수 있겠니?' 하고 소년을 나무랐다.

　그런 생각이 떠오르자 소년은 좀 머쓱한 생각이 든다.

　소년은 한 손으로는 수레를 밀면서 뒤를 돌아보고 거수경례를 한다. 미안하다는 표시다. 차 안의 운전석에 앉은 사람도 손을 흔든다. 속으로 욕을 할 때보다 기분이 좋다.

　손수레가 힘겹게 오르막을 지나자 부드럽게 굴러간다. 밀렸던 차들이 휙휙 지나간다. 예전 아버지의 차와 같은 차종의 택시도 지나간다.

"우리 아버지 개인택시도 저거랑 똑같은 차였는디. 지금
은 구닥다리지만 그때는 최고루 신형이었다. 그런디 사고 한
번 쳐가지구 쫄딱 망했다."

소년이 끊겼던 얘기를 계속했으나 재준이는 여전히 반응
이 없다. 눈길도 주지 않는다. 그래도 소년은 얘기를 계속한
다. 평소 다른 아이들에게와 달리, 재준이에게는 약간 호감
을 느끼고 있었던 까닭인가, 소년이 매우 수다스러워졌다.

"그래서 월급 기사 하다가 술 먹는다구 짤렸다. 대리운전
하는디 맨날 늦게 와. 어떤 때는 새벽에 술 취해 가지구 와서
엄마를 디립다 패 대는 바람에 우리 엄마가 도망갔어, 그 뒤
부터 우리 엄마 욕하면서 갠히 나만 조진다구. 그럴 때는 참
디게 썽질 나. 그렇지만 어짜냐? 그래두 아버진디 덤빌 수도
없잖어."

"니네 집 어디니? 이제 그만 가. 고마워."

재준이가 모처럼 긴 말을 한 셈이다. 그런데 자꾸 가란다.
소년은 조금 머쓱하고 서운한 생각이 든다.

"야! 우리 집 요기서 가까워. 나 재미있어서 밀어 주는데
왜 자꾸 가라구 하냐? 미안하게 생각하지 않어두 갠찮구 고
맙다구 안 해두 갠찮어."

소년이 큰 소리로 말했으나 재준이는 다시 입을 다물고 대꾸가 없다.

"너 내가 싫어? 그래서 내가 밀어 주는 것두 싫으냐?"

소년이 좀 화가 난 듯 말하자, 재준이가 잠시 머뭇거리다 엉뚱한 소리를 한다.

"너 학교 가서 말할 거지?"

"뭘?"

"나 고물 주우러 다닌다고."

소년은 비로소 '아하, 그래서 그랬구나.' 하고 재준이의 속마음을 알아챈다.

스스로 '대갈빡' 하나는 잘 굴린다고 자부하는 소년이 실수를 한 셈이다. 그러나 소년으로서는 고물 줍는다는 일이 창피할 것도, 감출 것도 없는 일이고 누구에게 욕먹을 일도 아닌, 대수롭지 않은 일이다.

'대갈빡'은 잘 굴리지만 창피라는 것에 뚜껑을 닫고 사는 판이니, 거기까지는 '대갈빡'을 안 굴린 것뿐이다. 그러나 재준이로서는 누구에게도 보이고 싶지 않은 모습일 것이다.

"야, 너 나를 뭘루 보냐. 내가 말할 거 같으냐? 안 햐. 머하러 햐. 안 한다구."

소년이 거듭 강조를 하는 바람에 재준이는 좀 안심이 되는 표정이다.

"염려 마! 진짜루 말 안 할 거니까."

소년이 다시 강조하자, 믿는다 그런 뜻인지 재준이는 고개만 끄덕인다.

"도장 찍을래?"

소년은 오른손 주먹의 엄지와 새끼손가락만 펴서 재준이 앞으로 내민다. 새끼손가락을 걸어 약속하고 엄지로 확실하게 도장을 찍자는 뜻이다.

"됐어."

재준이는 두 손으로 여전히 수레를 밀면서 말한다. 그리고 모처럼 입가에 웃음을 띤다.

소년도 씨익 마주 웃는다. 모처럼의 웃음이라 그런지 소년은 웃으면서도 좀 쑥스럽다. 그래도 웃고 나니 기분이 좋다. 소년이 언제, 누구와 얼굴을 맞대고 웃어 봤던가. 웃음을 잃어버린 지가 참 오래다.

"할머니 스톱!"

소년이 갑자기 소리를 지른다. 손수레가 멎자 소년이 달려간다.

가게 앞 인도에 빈 박스가 여러 개 널려 있다.

달려간 소년이 박스를 집어 들자, 가게 안에서 주인이 소리를 지른다.

"야. 놔 둬."

소년은 거침없이 가게 안으로 들어가 너스레를 떤다.

"사장님. 제 친구랑 둘이 방학 숙제 봉사 활동 하는디유 고물 할머니 돕는 건데, 저거 가져가면 안 돼유?"

"뭐, 봉사 활동 숙제? 이녀석아, 그런 숙제가 어디 있어?"

중년 남자가 말하자, 다행히 옆의 젊은 여자가 대답을 대신해 준다.

"봉사 활동 숙제. 그런 거 있어요. 내 조카도 여름방학에 시골 가서 봉사 활동 숙제 한다고 차비하고 식비를 5만 원이나 가져갔어요. 고 1짜리가 시골 가서 무슨 일을 한다고. 돈이나 까먹을 걸……."

"그래도 안 돼. 가져갈 사람 따로 있다."

남자는 소년을 쳐다보지도 않고 잘라 말한다.

"사장님, 우리 주세유. 야? 저기 할머니는 허리가 꼬부라져서 힘도 없슈."

소년이 조르고,

"사장님, 가져가라고 하세요. 힘없는 할머니 돕는다는데 기특하잖아요."

젊은 여자가 응원을 했다.

"가져가거라."

소년은 가게 안이 쩡 울릴 만큼 큰 소리로 인사를 하고 박스를 챙겼다. 손수레 옆에 섰던 재준이도 달려와 거든다. 할머니도 양손으로 무릎을 짚어 굽은 허리를 받치고 온다.

"이것도 가져가라."

가게 안에 있던 젊은 여자가 잡다한 작은 포장 박스를 한 아름 안고 나온다.

"고맙습니다. 누나 최고예유."

소년이 엄지를 세워 흔들어 보이자 젊은 여자가 활짝 웃으며 말했다

"너두 최고다. 착하다."

다가온 할머니가 젊은 여자의 말에 꼬리를 달았다.

"아이구, 어짠 애가 이리 바지런하구 신통한지 몰라."

소년은 신이 난다. 방학 동안의 봉사 활동 숙제란 말은 어쩌다 중딩이인지 고삐리인지, 그만그만한 형들이 지나가며 하는 소리를 들은 것뿐이다. 소년 자신은 그런 방학 숙제가 있는지 없는지도 모른다. 그야말로 또 한 번 '대갈빡'을 굴려 본 셈인데, 용케도 거들어 준 누나 덕에 잘 먹혀든 것이다.

셋이 간추리고 접어서 옮긴 박스가 손수레 위에 벅찰 만큼 많다. 한참 실랑이 끝에 다시 출발할 참인데, 이번엔 소년이

손수레 앞으로 나섰다.

"할머니 내가 운전할께유. 나 이렁 거 잘해유."

"니가 뭘 한다고. 그냥 밀기나 하지."

소년은 굳이 앞장을 섰다. 재준이와 할머니가 뒤에서 밀지만, 앞에서 끌기가 뒤에서 미는 것보다 훨씬 힘이 든다.

"얘야, 서두르지 말고 천천히 살살 끌어라. 그렇게 힘쓰다가는 자빠진다."

할머니가 아무래도 안심이 안되는지, 밀면서도 걱정을 한다. 얼굴에 굵은 땀이 흐르는 건 물론, 등짝과 가슴팍도 땀투성이다.

손수레를 담벽 그늘에 세우게 한 할머니가 점심 도시락을 푼다. 풀어 놓는 도시락에서 나는 밥 냄새, 김치 냄새에 소년은 잊고 있던 허기를 심하게 느낀다.

어제 저녁은 떡볶이 천 원어치로 때우고 오늘 아침은 빵 한 개로 때웠다. 어정거리고 놀았어도 허기가 질 판이다. 그런데도 이상하게 이제껏 허기를 잊고 있었다는 게 신기하다.

"얼른 와서 한 숟갈씩 뜨자. 그렇게 용을 썼으니 오죽 시장하겠냐?"

할머니는 손수레 뒤, 길바닥에 밥과 김치를 내놓고 재촉한다.

넓지도 않은 인도를 세 사람이 차지하고 앉으니, 겨우 한 사람 지날만한 공간만 남는다. 지나는 사람들이 힐끔 쳐다보기도 하고 상을 찡그리기도 한다. 그러나 세 사람에게는 꿀맛 같은 오찬이다.

"물 마시고 천천히 먹어라. 체할라."

몇 술 뜨다가 수저를 놓은 할머니가 물을 따라준다. 손자인 재준이보다 소년에게 먼저다.

"꼭꼭 씹어 먹어라. 여름이래도 찬밥을 먹다 보면 체하기 쉽다."

소년이 밥맛을 보는 건 방학 후 처음이다. 찬밥이 아니라 쉰밥을 먹더라도 체하기는커녕, 뱃속에서 끌어 잡아당겨 쑥쑥 내려갈 판이다.

밥이 꽤 남았는데도 재준이도 수저를 놓는다.

"더 먹잖구?"

"야, 더 먹어."

할머니와 소년이 동시에 말했으나 재준이는 고개를 젓고 물만 더 따라 마신다. 그리고는 무릎 사이에 고개를 묻고 길바닥에 아무 의미도 없는 선을 이리저리 긋는다.

혼자서 먹는 소년의 모습을 물끄러미 바라보던 할머니가 말한다.

"일도 야무지게 잘하더니 먹는 것도 암팡지네. 천천히 꼭
꼭 씹어 먹어라. 아유, 이 땀을 어쩌냐?"

이미 땀에 젖어 축축해진 수건으로 소년의 이마와 목을 닦
아 준다.

"오늘은 니가 부지런한 덕에 하루 종일 한 것보다도 많이
했다. 어짜면 그리 바지런하냐? 참말 복 받을 애다."

그릇을 모두 비운 소년은 좀 무안한 생각이 든다. 할머니
도 재준이도 소년을 위해 먼저 수저를 놓은 것인데, 이런저
런 생각 없이 먹어 치웠으니 좀 염치가 없었기 때문이다.

"볕이 좀 누그러지면 갈 테니 니들은 저기 다리 밑 물가에
가서 땀 좀 씻고 오너라."

말없이 일어서서 다리 쪽으로 가는 재준이를, 소년도 따라
나섰다.

다리 밑에 다다르자 신발을 벗고 물에 들어가 세수를 하고
난 재준이가 소년을 부른다.

"이리 와. 등목 시켜 줄게."

그러나 소년은 아예 겉옷을 홀렁 벗고 팬티 바람으로 물에
풍덩 뛰어들었다. 창자 속까지 시원한 것 같다.

"너도 들어와, 시원해."

소년이 불렀으나, 재준이는 오히려 소년에게 나오라고 손

을 흔든다.

"들어 와. 엄청 시원해."

소년이 재준이에게 물을 끼얹는다. 재준이의 앞자락이 흠
씬 젖었지만, 소년에게 물을 뿌리거나 들어가지도 않고 멀찍
이 피한다.

혼자서 한참 물장구를 치던 소년이 옷을 챙겨 입자, 그제
서야 다가온 재준이가 다시 발을 담근다.

"니네 아버지는 뭐 하시냐?"

재준이와 나란히 앉은 소년이 묻자, 한참 뜸을 들이던 재
준이가 들릴 듯 말 듯 작은 소리로 말한다.

"몰라."

"야, 니 아버지가 뭐 하는지도 몰라?"

"같이 안 살아."

"왜?"

재준이는 또 말이 없다.

소년은 학교에서 별로 말이 없는 재준이에게 호감이 가기
도 하고 좀 어렵기도 하다.

가까이하고 싶은 때가 있어도 보이지 않는 무엇인가가 가
로막고 있는 듯하다. 그러나 지금은 답답하다. 아버지와 같
이 안 산다는 이유가 더 궁금해진다.

"왜애?"

소년이 거듭 묻자, 뜸을 들이던 재준이가 겨우 대답했으나 궁금하기는 마찬가지다.

"딴 데 살아."

"왜 딴 데 사냐구?"

"묻지 마."

재준이는 돌을 집어 물 가운데로 던진다. 돌이 손에 잡히지 않으면 풀을 뜯어 뿌린다.

"어이구. 디게 답답하네."

소년은 벌떡 일어선다,

납작한 돌을 골라 물수제비를 뜬다.

척 척 척 수면을 차고 튕겨지는 물수제비가 두 방, 세 방, 어느 것은 다섯 방까지 나간다. 한참 동안 소년은 물수제비를 뜨고 재준이는 풀을 뜯어 물에 띄웠다.

소년의 물수제비뜨기는 아버지에게 배운 것이다.

1학년 때, 비번 날이면 아버지는 가끔 소년과 엄마를 태우고 시외로 나갔다.

어느 날 물가에 차를 세우고 놀았다.

엄마가 버너로 밥을 짓고 찌개를 끓이는 동안 소년과 아버지는 물놀이를 했다.

소년을 안고 깊은 물에 들어간 아버지는, 소년을 잡은 손을 놓았다가 가라앉으면 안아 올리고, 또 놓았다가 가라앉으면 안아 올리고를 반복했다.

소년이 비명을 지르고, 엄마는 '애 잡는다'고 아버지에게 소리를 질렀다.

겁이 난 소년은 아버지를 뿌리치고 엄마 곁에서만 뱅뱅 돌았다.

심심해진 아버지가 수영을 가르쳐 준대도 마다했다. 심심해진 아버지는 혼자서 물수제비를 뜨다가 소년에게 말했다.

"인규야, 물수제비 가르쳐 줄까?"

"공연히 애 놀래키지 말고 가만 둬요."

엄마가 말렸으나 소년이 가르쳐 달라고 나섰다.

물에 가라앉지 않고 척척척 물을 차고 멀리까지 가는 것이 신기했던 것이다. 그리고 깊은 물에 들어가지 않고 물 밖에서 하는 것이라 무서울 까닭도 없었다.

작고 둥글납작한 돌을 골라 준 아버지는, 돌 쥔 소년의 손을 잡고 함께 던졌다.

자세를 낮추고, 가운데손가락과 엄지 위에 놓은 돌을, 둘째손가락으로 말아 쥐고 돌리면서 던지라고 했다.

아버지가 시키는 대로 했지만, 소년이 던진 돌은 번번이 물에 풍덩 가라앉기만 했다.

수십 번 반복한 뒤에 겨우 수제비 한 방을 뜨자, 아버지는 소년보다 더 크게 함성을 질렀다. 소년의 양팔을 잡고 회전 그네처럼 맴돌기를 했다.

"이 녀석 날 닮아서 한 번 가르쳐 주면 뭐든지 척척이야."

아버지가 말하자, 엄마가 반기를 들고 나섰다.

"뭐든지 잘 하는 건 자기 닮았대. 나를 닮은 거예요."

아버지도 지지 않았다.

"뭐, 당신 닮았다고? 택도 없다."

엄마와 아버지가 싸우는 사이에, 소년은 혼자서 열심히 물 수제비 연습을 했다. 한 방이 두 방도 되고 세 방으로 늘어나기도 했다.

소년이 자기를 닮은 거라고 서로 우기던 엄마와 아버지의 마음은 이제 소년에게서 모두 멀어졌다. 대신 혼자서 뜨는 물수제비 실력이 다섯 방까지 멀리 갈 만큼 늘었지만 소년은 조금도 기쁘지 않다.

단 한 방의 물수제비에 환호성을 지르던, 그때의 아버지가 아니기 때문일 것이다. '나를 닮은 거'라고 우기던 엄마가 없기 때문일 것이다.

"너는 아버지하고 사니까 좋겠지?"

웬일로 재준이가 먼저 말을 꺼낸다. 물수제비를 뜨던 소년이 재준이 옆에 가 앉았다.

"아버지는 같이 안 살아도 엄마하고 할머니하고 같이 사는 게 더 좋지."

"엄마도 같이 안 살아. 아버지랑 이혼하고 딴 남자하고 살어. 아버지도 다른 여자하고 먼 데 가서 살고. 그래서 내 동생은 엄마가 데려가고 작년부터 나랑 할머니랑 둘이만 살아."

엄마 아버지에 대한 원망 때문인가 그리움 때문인가, 재준이의 눈이 먼 데 허공을 바라보고 있다.

소년은 잠시 할 말을 잃고 멍하니 재준이의 옆얼굴을 바라본다. 무슨 말이라도 해야할 것 같다. 그런데 할 말이 떠오르지 않는다.

"야 그래두 니 할머니 무지 맘 좋더라. 너 때리지도 않고 밥도 해 주고 그럴 거 아녀? 우리 아버지는 나 밥도 안 줘. 술 취하면 무조건 조져."

겨우 찾아낸 말이 재준이를 위로하자는 것이었는데, 오히려 아프게 한 모양이다.

"우리 할머니는 여든 살이 넘었어. 매일 아파서 밤에 잠도 잘 못 주무서. 나를 때릴 힘도 없어."

무릎 사이에 얼굴을 묻고 있는 재준이가 울고 있는지, 콧물을 훌쩍거린다. 소년은 또 할 말을 잃었다.

'재준아, 니 엄마도 아버지도 디게 싸가지 없다.'

소년은 속으로 그런 생각을 하지만, 말할 수는 없다. 재준이가 싫어할 것이다. 소년도 다른 사람들이 엄마를 욕할 때는 화가 났었다. 뿐만 아니라 껄떡이 형 앞에서 '우리 애비는 애비도 아녀.' 했다가 꿀밤을 먹었었다.

"야, 재준아. 나하고 친한 형이 있는데, 껄떡이 형이라고 국제은행 앞에서 짱이거든. 거기서 노는 애들도 다 꼼짝 못햐. 그 형도 엄마 아부지하고 따로 혼자 사는디, 나중에 큰 호텔 사장이 된댜. 그 형이 나보구 뭐란 줄 알어? 왕호랭이가 되랴. 왕호랭이."

할 말이 없어서 그냥 꺼내 본 것인데, 뜻밖에도 재준이가 관심을 보인다.

"왕호랭이? 그게 뭔데."

소년은 잠시 당황한다. '왕호랭이' 그게 뭔지를 생각해 본 일이 없었던 것이다.

형이 큰 호텔 사장이 되는 것처럼 모든 사람들이 무서워하고 떠받드는 그런 것쯤으로 접어 두고 있었을 뿐이다.

대통령, 마술사, 선생님, 또 근사한 무엇이 되겠다는 꿈은 내버린 지 오래다. 그러니 '왕호랭이'란 그것이 무얼 뜻하는 건지 오래 생각해 본 일도 없는데, 그냥 꺼내 본 것뿐이다.

"그거? 저 그건 말이지 큰 호텔 사장하고 비슷한거."

얼결에 둘러댄 말인데 재준이가 되묻지는 않는다. 참 다행이다.

"나는 그런 거 싫어."

재준이가 의외로 고개까지 가로저으며 마땅찮은 표정을 짓는다.

"왜?"

"그냥."

"그럼 넌 나중에 뭘 할 건데?"

재준이가 대답이 없자 소년은 또 답답해진다. 털털이 고물 차가 굴러 가다가 덜컹거리며 멈춰 버리는 것처럼, 재준이는 말하다가 걸핏하면 입을 딱 닫는다. 답답한 시간이 길어지니 소년의 마음이 좀 삐딱해진다.

'디게 비싸네. 말하기 싫으면 그만두라지.'

소년은 작심하고 앉은 자리에서 다시 물수제비를 뜬다. 서 서할 때보다 잘 안된다.

다른 상대 같으면 진작 털고 일어나 '니 볼일 보라'고 뗴쳐 버리거나 욕을 걸러 부었겠지만 어쩐지 재준이한테는 그게 안 된다. 말수 적은 게 오히려 궁금증을 일으키고 마음을 당기는 것인지도 모른다.

결국 재준이보다 인내심이 적은 소년이 또 입을 열 수 밖에 없다.

"이거 물수제비뜨는 거 누구한테 배웠는지 알아? 우리 아버지한테 배운겨. 납작한 돌을 이렇게 던지면 가라앉지 않고 물 위를 껑충껑충 달려간다구. 사람도 그렇게 달려갈 수 있다면 신날겨. 배 안 타도 되구 수영 못해도 빠져 죽지두 않구……."

그런데, 입을 꿰맨 것 같던 재준이가 다시 입을 연다.

엉뚱한 얘기는 아니지만, 소년의 물수제비 얘기는 듣지도 않고 건너뛴 셈이다.

"부자나 높은 사람들은 잘난 척만 하고, 가난하고 힘없는 사람들을 깔보고 무시해. 사람을 고물만큼도 취급 안 해. 더럽고 치사해."

큰 호텔 사장이나 '왕호랭이' 같은 그런 걸 안 하겠다는 까닭인가 본데, 이제까지와 다르게 화가 잔뜩 난 말투다.

일요일이나 방학 때, 할머니 손수레를 밀며 겪은 일들이 재준이의 가슴에 아프게 맺힌 모양이다.

할머니와 자신을 버려두고 자기들만 잘 살고 있는 어머니와 아버지에 대한 미움이 머릿속에 박힌 모양이다.

재준이는 잠시 생각에 잠긴다.

일요일, 아침부터 할머니의 고물 수레를 밀었었다.

날이 새기 전 이른 새벽부터 돌아다니는 사람들이 훑고 지나간 탓인지, 몇 시간을 돌아다녔는데도 그날은 소득이 별로 없었다.

장난감 가게 앞에 흩어진 여러 개의 박스를 보고 할머니가 손수레를 세워놓고 다가갔다. 상점에서 나온 젊은 남자가 박스를 챙기려는 할머니를 제지했다.

가벼운 실랑이에 힘없고 허리마저 성치 못한 할머니가 쓰러졌다.

재준이가 젊은 남자를 밀치고 할머니를 일으켰다.

할머니를 부축하고 돌아서던 재준이가 젊은 남자를 노려보았다.

"이 자식, 누굴 째려 봐?"

젊은 남자의 손이 재준이의 뺨을 때렸다. 눈만 질끈 감았다 뜬 재준이는 입을 앙다물고 할머니를 부축해서 손수레가 있는 곳으로 왔다.

"임마, 여긴 네 구역이 아냐. 다시 오지마."

뺨을 때린 남자가 가게 안으로 들어가면서 소리를 질렀다.

그러나 재준이는 아무 말도 하지 않았다. 해가 저물어서 고물 모으는 일이 끝날 때까지도 역시 아무 말도 하지 않았다.

그날 수집상에 넘긴 고물 값은 2천 원을 조금 넘었다.

집에 돌아와서야 재준이는 비로소 할머니에게 말했다.

"할머니 이제 일 나가지 마세요."

"안 나가면 어떻게 사니? 나 넘어진 것 가지고 그러냐? 그까짓 게 무슨 대수여. 내버리는 고물도 워낙 주인이 많으니께 늘 그런 걸."

할머니 말은 모두 맞는 말이었다. 고물을 줍지 않으면 할머니와 재준이는 지금처럼이라도 살 수 없었다. 동 자치센터에서 주는 돈은 할머니 약값과 재준이의 학용품 값을 대는 것만으로도 빠듯했다.

고물도 구역을 정해 놓고 어두운 새벽부터 돌아다니는 사람들의 차지였다.

힘이 없어서 해가 뜬 뒤에야 나올 수밖에 없는 할머니는, 낡은 수레를 힘겹게 끌면서 오랫동안 여기저기 먼 거리를 돌아다녀도 남들의 반쯤밖에 모으지 못했다.

그게 할머니와 재준이가 먹고 사는 양식이 되는 셈이었다.

그날, 그 젊은 남자에게 맞은 뺨은, 당장의 아픔보다 더 크고 깊게 재준이의 마음을 아프게 했다.

만약에 소년이 그런 일을 당했더라면 힘이 아닌 깡다구로라도 젊은 남자에게 복수를 했을 것이다. 절대로 재준이처럼 그냥 돌아서지는 않았을 것이다.

"야, 호텔 사장은 안 그려. 신사여. 친절하구 멋진 사람이라구."

소년은, 껄떡이 형이 꿈꾸는 장래의 모습일망정, 호텔 사장은 재준이가 미워할 대상이 아니라는 걸 강조한다.

"아니야. 다 똑같아."

재준이는 주먹만한 돌을 바로 제 앞에다 힘껏 던진다.

자신과 할머니를 깔보는 부자, 높은 사람, 뺨을 때린 젊은 남자, 아니면 자신과 할머니를 버린 어머니와 아버지를 향해 던지는 것인지도 모른다.

소년이 재준이의 마음을 꿰뚫어 볼 수만 있었다면, '왕호랭이'가 되라던 껄떡이 형의 마음을 좀 더 잘 알았을 것이다.

물방울이 소년과 재준이의 얼굴까지 튀어 올랐다.

소년은 '앗 차거' 하고 놀랐으나 재준이는 꿈쩍도 않는다.

소년은 그런 재준이의 얼굴을 잠시 바라본다. 낯선 표정, 낯선 얼굴 같다.

반 아이들이 재준이의 그런 얼굴을 보면 감히 놀리려 들지 못했을 것이다. 소년이 무기로 삼는 깡다구 같은 건 안 통할 것 같다.

"그럼 넌 이담에 커서 뭐 할 건데?"

소년의 목소리는 기가 한 풀꺾인 듯하다.

"고아원, 양로원도 만들 거야."

재준이의 말이 여느 때와 달리 또렷하다.

"고아원? 그건 안 되어. 부모 없는 애들 잡아다 놓구 밥은 주지만 원장 아버지가 싹 조진댜. 먼저 들어온 쫄딱새들, 아니 고참 애들도 텃세 한댜. 새로 온 애들 막 때린다구. 그래서 고아원 안 가구 앵벌이 삐끼 그런 거 하는 애들 많은디."

"누가 그래? 거짓말이야. 그런 고아원은 없어."

"진짜루 그렇다는데……."

재준이의 말이 확신에 찬 만큼, 소년은 이제까지 가지고 있던 믿음에 자신이 없다.

"고아원 만들면 부모 없는 애들 다 데려다 아무도 깔보지 못하게 할 거야. 그리고 양로원 할머니들도 안 아프게 병 고쳐 주고 편히 살게 할 거야."

소년은 재준이의 얼굴을 새삼스럽게 쳐다본다. 학년 초에 선생님이 장래 희망을 물었을 때, 대통령, 장관, 판사, 검사, 장군, 국회의원이 되겠다는 아이들보다 겁나 보인다.

공부 잘하는 애들이나 찌질이 같은 애들이나, 희망을 말할 때는 다 그렇게 굉장한 것만 말했다. 고아원, 양로원을 하겠다는 애들은 없었던 것 같다.

재준이는 뭐라고 했는지 기억이 없다. 소년 자신은 그냥 '사장'이라고 말했었지만 아이들은 킥킥 웃었었다.

혹시 재준이가 지금 생각을, 그때 말했었다면 아이들은 희망도 참 구질구질하다고, 더 많이 비웃고 조롱했을지도 모른다.

'빙신 같은 것들.'

소년은 문득, 재준이를 놀리고 비웃는 아이들이 오히려 바보 같다는 생각이 든다.

실제로 재준이의 키가 소년보다 조금 크지만, 갑자기 훨씬 커 보인다. '약코'도 팍 죽는 느낌이다. 민희 앞에서처럼 쪽팔리는 것 같기도 하다.

"재준아, 그만 가야지."

할머니가 냇둑 위에서 부른다. 가까이서 볼 때보다 할머니 몸이 더 작아 보인다. 앉은 건지 서 있는 건지 구분이 안 될 만큼, 그렇게 작아 보인다.

재준이는 대답 대신 바로 일어나 냇둑으로 올라간다.

재준이는 늘 그렇다. 말없이 행동으로 대답을 대신한다.

손수레 앞으로 가자, 할머니는 말없이 수레를 끈다. 소년이 수레 뒤에 붙어 서자 재준이는 또 가라 한다.

"그만 가. 이제 고물상에 갖다 주면 돼."

"나 심심한데 더 밀어줄게."

"됐어. 고마워."

"야, 더 민다구. 나 힘 안 들어."

소년의 큰 소리를 듣고 할머니가 뒤를 향해 말했다.

"재준아. 니 동무 집에 가서 밥 멕여 보내야지. 여태 땀 흘리고 애썼는데 그냥 가라면 되겠냐? 이제 힘들 건 없지만 조금 더 밀고 같이 가야지."

"거 봐. 할머니도 더 밀어 달라잖아."

소년의 고집 때문인지, 할머니의 말 때문인지 재준이는 더 말이 없다.

얼마 더 안가니 수집장이다. 수레에 실렸던 고물을 따로따로 가려서 일일이 무게를 다는 일도 쉽지 않은 일이다.

재준이보다 재빠르게 움직이는 소년을 보고 할머니가 또 칭찬이다.

"아이구, 어짜면 이렇게 눈썰미 있고 약빠른가. 그저 뭐든지 척척이여."

"둘째 손자요?"

주인인 듯한 여자가 묻는다.

"아녀. 우리 애 동무라는데, 어찌나 약빠른지 애가 오늘 이거 다 했어."

칭찬할 말이 모자라서인지, 할머니는 거짓말까지 보탠다.

그래도 소년은 기분이 좋다. 뱃속도 아직 든든하다. 점심을 할머니나 재준이의 두 배는 먹은 셈이니 오랜만에 밥으로 배를 든든하게 채워 본 셈이다.

"애가 원체 똘방똘방하게 생겼네요."

여자도 맞장구를 친다.

"7,600원, 오늘은 다른 날 두 배는 하셨네."

여자는 계산 전표를 재준이에게 주고, 돈은 할머니에게 준다. 아마 할머니가 글을 모르니까 그러나 보다.

"할머니 오늘은 많이 하셨으니까 8,000원 드릴게. 400원 더 드리는 거여."

"이리 고마울 데가. 오늘 같으면 당장 발복하겠네."

할머니 얼굴에 웃음이 가득 번진다.

빈 수레에 할머니를 태우고, 재준이가 끈다는 것을 굳이 소년이 앞에 섰다.

왼쪽, 오른쪽, 곧장 가, 뒤에서 미는 재준이의 조종대로 끌다 보니 집에 다 왔단다. 손수레 바퀴가 번쩍 들리게 세워서 담장에 기대어 놓더니 재준이가 쇠줄을 감고 잠근다. 그냥 두면 훔쳐 간다는 것이다.

"와, 이걸 훔쳐가? 진짜 도둑놈이네."

소년은 말해 놓고 속으로 찔끔한다.

손수레를 훔치는 도둑이 진짜 도둑이면 선생님 돈을, 그것도 12만 원이나 훔친 자신은 가짜 도둑인가, 아니면 진짜 진짜 곱빼기 도둑인가, 가슴이 찔렸던 것이다.

"내가 서둘러 밥 해 줄 테니 그동안 얼른 씻어라."

소년은 귀가 번쩍 뜨인다. 이제 수레를 밀 일도 없으니, 재준이가 또 가라면 더 붙어 있을 이유도 없는 판이다. 그런데 할머니가 밥 소리를 먼저 하니 반가울 수밖에.

수돗가에서 교대로 등목을 한 뒤에 방에 들어가니 참 아늑하다. 땀 빼고 목욕한 뒤에 선풍기 앞에 앉으니 천국이 따로 없는 것 같다.

두 사람이 누우면 마침할 만큼 좁은 방이지만, 선풍기 말고도 텔레비전도 있고 낡아 보이는 라디오와 책상도 있다.

책상 위의 책꽂이에는 책이 여러 권 꽂혀 있다. 교과서가 아닌 동화책 위인전, 과학탐구, 세계유적 답사, 빈민마을 천사. 수림골 낙원, 난관을 극복한 기업가. 모두 처음 보는 책들이 백 권도 넘을 것 같다.

"야, 이런 책 비싸잖어?"

교과서, 그나마 마구 굴리는 바람에 걸레가 되다시피 한 몇 권 말고는 다른 책을 가져 본 일이 없는 소년이다. 1학년 때 엄마가 사 준 동화책은 어떻게 했는지 기억도 없다.

그런데 이렇게 많은 책들이 꽂혀 있다는 게 경이롭다. 어렵게 고물을 주워 번 돈으로 그걸 산다는 것은 더욱 놀라운 일이다.

재준이는 그냥 웃기만 한다.

"이 책값 다 합치면 돈 엄청 많이 들었겠다."

그런데 재준이는 돈 주고 산 게 아니란다. 고물에서 나온 거란다.

"고물에서 이런 책도 나오냐?"

"나와. 가끔."

"너 이거 다 읽어 봤어?"

"거의 다 읽었지만 아직 안 본 것도 있어."

소년은 또 한 번 재준이의 다른 모습을 본 것 같다.

이 많은 책을 거의 다 읽었다면 아는 것도 많을 것이다. 그런데도 아는 척을 안 한다. 자랑도 안 하고 공부시간에 발표도 안 한다.

소년은, 엄마도 아버지도 없는 재준이가 몸조차 불편한 할머니와 단 둘이 살면서도 흔들림 없이 버틸 수 있는 힘이 이런 책 속에서 나온 것인지도 모른다는 생각을 한다.

방 안을 둘러 봐도 소년이 사는 방과는 딴판이다. 엄마가 있을 때는 소년네 방도 이렇게 깨끗하고 아늑했었는데, 지금은 쓰레기장이나 다름없다.

소년은 재준이가 비록 엄마 아빠에게 버림받고, 꼬부랑 할머니와 단둘이 살아도 자신보다는 훨씬 행복한 아이라는 생각이 든다.

할머니가 부르는 소리를 듣고 뛰쳐나간 재준이가 금세 밥상을 들고 들어온다.

물병을 들고 온 할머니와 셋이 밥상을 가운데 두고 마주 앉으니, 엄마가 있을 때 아버지와 함께 세 식구가 마주 앉은 것 같은 생각이 든다.

그때는 소년의 밥이 제일 적었는데, 지금은 제일 많다. 할머니보다도 재준이보다도 소년의 밥이 많다. 소년만 고봉밥이다.

"찬 없어도 푹푹 떠서 다 먹어라."

할머니의 재촉이 아니라도 소년이 밥을 남길 리는 없다. 반찬이 김치와 멸치조림뿐이지만, 다른 사람 백 가지 반찬보다 꿀맛일 것이다.

"엄마가 없으면 조석은 누가 해주냐?"

소년은 못 들은 체 수저만 놀린다. 그런 소년을 보고 할머니는 또 칭찬이다.

"먹는 것도 참 복스럽게 먹는다. 그렇게 먹어야 먹는 대로 살로 가지. 재준이 너도 좀 이렇게 먹어봐라. 그래야 기운도 쓰지."

할머니는 가장 조금 담은 밥인데도 제일 늦게까지 먹는다.

"너 텔레비전 보고 놀다 가."

할머니의 식사가 끝나자, 재준이가 밥상을 들고 나가며 말한다. 설거지를 할 모양이다.

"그래 엄마는 소식 없냐?"

어느새 자리에 누운 할머니가 묻는다.

"야. 돈 벌어가지구 온다고 편지 써 놓구 갔는디. 여태 안 와유. 소식두 몰라유."

"편지까지 써 놓구 갔으면 아주 맘 변해서 나간 건 아닐 텐데, 저게 눈에 밟혀서 어찌 살겠누?"

혼잣말처럼 중얼거리던 할머니가 금세 잠이 들었는지 작게 코를 곤다.

소년 아버지의 코고는 소리와는 딴판이다. 아버지의 코고는 소리가 탱크 달리는 소리라면 할머니 코고는 소리는 자장가 같다. 그나마 텔레비전에 정신을 팔고 있는 소년의 귀에는 들리지도 않는다.

텔레비전 화면에는 소년이 언젠가 들어가 본 적이 있는 큰 병원의 복도가 나오고, 병원 복도를 급히 걸어가던 청년이 병원을 뛰쳐나온다.

청년은 차를 몰고 달리다가 큰 집 대문 앞에서 멎는다.

길고 푹신한 의자에 앉았던 귀부인 같은 여자가 들어서는 청년을 보고 화들짝 놀란다. 연속극인 모양인데, 소년은 앞뒤 내용은 고사하고 제목도 모르는 것이다. 하지만 무슨 일이 벌어지려나 궁금증이 솟는다.

나이 든 귀부인이 젊은 청년을 끌어안고 통곡을 한다.

"미안하다. 내가 잘못했다. 어미가 잘못했다."

여자가 울부짖는데도 청년은 아무 말도 안한다. 그냥 멍하니 서서 눈물만 흘린다.

"용서해라. 내가 잘못했다. 영구야, 영구야."

여자가 계속 울부짖자, 청년이 여자를 홱 뿌리치며 소리를 지른다.

"왜 그랬냐구요. 왜요, 왜 날 버렸냐구요?"

소년이 무슨 얘기인지 감을 잡아가는 판인데, 텔레비전이 탁 꺼진다. 어느새 들어왔는지 재준이가 리모컨을 들고 소년 뒤에 서 있다.

"보지 마."

재준이의 표정이 굳어 있다. 얘기의 맥을 짐작한 소년도 아무 말이 없다.

"나가자. 방은 더워."

소년의 대답도 듣지 않고 먼저 방을 나가는 재준이를, 소년도 따라 나갔다.

밖에 나왔지만 아직 해가 넘어가기 전인데다 좁은 골목 안이라 바람도 한 점 없이 덥다. 오히려 선풍기 바람이라도 있는 방 안이 더 시원한 것 같다.

골목을 벗어나자 말없이 앞장서 걷던 재준이가, 길가 벽돌 더미에 걸터앉는다.

나무 그늘 밑이고 바람도 불어 골목보다 시원하다. 언덕 아래 풍경이 멀리까지 보인다.

"넌 연속극 보니?"

재준이가 느닷없이 묻는다.

"우리 집 텔레비는 먹통여. 그래서 보구 싶어두 못 봐. 텔레비만 아니구 다 먹통여. 전기밥솥, 가스렌지, 쌀통, 김치통 다 먹통여."

소년은 웃기려고 한 말인데 재준이는 웃지 않는다. 잠시 말이 없던 재준이는 또 뜬금없이 묻는다.

"너는, 나중에 니 엄마 만나면 어쩔 거니?"

소년은 갑자기 말이 막힌다.

보고 싶다. 어떤 때는 미치도록 보고 싶다. 그만큼 밉고 원망스럽기도 하다.

그러나 만날 거라는 생각, 만나면 어떻게 할까를 생각해 본 적이 없다.

"몰라."

소년의 가슴에 무언가가 콱 치미는 것 같다.

엄마를 만나면 어떻게 해야 하나. 아니 어떻게 할까? 생각이 안 난다. 가슴이 울렁거리기만 한다.

"나는 절대로 용서하지 않을 거야. 아버지도 마찬가지야. 복수할 거야."

소년은 재준이의 얼굴이 또 낯설어진다. 소년은 엄마가 그립기도 하다가 미워지기도 하고, 아버지가 항상 무섭고 미워도 복수 같은 건 생각하지 않았다.

복수는 자신을 따돌리고 미워하고 놀리는 녀석들한테나 하는 걸로 생각해 왔다.

그런데 재준이는 저를 놀리고 깔보는 아이들은 못 본 체, 못 들은 체하고 엄마와 아버지에게 복수를 한단다. 부자와 높은 사람들에게도 복수를 한단다.

'엄마에게 복수를 한다? 복수를 한다면 텔레비전 연속극의 청년처럼 왜 나를 버렸느냐고 소리 지르고, 그리고 그 다음은?'

소년은 헷갈린다.

재준이는 고아원 양로원을 세워 부모 없는 아이들을 아무도 깔보지 못하게 하고, 할머니처럼 외롭고 아픈 노인을 치료해 주고 편히 살게 한단다.

그런데 엄마와 아버지에겐 복수를 한단다. 부자와 높은 사람들에게도 복수를 한단다. 그럼 나도 엄마 아버지에게 복수를 해야 하는 건가?

정말 헷갈린다.

"아, 몰라. 난 몰라."

소년은 두 손으로 얼굴을 벅벅 문지른다.

재준이는 언덕 아래 낮은 지붕들이 다닥다닥 붙어 있는 마을 그 너머에, 고층 건물과 아파트가 우뚝우뚝 서 있는 도시 복판을 쳐다보고 있다. 눈도 깜박거리지 않고 그냥 멍하니 바라보고 있다.

무슨 생각을 하고 있는 것일까?

소년은 재준이의 속을, 마음을 알 수가 없다. 어쩐지 선뜻 다가가기가 쉽지 않다.

"나 이제 가야겠다."

소년이 일어서며 말했다.

"고마워. 잘 가."

재준이도 일어서며 말했다.

소년이 한참 걸어가다 뒤를 돌아보자 재준이는 그때까지 그대로 서 있다.

"잘 있어."

소년이 손을 흔들고 소리치자 재준이도 손을 흔들며 소리 쳤다.

"잘 가. 말 안 할 거지?"

"염려 마!"

소년은 마주 소리치면서 새끼손가락만 펼친 주먹을 흔들 어 보였다. 맹세의 표시다.

가슴속에 많은 것을 감추고 있는 아이, 흩어진 벽돌더미 위에 우뚝 서 있는 그 아이 재준이가, 소년에게는 껄떡이 형 만큼이나 커 보였다.

두루사랑 연찬회

"내일 학부형 총회에 어머니나 아버지 오시라는 통지서 틀림없이 갖다 드렸나?"

하루 일과를 마치는 종회 끝머리에 선생님이 묻자, 아이들이 일제히 '네에'라고 합창한다.

"그럼 모두 참석하시는 거지요?"

"네에"

빨리 교실을 벗어나고 싶어서 마음이 급한 아이들은 대답도 빠르다. 그러나 선생님은 좀처럼 아이들을 놓아주지 않는다.

"내일 어머니나 아버지가 오신다고 약속한 사람?"

아이들 거의가 손을 번쩍 든다.

"못 오시는 사람."

대여섯 명의 아이들이 손을 든다. 모두의 시선이 그쪽으로 쏠린다.

선생님은 손든 아이들 하나하나 이름을 부르며 이유를 캐묻는다. 종회가 길어질 모양이다. 아이들의 시선 속에 비난과 원망의 빛이 표 나게 드러난다.

"아빠는 회사 나가시고 엄마는 아파요."

"상점 볼 사람이 없어서 못 오신대요."

"엄마, 아빠 다 직장일 바쁘시대요."

제각각 대답을 하는데 재준이란 아이가 입을 닫은 채 대답이 없다.

"왜 대답이 없어. 너 통지서 안 갖다 드렸지?"

선생님의 추궁에 재준이는 겨우 대답한다.

"할머니한테 드렸습니다."

"엄마 아빠는?"

선생님의 다그침에 재준이는 대답을 못한다. 종회가 자꾸 길어진다. 마음이 급한 아이들은 묵묵부답으로 버티는 아이에게 비난의 시선을 보낸다.

하지만 재준이는 좀체 입을 열 기미가 보이지 않는다.

"에이!"

여기저기서 재준이에게로 향한 비난의 소리가 터져 나온다. 종회가 길어지는 데에 안달이 나기 때문이다.

"선생님, 쟤 엄마 아빠는 이혼해서 따로 산대요. 그래서 쟤는 할머니하고 둘이만 살아요."

소년 뒷자리의 뚱보 녀석이 대답을 대신하자, 선생님은 다시 다그친다.

"그럼 할머니라도 오시라고 해. 알았어?"

"쟤 할머니는요, 매일 리야까 끌고 고물 주우러 다녀요, 허리도 꼬부라졌어요."

대답을 대신해 준 뚱보 녀석이 끝까지 친절을 베푼다. 그러나 조롱의 냄새가 다분한 친절이다. 몇몇 아이들이 입을 막고 킥킥 웃는다.

소년은 조롱의 발단을 만든 뚱보 녀석을 힐끗 돌아본다. 곱지 않은 시선이다.

선생님은 다행히 더 이상 다그치지 않는다. 대신 아이들의 시선이 다시 침묵하던 재준이에게 쏠린다. 조롱과 경멸이 뒤섞인 묘한 시선이다.

입을 닫은 채 고개를 숙이고 있던 재준이의 두 손이 눈가로 올라간다. 짓궂은 아이들의 놀림에도 끄덕 않는 재준이가 우는 것인지도 모른다.

뚱보 녀석의 친절을 가장한 희롱이, 그리고 아이들의 킥킥 거리는 조소가 재준이의 진짜 아픈 곳을 찔렀을 것이다.

그러나 소년은 '재준이가 그만한 일로 우는 건 절대 아닐 것이다'고 생각한다.

"선생님, 얘는 한 번도 손 안 들었어요."

역시 소년 뒷자리의 뚱보 녀석이다. 소년이 참석과 불참, 어느 쪽에도 손을 안 든 채 넘어간 것을 일러바치는 것이다.

중뿔난 정의감에서가 아니라, 역시 소년을 골탕 먹이려는 수작이다. 어쩌면 째려본 것에 대한 보복인지도 모른다.

앙칼쟁이 짝꿍에게 항복 아닌 항복을 한 뒤로 성깔 죽이고 참느라고 무진 애를 쓰는 판인데, 뚱보 녀석이 툭하면 소년 의 속을 뒤집어 놓는다.

민희에게 미칠 피해를 생각해서 좀 조용히 지내려는 소년 의 노력이, 저한테 쫄아서 그런 것으로 알았던지 전보다 더 시비 거는 일이 잦아졌다.

소년이 다시 뒤를 돌아보며 눈을 흘기는데, 선생님이 호통 을 친다.

"이리 나와."

소년이 어정어정 걸어 나가자, 선생님은 들고 있던 책으로 소년의 머리를 탁 때린다.

"너 이 녀석, 통지서 아버지께 안 보여 드렸지?"

"예!"

소년이 거침없이 대답하자, 선생님이 들고 있던 책이 또 한 번 소년의 머리에 탁 소리를 내며 부딪친다.

"왜?"

"우리 아버지는 맨날 술 취해서 늦게 오는디, 그런 거 갖다 주면 다 찢어 버립니다."

소년은 대답을 빙빙 돌려 봐야 선생님의 닦달만 길어질 것이 뻔할 것이라 생각하고, 아예 톡 까놓고 말해 버렸다.

실은 일러바친 뚱보 녀석과 선생님에 대한 반감과 오기가 더 크게 작용한 때문이기도 하다.

아이들이 와그르르 웃고, 선생님은 어이가 없어서 '헉!' 하고 허파에서 바람 빠지는 소리를 냈다.

학부모총회 참석 통지서는 아직도 소년의 허름한 가방 속에 구겨진 채 들어있다. 덕분에 통지서가 찢기는 것은 면했지만, 소년의 머리가 두 차례나 타박을 당했다.

만일 통지서가 아버지 손에 전해 졌더라면 소년의 말대로 읽기 전에 찢겨지거나, 혹시 사연을 읽더라도 욕이나 한 바가지 걸러 부었을 것이다.

"들어가. 이 녀석아."

겨우 놓여난 소년은 제자리로 들어가면서, 뚱보 녀석을 향해 주먹을 흔들어 보인다. 그냥 두지 않겠다는 일종의 선전포고다.

다섯 아이들과 소년 탓으로 종회가 한참이나 길어졌다.

"자! 내일 다시 만나요."

선생님이 자세를 바르게 하고 말하자 아이들은 자동으로 돌림노래를 시작한다.

"헤어지면 언제 만나

새달에 새해에 아니 아니 내일

바로바로 내일 만나자 안~녕 안~녕"

여자 아이들이 1절을 부르면 남자 아이들이 2절을 이어 부른다.

"친구들아 내일 만나

새롭게 정답게 손에 손을 잡고

너도나도 함께 사랑해 안~녕 안~녕"

노래 끝 소절의 '안~녕'과 함께 마주 보며 인사를 하면 종회 끝이다, 그러나 소년과 짝꿍은 한 번도 마주 보고 인사를 한 적이 없다. 인사는커녕 서로 외면하고 섰다가 노래가 끝나기도 전에 돌아선다.

소년은 아예 노래도 안 부른다. '정답게, 사랑해' 어쩌고 하는 노랫말조차 개떡이라고 생각한다.

아이들이 서로 사랑하기는커녕 끼리끼리 패 갈라서 시샘하고 놀리고 따돌리기가 일쑤다. 선생님도 아이들 모두를 사랑하지 않는다. 공부 잘하고 예쁘고 엄마가 자주 찾아오는 몇몇 아이들 이름만 자주 부르고 정답게 대한다.

1학년과 4학년 때의 담임선생님은 모든 아이들을 골고루 귀여워하고 누나처럼, 엄마처럼 대해 주었었다. 하지만 때로는 진짜로 무섭고 엄하게 느껴지는, 그런 선생님이었다.

그러나 지금 선생님은 그렇지 않은 것이다. 아이들마다 대하는 표정과 말투가 다르고 쳐다보는 눈빛이 다르다.

소년의 이름도 억수로 불러대기야 하지만, 그때마다 꾸중이나 벌, 매가 따른다. 소년이 꾸중이나 매 보다 더 견디기 어려운 건 선생님의 눈빛이다. '골치 아픈 놈, 할 수 없는 놈' 그런 마음이 내비쳐지는 싸늘한 눈빛이다.

뚱보 녀석이 까발린 대로 고물 줍는 할머니와 단둘이 사는 재준이의 이름을, 선생님은 한 번도 불러보지 않았을지도 모른다,

재준이는 숙제를 안 해오는 일도, 남과 싸우는 일도 없다. 할머니가 학교를 찾아 온 일도 없다. 그러니 꾸중 들을 일도

칭찬 받을 일도 없을 것이다. 늘 기가 죽어서 고개를 푹 꺾은 채, 있는 듯 없는 듯 지내는 아이이니, 평소엔 선생님의 눈에 띄지도 않았을 것이다. 아니 관심 밖으로 버려진 것인지도 모른다.

그런 선생님이 손수 지었다는 노랫말이 아무리 '정답게, 사랑해'를 강조해도 소년은 그게 모두 개떡이라고 생각한다. 그래서 안 부른다.

노래가 끝나고 인사를 마치자, 아이들은 고삐 풀린 말처럼 다투어 교실을 빠져 나간다.

대부분의 아이들이 다시 학원으로 혹은 방과 후 학습실로 가서 묶이는 신세지만, 교실이 지옥인양 서로 먼저 빠져나가려고 기를 쓴다.

소년은 문 앞으로 몰려드는 아이들 틈바구니에서 뚱보 녀석의 뒤에 바짝 붙어 섰다. 녀석이 학원 차를 타기 전에 잡기 위해서다.

층계를 내려와 출입구에 도착하자 소년은 뚱보의 가방을 낚아채서 한쪽 어깨에 메고 작으나 독하게 말했다.

"따라 와."

가방을 채뜨리고 당황한 뚱보 녀석이 '어어?'소리를 지르다가 뒤뚱거리며 소년의 뒤를 쫓는다. 소년은 뚱보에게 잡히지 않을 만큼 거리를 두면서 강당 쪽으로 향했다.

강당 출입구 위엔 커다란 글씨로 '학교폭력예방을 위한 학부모 두루사랑 연찬회장'이라고 쓴 현수막이 걸려 있다.

큰 글씨 밑에는 '어른들의 큰 사랑에 아이들은 바르고 정의롭게 자랍니다.' '학교 폭력 신고 117'이라는 작은 글씨가 씌어 있다.

내일 열릴 예정인 학부모 총회를 위해 써 붙인 모양이다.

소년은 현수막이 걸린 정면 출입구를 지나 강당 뒷벽과 담장 사이의 좁은 공터에서 발을 멈춘다. 뒤따라 쫓아온 뚱보 녀석이 가까이 다가오자, 들고 있던 가방을 녀석의 얼굴을 향해 힘껏 던졌다.

헐떡거리며 쫓아오다 갑자기 일격을 당한 뚱보는 얼굴을 감싸 쥐고 주저앉았다. 소년은 그런 뚱보의 엉덩짝을 발로 걷어차면서 이를 악물고 독한 소리로 말했다.

"이 간신 새꺄, 또 꼰질러 봐라."

벌떡 일어선 뚱보가 소년의 멱살을 움켜잡았다.

"요 쪼끄만 거지새끼가, 넌 죽었다."

역시 독이 오른 뚱보의 뚝심이 체구만큼이나 만만찮다. 소년의 작은 체구가 뚱보의 완력에 휘청거린다.

그러나 휘어잡고도 주체를 못해 흔들기만 하는 뚱보에 비해, 몸이 날랜 소년은 멱살을 잡힌 채 휘청거리면서도 뚱보의 얼굴에 주먹을 세 대나 먹였다.

마침내 둘이 끌어안고 뒹구는 드잡이가 되었다.

처음엔 뚱보가 소년의 작은 몸을 깔고 앉았으나, 나중엔 소년이 뚱보의 살찐 배 위에 걸터앉아 말 타듯 뜀질을 하며 주먹을 휘둘렀다.

소년이 벌이는 드잡이 순서는 늘 그렇다. 깡다구로 막판 역전으로 승기를 잡는 것이다.

웬만큼 분이 풀린 소년은 스스로 일어나 가쁜 숨을 몰아쉬었다. 그리고 손을 탁탁 소리 나게 털며 말했다.

"계속 까불어. 계속 줘여 줄 티니께."

소년의 분풀이에는 재준이 몫의 앙갚음도 들어 있었던 셈이다.

소년은 재준이를 볼 때마다 이상한 동질감을 느낀다. 그러나 일부러 표 나게 재준이에게 접근하는 짓은 안 한다. 찌질이인 척하고 조용히 지내지만, 어느 때 하는 행동을 보면 어른스러운 데가 있다.

지난 여름방학 때, 소년은 허리 꼬부라진 할머니를 도와 고물을 모으던 재준이를 따라다니며 한나절을 보냈었다.

재미있어 하는 소년과 달리 내내 시무룩했던 재준이는 냇가에서 땀을 씻을 때, 고아원과 양로원을 만든다는 희망을 말했다. 사장, 왕호랑이, 그런 건 싫다고 했다.

잘 사는 사람, 높은 사람, 그리고 엄마와 아버지에게 복수를 한다고 했다. 그러면서도 당장 저를 깔보고 놀리는 아이들에 대해서는 아무 말도 하지 않았다.

그때 소년은 여느 때와 전혀 다른 재준이의 얼굴을 보았다. 그리고 학교에서 놀림을 당하는 재준이가 '빙신'이 아니라, 놀리는 아이들이 바보들이라고 생각 했었다.

그날 헤어질 때 재준이는 한 번 했던 말을 또 했었다.

'말 안 할 거지?'

소년은 그 약속을 지켰다.

그런데 뚱보가 까발린 것이다. 도대체 뚱보 녀석은 재준이 할머니를 어떻게 알았을까. 그리고 그걸 지금 왜 까발리는 것인가? 소년은 자신을 일러바친 것 못지않게 재준이 일을 까발린 뚱보가 미웠다.

한번은 소년이 재준이를 괴롭히는 녀석들에게 대놓고 시비를 걸어, 재준이 편을 든 적이 있었다. 그 때 재준이가 소년에게 작은 소리로 말했었다.

'인규야. 네가 편들어 주는 건 고맙지만, 내비 둬. 그러면 애들이 더 귀찮게 굴어.'

그런 재준이를, 뚱보는 '밥'으로 생각하는지, 볼 적마다 놀린다. 운동장에 딩구는 깡통이나 플라스틱 따위의 쓰레기를 보면 '얌마, 고물 여기 있다. 니 할머니 갖다 줘라.'고 비아냥거린다.

그런 뚱보 녀석을 눕혀 놓고 뭉개 줬으니, 소년은 속이 좀 풀린다.

푸시시 일어난 뚱보가 가방을 집어 들고 가면서 말했다.

"나중에 보자. 가만 안 둬."

그러나 소년은 겁날 것이 없다. 녀석은 늘 엄포뿐이다.

기껏 한다는 짓이 저희 패거리가 몰려 있는 자리에서 빈정대고 놀리거나, 선생님께 일러바치는 게 고작이다. 그러면서도 패거리들을 믿고 얼간이처럼 착하고 비리비리한 애들에게 짱 노릇이나 하려고 든다.

"그래 얼마든지 봐라. 니 형, 니 엄마, 니 아부지, 다 데꾸와. 쌔까."

소년은 독이 오르면 일쑤 그렇게 소리를 지른다. 역시 엄포성 고함이지만 주먹다짐이나 드잡이로 덜 풀린 분을 푸는 데는 약효가 좀 있다.

아버지는 있어도 있으나 마나고, 엄마는 아예 없으니, 엄마 아버지 믿고 '개폼' 잡는 아이들에 대한 질투 때문인지도 모른다. 아니 부러움과 분노가 뒤섞인 반감 때문인지도 모른다.

그런데, 소년이 뚱보 녀석의 등 뒤에 대고 소리친 건 엄포로만 끝나지 않았다.

이튿날. 아이들의 수업 종료 시각에 맞춰 학부모 총회를 끝냈는지, 마지막 일곱째시간 수업 후에 종회를 마친 아이들이 강당 쪽으로 몰려갔다. 회의 참석차 온 엄마 아빠를 만나러 간다는 것이다. 물론 소년과는 상관이 없는 일이다.

강당에서 멀리 떨어진 운동장 구석에서 어정거리고 있는 소년을 누군가가 불러 세웠다.

말끔한 차림의 한 엄마가 소년에게로 다가왔다.

"너 조막만한 애가 어째서 그렇게 못돼 먹었니?"

다짜고짜 어르는 엄마의 뒤를 보니 뚱보가 서있다.

소년은 '알 쪼다' 하고 속으로 중얼거리면서도 마음이 조금 켕긴다. '니 엄마, 니 아부지 다 데꾸 오라'고 큰소리는 쳤지만, 녀석의 엄마가 진짜로 나타날 줄은 몰랐다.

오늘 학부모 총회가 있다는 것도 관심 밖이었으니, 전혀 예상도 걱정도 안 했던 일이다.

소년이 말없이 서 있자 녀석의 엄마가 또 다그친다.

"아무래도 안 되겠다. 너 집이 어디냐? 네 부모 만나서 치료비도 받고 버르장머리 좀 고치라고 해야겠다."

'치료비?'

소년은 잠시 어리둥절해진다. 그러나 뚱보 엄마는 분명 치료비를 받아야겠다고 했다. 그냥 쌰대기 한 대 맞고 끝날 일이 아닌 모양이다.

소년은 제 엄마 옆에 다가와 서 있는 녀석의 얼굴을 쳐다본다.

눈을 흘기고 노려보며 인상을 쓰고 있지만 멀쩡한 얼굴이다. 어제도 물론 멀쩡했었다. 코피가 터지지도 않았고 어디 한군데 허물 까진 데도 없었다. 그런데, 대체 무슨 치료비란 말인가.

'비겁한 새끼. 순 쪼다 같은 새끼.'

소년도 뚱보 녀석을 노려본다. '데꾸 오란다고 진짜루 데꾸왔냐?' 그런 항의의 시선이다.

"이 녀석 좀 보게. 어디서 그렇게 눈을 치뜨고 쳐다 봐?"

옆에서 더 고약하게 치뜨고 있는 자기 아들의 눈은 천사의 눈인 줄 아는지, 소년의 눈만 가지고 타박이다.

"니네 집 어디냐? 왜 애가 이리 못됐는지. 좀 따져 보고 치료비 받아 내야겠다. 가자."

엄마가 소년의 팔을 잡아끌고, 소년은 매섭게 뿌리쳤다.

"뇨유. 저 자식이 맨날 거지새끼라고 놀리고 일러바치니까 싸웠쥬."

"너하고 시비 가릴 일이 아니다. 어서 네 부모한테 가자."

뚱보 엄마가 다시 소년의 팔을 잡아끌고, 소년이 뿌리치며 실랑이를 하는 데, 다른 두 엄마가 다가온다.

"대용이 어머님, 뭔 일인데 그러세요?"

다가온 엄마들 중의 하나가 묻자, 녀석의 엄마가 장황스럽게 말한다.

"아, 글쎄 우리 대용이가 어제 밤새 잠을 못 자고 끙끙 앓더라구요. 물어 보니 얘한테 죽도록 맞았다는 거예요. 옆구리도 결린다고 하고, 얼굴도 뚱뚱 붓고. 얼음찜질을 하고 난리를 쳐서 갈아 앉혔으니 망정이지 학교도 못 올 뻔 했다니까요. 병원에 가서 사진 찍어 보고 치료를 할 참인데, 얘 부모 좀 만나 봐야겠어요."

소년은 마음이 켕긴다. 그냥 몇 대 따귀라도 맞는 거라면 몰라도 병원 간다는 데는 겁이 안 날 수 없다. 아버지를 만나서 치료비 물어 내란다면 얘기가 달라질 것이기 때문이다.

'빙신, 그까짓 거가지고 잠을 못 자고 엄살여? 나는 디지게 맞아두 꿈쩍없는디. 저는 나 안 때렸나?'

소년은 속으로 중얼거리면서 뚱보 녀석을 다시 노려본다.

좀 전에 인상을 쓰고 소년을 노려보던 쌍판이 아니다. 아파 죽겠다는 표정이다.

"아이구. 네가 바로 그 녀석이구나. 그전에 우리 순혜 옆에 앉았던 그 녀석이 맞네."

대용이 엄마의 응원 부대처럼 다가온 엄마들 중의 하나가 장단을 맞추고 나섰다. 너 참 잘 걸렸다는 표정이다.

소년은 눈을 한 번 질끈 감는다.

3학년 때의 짝꿍 순혜 엄마라면, 참 재수 더럽게 걸린 셈이다.

전에도 한 번 운동장에서 소년을 잡고 대단한 겁을 준 일이 있었지 않은가? 경찰서에 데리고 간다는 엄포에 소년이 '좋아유. 경찰서 가유'라고 받아치자, 질려서 돌아갔었다.

그 후에도 순혜와의 신경전은 계속 됐었다. 지금은 비록 소년은 잊고 있었지만, 순혜도 순혜 엄마도 아직 유감이 남아 있는 모양이다.

'쓰발, 재수 옴따리가 쌍으로 붙었나. 왜 이렇게 엉키냐?'

소년은 암담한 심정으로 곤경을 벗어 날 궁리를 해 보지만, 묘안이 떠오르지 않는다.

만일 뚱보 녀석 엄마가 '진짜로 나를 끌고 아버지에게 간다면, 그리고 치료비를 물어내라고 법석을 떤다면, 아버지는

나를 반쯤 죽이고도 남을 것이다.'

소년은 생각만 해도 아찔해진다.

선생님께 말해서 퇴학시킨다거나 경찰서에 데리고 간다는 건 순 공갈이라는 걸 소년은 안다. 쫄거나 겁나는 일이 아니다.

하지만 아버지는 다르다.

몇 천 원이나 몇 만 원이 아니라, 몇 십만 원이라도 내 놓으라고 덤빈다면, 이미 망가질 대로 망가져서 세상에 대한 분노와 독기만 남은 아버지가 무슨 일을 벌일지 모른다.

소년에게 아침, 저녁 도시락을 먹게 해 준 선생님에게도 욕을 걸러 붓는 판인데, 적지도 않을 치료비를 순순히 내줄 리가 없다.

소년을 패 대는 것도, 술김에 버릇으로 발길질이나 빗자루 세례를 안기는 정도가 아닐 것이다. 등짝이나 허벅지가 결리고 얼얼한 정도가 아니라, 어디 한 곳 부러질 만큼 진짜로 작살을 낼는지도 모른다.

치료비 소리에 기가 푹 꺾인 소년을 세워 놓고, 엄마들은 얘기가 풍성하다.

"이런 애들 때문에 학교 폭력이 사라지지 않는다구요. 연찬회 맨날 하면 뭘 해요. 탁상공론뿐인 걸."

"누가 아니래요. 가망 없는 애들은 탁탁 잘라내서 선량한 애들이 피해를 입지 않도록 보호해야 하는데, 안 된다잖아요. 의무교육이다 뭐다 해서 잘라 버릴 수 없다고……."

"학교 선생들이나 교육청이 자기네 원망 안 들으려고 그러는 거겠지요. 그 바람에 이런 애들이 자꾸 늘어나고, 글쎄 저기 어느 학교에서는 선생한테 덤비는 못된 애들도 있다지 않아요."

"아이고 선생한테 덤비는 정도가 아니라 여선생 머리채 잡고 쌈박질도 했대요."

"하기야 그런 애들은 선생들도 어쩔 수 없을 거예요. 가정에서 부모가 제대로 교육을 못 시켜서 그 모양인 걸 선생인들 어쩌겠어요."

"우리 학교 다닐 때는 언감생심이지, 선생님 앞에서는 눈도 똑바로 못 떴었는데……."

"아이고, 그나저나 너도 참 큰일이다. 조막만한 애가 어찌 그리 사나우냐?"

먼길로 가나 싶던 엄마들의 얘기가 다시 소년을 표적으로 삼는다.

"얘, 네 엄마 아빠는 대체 뭐 하니?"

순혜 엄마다. 뚱보 엄마를 따라 치료비라도 받아 낼 셈인지, 새삼스럽게 걸고 든다. 소년은 순혜 엄마를 힐끗 쳐다보고 퉁명스럽게 말한다.

"맨날 술주정하고 쌈질만 해유."

반은 맞는 말이고 반은 거짓말이다. 치료비 받아 낼 생각은 아예 말라는 예고인 셈이다. 통할는지는 모르지만, 곤경을 면할 길은 그것밖에 없다. 순혜 엄마는 고개를 끄덕이며 혼잣말처럼 중얼거린다.

"그럴 테지, 애가 뭘 배우겠어. 부모가 그 모양이니 애가 싸가지 없이 막돼먹는 게 당연하지."

"우리 엄마 아빠 욕하지 마유."

소년이 갑자기 소리를 꽥 지른다.

아버지에게 두들겨 맞고 우는 엄마를 달래던 소년은 '아빠가 죽었으면 좋겠다'고 했다가 엄마에게 볼기를 맞았었다.

포장집 오뎅 아줌마에게 '우리 아버지 디게 싸가지 읎쥬?' 했다가 꾸중을 들었던 소년이다. 껄떡이 형에게 '우리 아버지는 애비도 아녀.' 하고 큰아버지 흉내를 냈다가 꿀밤을 맞았던 소년이다.

그런데 소년은 지금, 자신의 부모를 비난하는 순혜 엄마의 중얼거리는 말을 듣고 소리를 지른 것이다.

자신을 버리고 달아난 엄마, 항상 때리기만 하는 아버지이지만, 엉뚱한 사람이 나쁘게 말하는 것에는 화가 났기 때문이다.

자신을 버리고 집을 나간 엄마가 밉고 원망스럽지만 때로는 미치도록 보고 싶다.

매일 밤늦게 술에 꼴아가지고 들어와 걸핏하면 매뜸질을 하는 아버지가 지겹지만, 그래도 아버지는 아버지다. 남이 욕하는 건 싫다. 엄마는 소년을 버렸어도 엄마고, 아버지는 소년을 패 대더라도 아버지다. 남이 아니기 때문이다.

"이 녀석, 뭘 잘했다고 어른들 앞에서 그리 큰소리냐? 참 별꼴."

이번엔 뚱보 엄마가 나선다.

소년은 아무 대꾸도 않고 참는다.

끝까지 치료비를 받아 내겠다고 버티는 걸 막으려면, 적어도 뚱보 엄마의 성질 돋우는 짓은 하지 말아야 한다는 생각 때문이다.

강당 출입구 위엔 어제부터 걸려 있던 현수막이, 회의가 끝난 지금까지 아직도 그대로 있다.

어쩌면 거기 쓰여 있는 아름다운 문구에 여러 사람이 감동하라고 몇 날이고 몇 달이고, 오랫동안 걸려 있을지 모른다.

학교폭력예방을 위한 학부모 두루사랑 연찬회장

어른들의 큰 사랑에 아이들은 바르고 정의롭게 자랍니다.

엄마들은 모두 그 연찬회장에서 방금 나오는 길이다.

교장 선생님의 간곡한 말씀도 듣고, 경찰서에서 나온 청소년 담당관의 청소년폭력범죄에 관한 실태보고도 들었다.

학교에서 특별히 초청한 청소년 문제 전문가라는 박사님의 강의도 들었다.

엄마들은 실태 보고를 듣고 놀라워했다. 강의를 들을 땐 고개를 끄덕이며 공감하기도 했다. 감탄하기도 했다. 부모들이 달라져야 한다는 강사의 말에는 모든 부모들이 공감과 박수를 보냈다.

연찬회를 마치고 나오는 대부분의 부모들은 숙연한 표정이다.

몇 안 되는 아버지들은 연찬회가 끝나자마자 바삐 돌아갔지만, 엄마들은 삼삼오오 짝을 지어 아이와 함께 담임선생님을 만나러 교실로 가거나, 혹은 강당 앞에 서서 연찬회에서 받은 충격과 감동에 관한 얘기를 나눴다.

그중에서 청소년 문제 전문가라는 박사의 강의가 단연 화제 중에 으뜸이었다.

박사는 젊고 미남이었다. 전문가답게 박학다식하고 달변이었다.

"모성은 세상의 빛입니다. 진실한 모성, 그 무한한 사랑은 모든 인류의 자양분입니다. 악인을 천사로 만들고 평범한 소년을 위대한 영웅으로 성장시킵니다. 척박한 세상을 포근하고 따뜻한 안식처로 만듭니다. 그러기 위해서는 모성이 진실해야 합니다. 내 자식 남의 자식을 함께 아울러 보듬고 사랑하는 진실한 모성을 지닌 어머니로 변해야 합니다. 어머니가 변하지 않으면 청소년을 변화시킬 수 없고, 사회를 변화시킬 수 없으며 세상의 변화를 기대 할 수 없습니다. 어머니가 변해야합니다."

미남이고 달변인 박사의 강의에 감동한 엄마들은 뜨거운 박수를 보냈다. 그리고 연찬회가 끝난 뒤에도 그 여운을 강당 앞에서 나눴다.

그러나 그 엄마들 중의 셋은 소년 하나를 에워싸고 서서 풍성한 얘기를 나누다가, 이제 소년을 끌고 어디론가 갈 참이다. 치료비를 받아 내겠다는 것이다.

"가자. 여기서 이러고 있을 필요 없다."

뚱보 엄마가 다시 소년의 팔을 잡아끈다. 소년이 몸을 버티자, 순혜 엄마도 합세를 한다.

"가자. 나도 네 부모를 좀 봐야겠다. 너 같은 애 때문에 우리 순혜도 성적이 뚝 떨어졌다. 버르장머리를 확 고쳐 놓든지 전학을 시키던지 구정을 내라고 해야지."

소년은 '놔요' 소리치며 버티고, 엄마들은 '가자'고 잡아끄는 실랑이가 잠시 계속됐다.

소년은 울상이 되었다. 어떤 일에도 그런 울상을 지어 본 일이 없는 소년이다. 그런데, 질긴 엄마들의 고집에 소년은 무력해질 수밖에 없다.

많은 엄마들을 감동시킨 학부모 연찬회지만, 소년에겐 참지랄 같은 일이 되었다. 연찬회 통지서 때문에 선생님께 얻어맞고, 뚱보와 또 한판 드잡이를 벌인 뒤에, 이제 치료비를 물어내라는 닦달을 받고 있는 것이다.

그놈의 '두루사랑' 때문에 소년은 세 번이나 쓴 곤경을 겪어야 했고, 그게 아직도 끝나지 않은 것이다.

소년이 이 곤경을 벗어나지 못하고 아버지 앞에 끌려간다면, 소년은 아마, 분노한 아버지에게 초주검이 되도록 매를 맞을지도 모른다. 아버지의 분노는 거기서 그치지 않을지도 모른다.

소년이 훔친 돈을 물어내라고 하기는커녕, 배고픈 소년을 위해 아침과 저녁밥을 먹도록 배려를 해 준 선생님에게까지 욕을 걸러 붓던 아버지다. 그 아버지가 치료비 물어내라는 엄마들의 닦달을 얌전히 들어줄 리가 없다.

일이 잘못되면 그 엄마들에게 행패를 부리고 진짜로 깜빵엘 가게 될지도 모른다.

자신을 경찰서에 끌고 간다는 것은 겁 안 난다. 퇴학시키라고 하는 것도 겁 안 난다. 진짜로 퇴학을 시킨다면, 짜개 형과의 약속이 엉키는 게 좀 찜찜하겠지만, 짜개 형처럼 학교를 안 다니고 나중에 큰 호텔의 사장이 되면 될 것 아닌가.

그러나 아버지 앞에 끌려가는 건 안 된다. 일이 커져서 아버지가 깜빵에 가는 것도 안 될 일이다.

울상이 되어 버티던 소년이 정색을 하고 말했다.

"이거 놔유. 나를 때려유. 대용이 맞은 거 두 배루, 열 배루 때려유."

두 엄마가 때리든지 뚱보가 때리든지, 죽도록 맞는대도 아버지 앞에 끌려가지만 않는다면 좋다. 소년은 자신이 할 수 있는 일은 그것뿐이라고 생각한 것이다.

두 엄마는 기가 차서 소년의 얼굴을 쳐다본다.

그때 멀리서 지켜보던 또 한 명의 엄마가 다가 왔다.

"나오셨군요. 퍽 오랜만이네요."

세 엄마 중 별로 말이 없던 한 엄마가 새로 다가온 엄마에게 먼저 인사를 건넨다. 그리고 소년을 닦달하던 두 엄마에게 소개한다. 반갑게 인사를 하는 두 엄마의 표정이 금세 상냥하게 바뀐다.

"안녕하셨어요? 그런데 여기서 뭘 하세요?"

새로 다가온 엄마가 세 엄마들에게 물었다.

"내가 얼머나 속이 상하던지. 글쎄 어젯밤에……."

뚱보 엄마가 기다렸다는 듯이, 밤잠 못 잔 뚱보의 고통과 소년의 폭력죄상을 또 한바탕 늘어놓았다. 뚱보는 다시 아파 죽겠다는 상판을 하고, 새로 다가 온 엄마는 그런 뚱보의 머리를 쓰다듬으며 말했다.

"얼마나 아팠으면 잠도 못 잤을까. 지금도 많이 아프냐?"

뚱보는 고개를 끄덕인다. 새로 다가온 엄마 때문에 사태가 더 불리해질 것을 예상한 소년은 여전히 고개를 숙인 채 속으로 뚱보를 원망한다.

'저 빙신 쪼다 같은 새끼. 드럽게 엄살떨고 있네.'

"자모님도 속이 많이 상하셨겠네요."

새로 다가온 엄마는 뚱보 엄마에게도 위로의 말을 보낸 뒤, 뜻밖의 소리를 한다.

"인규야, 이리와. 이리 와서 어머니께 잘못했다고 해. 그리고 네 친구한테도 미안하다고 해."

푹 꺾고 있던 고개를 들고 힐끗 쳐다보니, 방금 소년의 이름을 부른 엄마가 민희 엄마다. 참으로 기절을 할 일이다.

여기에 민희 엄마가 나타나다니. 이런 일을 민희에게 들키는 것도 창피하고 미칠 일인데, 민희 엄마에게까지 들키다니. 소년은 딛고 선 땅이 푹 꺼지기라도 해서 자신의 형체가 사라져 버렸으면 좋겠다는 생각을 한다.

"인규야. 뭘 해? 어서 사과하지 않고."

민희 엄마가 재촉한다.

기절은 나중에 하더라도 우선 민희 엄마의 말을 듣고 볼일이다. 어쩌면 아버지 앞에 끌려가지 않아도 되는지 모른다. 소년은 생각이 거기까지 미치자 서슴없이 뚱보 엄마를 향해 허리를 굽혔다. 그리고 작으나 분명한 소리로 말했다.

"잘못했슈. 다시는 대용이랑 안 싸울께유."

물론 순혜 엄마에게도 뚱보에게도 사과를 했다. 뚱보 엄마나 뚱보, 그리고 순혜 엄마도 별다른 반응이 없기는 하였으나, 굳이 소년의 아버지에게 끌고 가겠다는 말을 안 한 것만도 다행인 셈이다.

소년은, 이제 놓여날 수 있을까 조바심을 하고 있는데, 민희 엄마는 또 엉뚱한 말을 한다.

"전에 인규 어머니하고 저하고 잘 알고 지냈어요. 그래서 말씀인데, 제가 두 분께 사과드리고 이 아이 데리고 가서 잘 타이르면 안 될까요?"

소년은 금세 마음이 착잡해진다. 두 엄마들 손에서 놓여나 아버지 앞에 끌려가는 걸 면했으니 살길은 트인 셈이지만, 민희 엄마가 데리고 간다니, 민희와 만나게 되면 또 한 번 미칠 일이 아닌가.

소년에게는 불행인지 다행인지 두 엄마는 민희 엄마의 말에 순순히 동의한다.

"보통 아이가 아니예요. 따끔하게 타이르시고 부모한테도 아이 단속 좀 잘하라고 하셔야겠어요."

한 발자국쯤 뒤쳐져서 민희 엄마를 따라가던 소년이 걸음을 멈춘다. 허리를 깊이 꺾으며 말한다.

"고맙습니다."

잠시 돌아서서 그런 소년을 바라보던 민희 엄마는 말없이 고개만 끄덕인다.

"저 가겠습니다. 안녕히 가세요."

누구에게나 툭툭 내던지듯 말하던 소년으로서는 참으로 오랜만에 해 보는 바른 말, 바른 인사인 셈이다. 그러나 민희 엄마는 소년을 그냥 놓아주지 않을 모양이다.

"나는 민희 연락병이다. 너를 데려오라고 명령해 놓고, 저는 저쪽에서 기다린다고 했는데, 네가 그냥 가면 연락병인 내가 야단맞는다. 나 야단맞게 할래?"

결국 민희 앞에까지 데리고 갈 모양인데, 참으로 쪽팔리는 일이다. 소년은 눈을 한번 질끈 감았다. 얼굴이 저절로 찌그러진다. 그러나 도망갈 수도 없다.

"너 민희한테 야단맞을까봐 그러니? 내가 잘 말해 줄게."

소년은 민희 엄마의 말을 어길 힘이 없다. 팔을 잡아끄는 것도 아닌데, 소년은 보이지 않는 고삐에 매이기라도 한 양, 순순히 민희 엄마를 따랐다.

교문 가까이 다가가자 이제까지 보이지 않던 민희가 교문 한가운데 불쑥 나타났다. 교문 기둥 뒤에 숨어서 모든 걸 보고 있었던 모양이다. 소년의 고개가 더 숙여지고 몸뚱이도 작게 오그라드는 것 같다.

"공주님 분부대로 모셔 왔습니다."

민희 엄마가 진짜 연락병처럼, 아니 충실한 신하처럼 민희에게 말했다. 그러나 민희는 저의 엄마를 쳐다보지도 않는다.

"바보. 또 싸웠지?"

소년을 향한 책망부터 한다.

'이 지지배는 왜 맨날 내가 창피할 때만 나타나능겨?'

소년은 민희를 바로 보지 못하고 속으로만 중얼거린다. 그러나 아무 말도 할 수가 없다. 가슴이 먹먹하고 쓰릴 뿐이다. 역시 땅이 푹 꺼지기라도 해서 자신의 몸뚱이까지 사라졌으면 좋겠다는 생각을 한다.

"너 왜 그래? 그렇게 싸우지 말라고 했는데, 왜 자꾸 싸워? 바보야? 너 진짜 바보야?"

민희는 나이 어린 동생을 책망하듯, 소년을 다그친다.

"그만 해라. 그렇잖아도 엄마들한테 많이 혼났다. 너까지 그러면 인규 맘이 어떻겠니? 저도 동생하고 싸우면서."

엄마의 말에 민희는 짜증을 낸다.

"엄마는, 그런 얘기 왜 해? 창피하게……."

"인규도 지금 창피할 거다."

그렇게 말해 놓고, 민희 엄마는 인규에게 묻는다.

"인규야, 배고프지?"

소년은 고개를 젓고, 민희가 대신 나섰다.

"엄마 나 배고파. 짜장면 먹자. 너도 좋지?"

소년은 아직 허기질 만큼 배가 고픈 건 아니지만, 짜장면 이라면 곱빼기라도 너끈히 먹을 수 있다.

그러나 지금은 오직 도망가고 싶은 마음뿐이고, 한참 쫄아 든 판이라 그게 제대로 목에 넘어갈는지 모르겠다.

예전에 왔던 중국집에 들어가 셋이 한 식탁에 앉았다.

소년과 민희가 마주 앉고 민희 옆에 민희 엄마가 앉았다.

소년 옆의 의자는 비어 있다. 소년의 엄마가 앉아야 할 자리지만 소년의 엄마는 지금 없다.

그전, 1학년 때, 학습발표회가 끝나고 왔을 때는 소년의 옆에 소년의 엄마가 함께 앉아 있었다.

그때, 민희는 그랬었다.

'엄마. 우리 크면 결혼해도 되지? 무용선생님이 니네들 커서 둘이 결혼하면 딱 맞겠다. 그랬걸랑.'

두 엄마들은 박장대소를 하고 소년은 입을 내밀고 눈을 흘겼었다.

그러나 지금은 함께 박장대소할 소년의 엄마가 없어서 그런가, 민희가 아무 말도 하지 않는다. 민희의 엄마도 소년도 역시 아무 말도 하지 않는다. 셋은 잠시 동안 그렇게 아무 말 없이 짜장면이 나오기를 기다렸다.

고개를 푹 숙이고 앉아있는 소년을 이윽히 바라보던 민희 엄마가 작게 한숨을 쉬었다.

"아버지가 밥은 잘 챙겨 주시니?"

민희 엄마가 묻고,

"예에."

소년이 대답했다. 그러나 민희 엄마도 소년의 아버지가 얼마나 변했는지, 그래서 소년이 어떻게 하루를 사는지를 잘 몰랐다.

"그래. 다행이구나. 혹시 아버지가 못 챙겨 주시면 네가 꼭 챙겨 먹어야 된다."

민희 엄마는, 1학년 때 민희와 똑같던 소년의 체구가, 민희보다 표 나게 작아 보이고 얼굴도 파리한 게 안쓰러운지, 애틋한 눈으로 바라본다. 작게 한숨을 쉰다.

소년의 하루하루 사정은 몰라도 가냘픈 몸과 파리한 얼굴에 나타난 곤경을 읽고 안타까웠던 것이다.

민희가 주는 소독저를 받는 소년의 손을 본 민희 엄마가, 소년의 손을 가만히 잡았다. 그리고 물수건으로 소년의 땟국 얼룩진 손을 말없이 닦는다. 소년이 손을 거두려 하자, 계속 소년의 손을 닦으며 말했다.

"괜찮다. 가만히 있어."

소년의 양손을 찬찬히 닦고 난 민희 엄마가 다시 입을 열었다.

"민희가 집에 와서 네 얘기를 많이 한다. 민희가 많이 속상한가 보더라. 어느 때는 혼자서 울기도 하더라."

"엄마는 그런 얘기 왜 자꾸 해."

민희가 얘기를 끊으려 했으나 엄마는 계속했다.

"네가 그전에 민희하고 짝꿍이었을 때처럼 그랬으면 좋겠는데, 지금은 그전하고 다르다고, 그래서 민희가 무척 속상한가 보더라. 엄마가 안 계시니까 많이 힘들겠지. 그렇지만 이제 5학년이나 됐으니까. 너 혼자서도 잘할 수 있지 않니? 너는 1학년 때부터 공부도 잘하고 그림도 잘 그리고 글씨도 잘 쓰고 또 달리기도 늘 일등만 했잖니?"

"엄마, 얘 지금도 달리기 축구, 그런 거 잘해. 축구할 때 오버헤드 킥, 이런 것도 한다고……."

민희가 웬일인지 칭찬을 다 한다. 평소 학교에서 가끔 마주칠 때와 전혀 다른 모습이다.

그런 민희가 자꾸 끼어들어서인지, 민희 엄마는 잠시 말을 멈춘다. 그러나 그게 아니었다. 고개를 푹 숙인 소년의 눈에서 뚝뚝 떨어지는 눈물을 보았기 때문이다.

민희 엄마는 한참동안 말을 잇지 못했다.

"바보. 울기는? 눈물 좀 닦아."

민희가 휴지를 건네자, 소년이 그걸 받아서 눈물을 닦고 인중까지 흘러내린 콧물도 닦는다.

그전에는 소년의 얼굴에 묻은 검은 장을 닦으라고 휴지를 주면서 타박하던 민희가, 지금은 눈물을 닦으라고 한다. 그러나 타박하는 소리는 하지 않는다.

그전에는 물론, 요즘도 늘 누나처럼 의젓하고 당당하게 소년을 꾸짖으며 화를 냈었는데, 지금은 좀 다르다.

도무지 소년의 우는 모습을 보지 못했던 민희다. 가슴 한 구석이 아릿하지만, 아이들과 싸우고 악다구니하는 모습을 볼 때보다 마음은 편안해진다. 조금은 예전의 소년의 모습을 보는 것 같다.

엄마가 옆에 있어서 그런가? 민희가 한층 의젓하고 밝아진 것 같다.

소년도 역시 달라졌다. 아무에게나 눈을 치뜨고 노려보거나, 거친 말을 쏘아붙이던 소년이지만, 지금은 순한 양처럼 아주 얌전하다. 소년이 울고 있지만 않는다면, 그리고 소년의 엄마가 함께 있었더라면, 소년의 엄마는 옛날처럼 또 말했을지도 모른다.

'아이구, 민희가 마치 큰누나 같구나.'

짜장면이 나왔다. 민희와 소년의 몫만 있고 민희 엄마의 몫은 없다. 만두가 한 접시 곁들여 나왔지만, 민희 엄마는 그것을 소년과 민희의 가운데로 옮겨 놓았다.

"천천히들 먹어라."

소년이 울음 끝을 맺지 못해 잠시 주춤거리자, 민희가 재촉했다.

"어서 먹어. 바보야 짜장면 불면 맛없어."

소년은 민희보다 늦게 시작했지만, 민희가 절반도 먹기 전에 짜장면 그릇을 깨끗이 비웠다. 민희 엄마가 밀어 준 만두도 두 개를 남기고는 금세 먹어 치웠다. 두 개는 민희 몫으로 남긴 모양이나, 근래에 소년이 남의 몫을 생각하기는 처음 있는 일이다.

"다 먹어."

민희는 만두 그릇을 아예 인규 앞으로 옮겨 놓는다.

결국 민희가 짜장면 반 그릇쯤을 비우는 사이에 소년은 짜장면 한 그릇과 만두를 모두 먹었다. 소년의 갈급한 식욕을 보고, 민희 엄마는 아이들 몰래 눈물을 찍어냈다.

민희가 처음 소년의 얘기를 하며 바보라고 불평을 할 때, 민희 엄마는 헤어진 짝꿍 애가 전같이 다정히 대해 주지 않아 서운해서 그런가보다 했다.

해가 지나 학년이 바뀌어도 소년을 바보라고 탓하는 민희의 말이 단순한 불평이 아니라, 애틋한 동정심 때문인가 보다 생각했었다.

어느 날, 저와 짝꿍도 아니고 한 반도 아닌 소년을 위해서 소풍 도시락 하나를 더 싸 달라는 말을 듣고, 내 딸이 참으로 기특한 마음을 지녔구나 하고 기뻐했었다.

어느 날, 울면서 돌아온 민희가, 소년만 구박하는 선생님과 놀리는 아이들을 비난하면서 분개해 하는 것을 보고, 내 딸이 옳고도 힘든 싸움을 하고 있구나 하고 대견해 했었다.

오늘, 소년이 여러 엄마들에게 둘러싸여 곤경을 치르고 있으니, 엄마가 좀 도와 달라는 민희의 간청을 듣고 그 자리에 갔었다.

조금 떨어진 곳에서 보고 있던 민희 엄마는, 작고 가련한 아이를 가운데 놓고 닦달하는 엄마들의 하는 양이 쥐를 어르는 고양이 같다는 생각을 했다.

다 같이 자식 기르는 엄마들이 저럴 수는 없는 일이라 생각 했다. 그리고 부끄러웠다.

딸의 따뜻한 마음이 새삼 기특해졌다.

다행이 알고 지내던 자모 한 사람 덕에 어렵지 않게 소년을 데리고 왔지만 마음은 착잡하였다. 억센 엄마들에게 몰린 짐승처럼 갇혀 닦달리는 소년의 가련한 모습에 가슴이 아렸다.

제 아버지가 예사 아버지들처럼 가장의 몫을 다할 때는, 제 엄마가 안방을 지키고 있을 때는 소년도 여느 아이들처럼 그렇게 순진하고 선량하고 총명했었다.

가끔 만나서 아이들 얘기며 사는 얘기를 나눠 본 소년의 엄마는 검소하고 성실한 주부였었다. 소년에 대한 사랑도 기대도 컸다. 그렇던 소년의 엄마가 가출을 했다는 얘기를 전해 듣고, 민희 엄마는 놀랐다.

민희를 통해서 소년의 변화를 짐작하고 있었지만, 소년이 이토록 버거운 세상의 냉대, 주먹보다 더 무서운 폭력과 싸우고 있는 줄은 몰랐다.

'학교폭력예방을 위한 두루사랑 연찬회', 그 거창한 회합에서 감동하고 박수 보내던 엄마들이 그럴진대, 철없는 아이들이야 어떨 것인가를 생각하니, 세상과 외로운 싸움을 하고 있는 아이의 작은 몸뚱이가 애처로워 보였다.

"엄마 뭐해?"

민희가 묻는 바람에 상념을 접은 민희 엄마는 시침을 떼고 말했다.

"내가 졸았니?"

"엄마, 눈 뜨고도 졸아?"

모녀가 짧은 대화를 나누는 사이에, 소년은 단정하고 의젓한 모습으로 앉아있다. 어릴 적, 1학년 때의 모습 그대로다.

"야. 우리 엄마가 짜장면도 사 주고 만두도 사 줬는데, 바보야 고맙단 말도 안 해?"

민희가 모처럼 웃는다. 장난스러운 말까지 하는 걸 보니 마음이 꽤 가벼워진 모양이다.

"고맙습니다."

의자에서 일어선 소년이 반듯하게 인사를 한다.

"맛있게 먹었니?"

"네!"

소년의 말투와 행동이, 세 엄마들에게 둘러싸였을 때와는 딴판이다. 몰린 짐승처럼 험해 보이던 표정도 아니다. 본래의 제 모습을 찾은 듯하다.

"으이그 바보, 앞자락이 그게 뭐야?"

민희가 소년의 앞자락에 검은 얼룩을 가리키자, 소년이 황급히 휴지를 뽑아 닦는다.

"그걸로 되냐? 진짜 바보야."

소년은 민희가 내미는 물수건으로 다시 앞자락을 닦는다. 바라보던 민희 엄마가 비로소 미소를 짓는다.

그리고 아이들은 물과 같다는 생각을 한다. 그릇 모양대로 달라지는 물을 탓할 것 없이, 어른들이 좋은 그릇이 되어 주면 되는 것을, 왜 이 아이를 못된 짐승처럼 몰아붙이고 닦달하는지. 민희 엄마는 조금 전의 광경을 떠올리며 다시 쓸쓸해진다.

"인규야, 아까 엄마들하고 한 약속 지킬 수 있니?"

식당을 나와 헤어지기 전에 민희 엄마가 소년에게 묻는다.

소년은 고개만 주억거렸다. 민희는 그런 소년에게 '바보' 소리도 안 하고 그냥 '잘 가'라고 손을 흔들었다. 만나거나 헤어지거나 늘 '바보'라고 타박하고 화를 냈었는데, 참 오랜만의 일이다.

얌전히 허리를 굽히고 인사하는 소년의 손에, 민희 엄마는 2만 원을 쥐어 주었다.

소년에게는 큰돈이다. 그러나 소년은 손을 잡아 뺐다. 밤거리에서 행인들 앞에 손을 벌리고 '한 따까리' 떠먹자고 엉구력떨던 소년이, 열 따까리 스무 따까리가 넘을 큰돈을 사양한다.

"바보, 주는 것도 못 받아? 나 같으면 얼른 받겠네."

민희의 퉁명스러운 말과 달리, 민희 엄마는 차분하고 다정하게 말했다.

"어른이 주는 건 얌전히 받는 거야. 이걸로 오늘 목욕 깨끗이 하고 나머지는 학용품 사거라. 그리고 정 힘들거나 필요한 게 있으면 민희한테 말해라. 민희는 네 친구야."

민희 엄마는 돈을 소년의 주머니에 넣어 주었다. 민희는 그걸 못 본 척 했다.

모녀는 그 자리에서 등을 보이며 멀어져 가는 소년을 한참을 지켜보다가, 소년이 모퉁이로 사라진 뒤에야 비로소 발길을 옮긴다.

"엄마 고마워. 아까 어른들 여럿이 인규를 가운데 놓고 막 뭐라고 할 때는 정말 화가 났어. 인규가 불쌍하고……. 엄마들은 창피하지도 않은가?"

민희 엄마는, 말하는 딸의 옆모습을 이윽히 내려다본다.

"나, 연락병 노릇 잘한 거니?"

"100점."

모녀는 눈을 마주치고 웃는다.

"그런데 그 바보, 오늘은 되게 얌전한 척 하네. 주는 돈도 안 받는다고 하고……."

민희가 말하자 엄마가 그 말을 받는다.

"그런데, 너 오늘 인규한테 바보 소리를 몇 번이나 했는지 아니?

민희는 아무 말 없이 엄마의 얼굴을 쳐다본다. 엄마가 다시 말한다.

"넌 정말 인규가 바보라고 생각하니?"

"아니?"

"그러면 됐다. 내가 봐도 인규는 옛날 그대로 얌전한 아이더라. 형편이 전 같지 않으니까 그전처럼 공부도 제대로 할

수 없고 마음도 편안하지 못할 테지만, 정말 바보가 된 건 아니더라."

"진짜 바보라고 생각해서 그런 건 아닌데……."

"나도 그런 줄 안다. 1학년 때, 걔가 공부 잘하고 착실했을 때도 너는 늘 바보라고 했으니까. 물론 그때는 친하다는 표시로 그랬던 거겠지. 인규도 아마 그렇게 생각했을 거다. 그렇지만 지금은 그렇게 안 들릴걸. 저를 깔보는 걸로 생각돼서 마음이 아플 거다."

"엄마, 나 걔 깔보는 거 아니야. 엄마도 알잖아."

"알지. 그냥 버릇이 돼서 그런다는 거. 그렇지만 인규 사정이 예전과 달라졌잖니?"

"이제 바보라고 안 할 거야. 그런데, 자꾸 애들하고 싸워. 선생님께 혼나고. 어떤 때는 상점에서…….'

민희는 하려던 말을 끊는다. 인규가 도둑질도 했다는 얘기를 들으면, 엄마도 실망하고 다른 사람들처럼 미워할지 모르기 때문이다. 그러나 엄마는 민희가 감추려던 말을 이미 알고 있었다.

"빵도 훔쳐 먹고 돈도 훔쳤다지?"

"엄마가 그걸 어떻게 알아?"

"늬들 1학년 때 가르치시고 인규를 4학년 때 또 맡으셨던 선생님이 말씀하시더라. 똑똑하고 착실한 아이였는데 가슴 아프다고. 인규를 보면 눈물이 난다고."

"맞아. 그 선생님만 인규한테 잘해 주셔. 다른 선생님은 다 인규만 보면 인상을 써. 잘못이 없는데도 벌주고. 그런데 선생님은 왜 그런 말까지 다 하신 거지?"

"그 선생님은 너처럼 인규 사정을 아시고 인규 마음도 알고 사랑하시니까."

"나는 아니야. 인규 사랑하는 거 절대 아니거든. 그냥 불쌍하게 생각하는 것뿐이야."

민희가 당황해서 강하게 부정하자, 민희 엄마가 웃는다.

"선생님 마음이나 네 마음이나 다 같은 사랑이야."

산책 나온 사람들처럼 나란히 걷는 모녀의 걸음이 느리다.

"만일 우리 집 재롱이를 길에 내다 버리면 어떻게 되겠니?"

엄마의 엉뚱한 질문에 민희는 잠시 생각하다가 말한다.

"우리를 원망하고 슬퍼하면서 굶어 죽겠지. 아니, 재롱이는 영리하니까 아무 거라도 찾아 먹고 살면서 차츰 들개가 될 테지"

"그래. 네 말대로 재롱이는 영리하니까 죽지 않고 살길을 선택하겠지. 그러자면 아무거나 먹고, 없으면 훔쳐도 먹고 때로는 다른 개하고 싸움도 해야 하고."

민희는 잠시 말이 없다. 엄마도 더 긴 설명을 하지 않는다. 민희는 엄마의 말뜻을 속으로 곱씹어 본다.

'그래. 인규도 버림당한 거지. 엄마 아버지에게 버림당하고 아이들과 선생님에게 버림당하고, 그래서 그렇게 들개처럼……. 그런 민규의 사정을 알면서도 나는 왜 바보라고 자꾸 그랬나? 깔보거나 미워서 그런 건 아니지만, 엄마 말대로 민규는 속으로, 다른 아이들의 놀림보다 더 슬퍼했을지도 모른다. 내가 더 바보였던 셈인데…….'

민희 엄마의 말, 민희의 생각은 틀리지 않을 것이다.

멸시와 조롱과 구박을 받으면서도 허기를 면하기 위해 수치심조차 뚜껑을 닫고 사는 소년, 그 어린 소년이 빼앗고 구걸하고 훔치고 싸우는 것은, 들개처럼이라도 살아남기 위한 어쩔 수 없는 본능의 선택이었는지도 모른다.

그래서 소년은, 껄떡이 형의 말을 하늘같이 믿었을 것이다.

'찌그리고 살려면 어쩔 수 없잖냐? 짜샤, 대갈빡을 굴려, 대갈빡을…….'

행인들 앞에 손을 벌려 한 따까리 떠먹거나, 빰을 맞으면서도 입에 든 빵 조각을 기어이 목구멍으로 넘기고, 선생님의 돈을 감쪽같이 쌔비는 소년의 '대갈빡 굴리기', 저보다 덩

치 큰 아이들과의 드잡이에도 결코 지는 법이 없는 '깡다구'
는, 껄떡이 형의 말대로 찌그리고 살기 위해 자신도 모르게
터득 된 잡초 근성이고 들개 근성인지도 모른다.

"오늘은 우리 딸이 참 대견하고 예뻐 보인다. 그래서 엄마
마음도 기쁘고."

민희가 활짝 웃고, 엄마는 그런 민희를 정말 대견한 듯 바
라본다.

민희 엄마는 '학교폭력예방을 위한 학부모 두루사랑 연찬
회'라는 긴 이름의 회합, 거기서 놀랍거나 감동한 얼굴로 박
수하던 부모들의 진지하던 모습을 떠올린다.

소년을 가운데 놓고 몰아붙이던 세 엄마들의 얼굴을 떠올
린다.

인규, 그 어린아이의 머릿속에 엄마라는 이름, 아니 부모
라는 이름이 어떤 모습으로 기억될까? 철없는 아이들, 냉혹
한 어른들, 주먹보다 더 가혹한 폭력을 가하는 세상을 어떤
눈으로 바라보고 있을까? 민희 엄마는 심한 부끄러움을 느
낀다.

깊고 편한 잠

소년보다 항상 늦잠을 자는 아버지도 어느새 나가고 없다.

일요일이라 늦도록 잠자리에서 웅크리고 있던 소년은, 몸에 둘둘 감긴 이불을 홀렁 걷어 제쳤다. 머리맡에 놓여 있는 3,000원을 주머니에 집어넣고 방을 나왔다.

바닥도 벽도 얼음장인 방 안에서부터 얼어 있던 소년이지만, 금방 코끝이 시려 올 만큼 날씨가 맵다. 하늘도 잔뜩 찌푸렸다.

방을 나왔지만 소년은 참 막막하다. 갈 곳이 아무 데도 없기 때문이다.

그래서 소년은 일요일이 죽을 맛이다. 하루 한 끼 먹는 점심밥을 공치는 것도 죽을 맛이지만, 온종일 할 일도 갈 곳도 없다는 것은 허기 못지않게 견디기 힘든 일이다.

여느 때 같으면 국제은행 앞에라도 가서 어정거리며 시간을 보내겠지만, 오늘은 그럴 형편이 못 된다.

껄떡이 형을 안 만난 지도 여러 날 됐다. 형이 영업하고 있는 국제은행 앞엘 가기가 겁이 나서 못 갔던 것이다. 다섯 놈 짝패들한테 재수 없게 걸리면 보복을 당할 염려가 있기 때문이다.

바로 일 주일 전, 그날도 일요일이라 학교 운동장은 텅텅 비고, 마땅히 갈 곳이 없어서 한낮에 국제은행 앞을 어슬렁거렸다.

껄떡이 형은 분명 그 곳에 없을 시간이었다.

돈 되는 일이라면 물불 안 가리고, 몸 안 사리는 형은 필시 다른 어딘가에 가서 알바를 하고 있을 것이기 때문이다.

아직 스무 살도 안 된 껄떡이 형이 할 수 있는 일은 별로 많지 않았다. 그런데도, 한낮에 그냥 번들거리고 노는 경우가 거의 없다. 무슨 일이든 가리지 않는다.

어떤 때는 짜개 형과 합동작전을 하기도 하지만 대부분 각개전투란다.

짜개 형과 껄떡이 형이 짝이 되어 같은 장소에서 알바를 하는 건 합동작전이고, 서로 다른 장소에 가서 알바를 하는 건 각개전투란다.

중국집이나 피자집 배달 땜빵, 포스터 붙이기, 전단지 돌리기, 실외 행사장 잡역, 주차장 임시 안내원, 안 하는 것이 없다. 알바 소개소에 등록을 해 놓고, 낮 시간에 부르면 언제든지 달려간다. 그러니 껄떡이 형이나 짜개 형이 빈둥거리고 놀 시간이 없는 것이다.

큰 호텔의 사장이 되겠다는 꿈이 이루어질 때까지, 껄떡이 형은 아마 계속 그렇게 바쁘고 고단하게 살 것이다.

소년은 그날 굳이 껄떡이 형을 만날 작정도, 기대도 없이 그냥 국제은행 앞엘 갔었다.

한낮은 밤과 달리 거의 한산한 편이다. 오가는 사람들이 절반도 안 되고, 노점상들의 가판대 중엔 포장에 덮인 채 밤이 되기를 기다리는 것들도 있다. 자연히 눈요깃거리도 별로 없는 건 당연한 일이었다.

심심한 소년이 주머니에 양손을 찔러 넣고 어정어정 걷는데, 누군가가 어깨를 잡았다.

"얌마, 너 나 좀 볼래?"

돌아보니 상대는 소년보다 별로 크지도 않은 녀석이었다.

"왜?"

소년은 같잖게 보고 어깨를 잡은 상대의 손을 털어 냈다.

"어라? 이게 팅기네!"

상대는 어처구니없다는 표정으로 소년의 아래위를 훑어보다가 어깨를 다시 잡았다.

"놔!"

"따라 와!"

"못 가."

"형, 요게 버티는데."

상대가 뒤를 돌아보고 말했다.

상대보다 덩치가 큰 네 명이 버티고 서 있었다.

그중 덩치가 제일 큰 녀석이 성큼성큼 다가오더니 다짜고짜 소년의 멱살을 잡아끌었다. 덩치가 작은 소년은 거의 맥을 못 쓰고 끌려갔다.

행인이나 노점상들이 보고 있었으나 모두 본체만체 했다.

골목 안의 건물 뒤로 끌고 간 소년을 벽에 세워 놓더니, 5명이 포위하듯 둘러쌌다. 맨 처음 소년의 어깨를 잡았던 녀석이 나서서 말했다.

"쐬 있어?"

형세가 불리한지라 소년은 엉구럭을 떨었다.

"쐬가 뭔디?"

"이 자식 범생이도 아닌 게 순진한척 하고 있네. 쐬도 몰라? 이거."

상대는 엄지와 인지로 동그라미를 만들어 흔들어 보였다.

"나 쐬 없는디."

"허, 알아듣네. 그런데 없다구?"

"없다니까."

소년의 주머니에는 천 원이 남아 있었다.

그러나 그걸 선뜻 내줄 수는 없었다. 저녁에 뺑뺑이떡이나 붕어빵으로 요기를 할 양으로, 오락실 유혹을 참느라고 무진 애를 쓰면서 남겨 둔 것이다. 그걸 빼앗기면 저녁 요기를 건너뛰고 찬물 한 컵 마시고 잠을 자야 한다.

"이 자식, 뭘 모르네. 터지고 내놓을래, 그냥 내놓을래?"

상대가 소년의 뺨을 가볍게 쳤다. 맞짱 뜨기라면 간단할 텐데, 버티고 선 다른 짝패가 네 명이나 되니 설불리 선수를 칠 수도 없었다.

"너 정 까칠하게 놀래? 뒤집어 봐서 쐬 나오면 떡 되는 줄 알아."

상대가 몸 뒤짐 할 기세로 다가서자, 소년은 돈이 든 바지 주머니를 꽉 움켜잡았다.

상대의 주먹이 턱과 배를 때렸다. 그걸 막느라고 손을 떼는 사이에 상대는 재빨리 소년의 주머니에 손을 넣고 꼬깃꼬깃 접힌 돈 1,000원을 꺼내 갔다.

"내 놔!"

소년이 상대의 돈 쥔 손을 잡았다.

"이 손 안 놔?"

상대가 소년의 손을 뿌리치려 했으나 소년은 놓지 않았다. '이게 내 저녁 값인디, 빼앗기면 나는 굶는다.' 소년은 있는 힘을 다해 상대의 손을 펼치려 했으나 상대도 그만큼 손아귀에 힘을 주고 버텼다.

결국 상대의 손가락을 꺾고 돈을 되찾기는 했으나, 소년의 몸에 발길과 주먹이 날아들었다. 소년 하나를 놓고 다섯이 다구리를 앵기는 것이다.

아버지의 매타작 덕분에 훈련이 잘된 소년은, 잠시 웅크린 채 매를 맞으며 소리를 꽥 질렀다.

"이 새끼덜, 우리 짜개 형한테 잡히면 죽는 줄 알어."

그래도 주먹과 발길질은 멈추지 않았다.

"짜개가 어떤 놈인데, 아구리 놀려?"

지나가던 신사가 그 광경을 보고 발을 멈췄다.

"이 녀석들, 왜 싸워?"

신사가 소리치자, 덩치 큰 녀석이 발길질을 멈추고 태연하게 말했다.

"이 자식이 내 돈을 훔쳐 갔는데 안 내놔요. 이 자식 도둑놈이예요."

"아뉴. 얘들이 내 돈 뺐었다구유."

소년의 말은 녀석들의 합창 소리에 뭉개져 버렸다.

"아저씨, 이 자식 손에 쥔 돈이 저 형 거예요. 이 자식이 훔치고 안 내놔요."

"때리지 말고 말로 해라."

신사는 엉거주춤 섰다가 가 버렸다.

"아저씨, 그게 아니고 이 자식들이……."

소년은 사실을 얘기하고 구원을 청할 생각이었으나 신사는 이미 저만큼 멀어져 버렸다.

신사가 멀어지자, 다구리가 오히려 더 심해졌다. 소년은 독이 올랐다.

'아아악!' 소리를 지르며 용수철처럼 몸을 튕기고 일어선 소년은, 정면에 섰던 녀석의 얼굴을 머리로 들이받아 넘기고, 주머니에 손을 찌른 채 발길질을 하던 또 한 녀석의 가랑이 사이를 걷어 찬 뒤에 냅다 튀었다.

갑작스런 공격을 받은 두 녀석이 각기 얼굴과 배 밑을 싸쥐고 나뒹굴었다.

방심한 채 구타를 즐기던 다른 녀석들도 얼이 빠져 있는 사이에 소년은 멀찍이 달아났다. 소년은 쫓아오는 패거리들을 향해 여유 있게 소리를 질렀다.

"따라 와. 한 놈씩 맞짱 떠 줄 티니께. 이 쌍통덜, 짜개 형 한티 몽땅 뒈질 줄 알어."

소년의 뒤를 쫓던 세 명은 이내 포기하고 돌아섰다. 덩치가 작아도 발이 빠른 소년과의 거리가 멀어지기만 하기 때문이었다.

"야, 키다리 멀대. 니가 짱이냐? 와서 맞짱 뜨자구. 왜 꽁지 빼능겨? 빙신아 겁나냐?"

소년은 돌아가는 녀석들을 향해 힘껏 짱돌을 던지고, 욕을 걸러 부었다.

여기저기 맞은 데가 좀 얼얼하지만, 상처나 피 나는 곳 없이 멀쩡하다. 맞는 일에도 도가 튼 셈이다.

그 뒤로 여러 날 동안 국제은행 앞엔 안 갔다.

물론 짜개 형도 못 만났다. 돈도 안 뺏기고 두 놈을 뻗게 해 준 뒤에 무사히 토꼈지만, 다시 만나면 녀석들은 분명히 보복을 할 것이다.

낯짝에 헤딩을 맞은 녀석은 코뼈가 작살나거나, 아니면 쌍 코피라도 터졌을 것이고 가랑이를 채인 녀석은 호두알에 고장이 났을지도 모른다.

만나면 저희가 당한 것만큼 다구리를 앵길 것이니, 적잖이 켕기는 일이다.

녀석들은 어쩌면 껄떡이 형도 맘대로 못 건드리는 쫌생이 패의 똘마니들인지도 모른다.

그러나 그리 숱하게 돌아다니던 국제은행 앞의 밤 시간에 한 번도 본 일이 없는 녀석들이다. 쫌생이 패의 똘마니들이 아닐 수도 있지만, 장담할 수 없는 일이다.

보나마나 덩치가 좀 큰 것들은 중딩이일 것이고, 앞장서서 소년에게 시비를 걸던 녀석은 발목 잡힌 초딩이로, 빵셔틀 노릇이나 하는 얼간이 같은 놈일 것이다.

쫌생이 패의 똘마니들도 아니고, 저희끼리 얼려 다니며 개 폼 잡고, 만만한 피라미들 주머니나 터는 것들이라면 크게 겁날 것도 없지만, 그래도 소년은 당분간 몸조심을 해야겠다는 생각을 했다.

학교에서 놀리거나 시비 붙는 아이들이라면 소년이 그렇게 겁낼 까닭이 없을 것이다. '까짓것 될 대로 되라지.' 하고 깡다구를 부리고 덤비면 상대는 대부분 기가 죽는다.

그러나 그 패거리 녀석들에게는 소년의 깡다구만으로는 통하지 않을 것이다. 만일 껄떡이 형도 맘대로 못 건드리는 쫌생이 패의 똘마니들이라면 더욱 그렇다.

국제은행 앞은 소년이 툭하면 찾아가 밤거리 구경으로 시간을 보내고 껄떡이 형을 만나기도 하는, 일종의 위안처다.

그런데, 그곳에 발 들여놓기가 겁나는 것이 이번으로 두 번째다.

첫 번째는, 배가 너무 고파서 머리가 핵 돌았었던지, 황소 아저씨 좌판에서 뻥뻥이떡 하나를 쌔벼 먹은 때문이었다.

웬만한 건달들도 함부로 하지 못한다는 황소아저씨의 뻥뻥이떡을 쌔빈 죄로, 얼마나 가슴을 졸였는지 모른다. 며칠 동안이나 그 근처에 얼씬도 못하고 애를 태웠었다.

황소아저씨와 껄떡이 형이 친하지 않았더라면, 그리고 껄떡이 형이 억지로 소년을 잡아끌고 가서 해결해 주지 않았더라면, 아마 지금까지도 그 근처에 어리댈 엄두도 못 냈을 것이다. 그때처럼 껄떡이 형을 만나면 일이 의외로 쉽게 풀릴 수도 있지만, 역시 장담할 수는 없는 일이다.

게다가 아직 껄떡이 형을 만나지도 못했다. 그러니 녀석들이 나다닐 훤한 대낮에 국제은행 앞엘 간다는 건 위험천만한 일이다.

오늘도 역시 일요일이다.

날씨도 되게 춥다.

갈 곳이 없는 소년은 아무 작정도 없이 학교 근처까지 그냥 와 보았지만, 학교 운동장은 개미새끼 한 마리 없이 텅 비었다.

뱃구레 헐렁한 축구공이라도 그냥 있다면, 혼자서라도 차고 놀 텐데, 언제부턴가 그것마저 누군가가 치워 버렸다.

요즘은 빵빵한 새 축구공이 운동장에서 아이들을 몰고 다니기도 하지만, 누구나 아무 때나 차고 놀 수 있도록 운동장에 그냥 놓아두지를 않는다. 주인이 있기 때문이다.

학교 공이라도 아무 때나 찰 수 있게 놓아 뒀으면 좋으련만, 체육 시간에만 잠깐 맛을 보이고는 그만이다. 그놈의 학교 축구공은 아이들이 차는 시간보다 체육 기구실에서 잠을 자는 시간이 몇 배나 많을 것이다.

소년처럼 늘 뱃구레가 헐렁한 채, 주인 없이 혼자 뒹굴던 공은 소년의 좋은 친구였었다. 뭇 아이들의 발길에 하도 채여서 너덜너덜해진 외양도 소년과 꼭 닮았었다.

소년의 엄마가 소년을 버리고 떠난 후, 아이들의 마음도 소년의 곁에서 모두 떠났다.

한 반 아이들도, 1, 2학년 때 친했던 아이들도, 도무지 소년과 어울려 주지를 않는다.

소년 자신도 그런 아이들과 굳이 어울리려고 애를 쓰지 않는다. 어쩌다 축구 경기 판에 어울려 뛰는 때가 있지만, 끝판엔 누군가와 한바탕 싸움을 벌이는 게 다반사다. 그래서 소년은 점점 더 외톨이가 되어 가고 있다.

학교 아이들 중에서, 1학년 때의 짝꿍이었던 민희만 소년을 버리지 않았을 따름이다. 그리고 또 하나가 있다면, 늘 허기증을 안고 사는 소년처럼 뱃구레 헐렁한 축구공이다.

그런데 그 축구공마저 누군가가 치워 버렸다.

날씨가 더워 땀이 줄줄 흐르는 여름에도, 날씨가 추워 아이들이 모두 자취를 감춘 겨울철 방과 후에도, 야물게 언 운동장에서 일쑤 소년과 함께 시간을 보내던 공이었다.

이제 그 공마저 소년 곁을 떠나 어디론가 사라졌다.

막막한 시간이 참 지겹다.

소년은 별 수 없이 또 오락실로 갔다. 들어가기만 하면 돈을 털리는지라 안 가려고 애를 쓰지만, 이런 날은 참기가 힘들다.

짐작대로 오락실엔 빈자리가 없다. 게임기마다 붙어 앉은 아이들이 귀신에 홀린 듯 게임에 정신을 팔고 있다.

대기석에서 두어 시간이나 건성으로 만화를 뒤적이던 소년이, 게임기 앞에 자리를 잡은 건 거의 정오가 다 돼서다.

아침도 거르고 게임기에 달라붙어 있던 아이들 몇이 요기를 하느라고 자리를 비운 덕분이다.

며칠간 안 한 탓인지 손이 어줍다. 머리와 양손이 동시에 맞아 돌아가야 하는데, 박자가 안 맞는다. 키보드를 잡은 오른손과 왼손이 반의 반 박자만 어긋나도 적의 역습을 당한다. 신경질이 나면 순간 판단력도 흐트러져서 게임은 더 엉망이 된다.

'쓰발. 재수 옴따리 붙은 날이다.'

결국 2,000원을 털리고 오락실을 나온 소년은, 방금 나온 오락실을 향해 침을 퉤 뱉었다. 게임기 화면만 들여다보던 눈이 침침해진 탓인지, 아니면 저녁때가 다 된 건지 주변이 어두워진 것 같다. 날씨는 여전히 코끝이 시리도록 맵다.

염치없는 뱃속은 무얼 좀 집어넣으라고 야단이다. 오싹하니 온몸에 한기가 돈다. 뱃속이 비면 추위도 더 지랄을 떠는지, 이가 딱딱 부딪치면서 온몸이 덜덜덜 고장 난 오토바이처럼 흔들린다.

"쓰발, 왜 이렇게 춥다냐?"

소년은 진저리를 치면서 떨리는 몸을 진정시키려 하지만 헛일이다.

금방 나온 오락실로 다시 들어가고 싶다. 하지만 소년은 애써 마음을 접는다.

남의 게임 구경만 하고 있노라면 더 안달이 나기 때문이다. 그렇다고 겨우 남긴 천 원을 마저 털릴 수도 없다. 일요일이라 점심 급식도 거른 판인데, 또 찬물 한 컵으로 밤을 지낼 수는 없다.

지난 일요일엔 그놈의 돈 1,000원 때문에 생판 처음 보는 다섯 놈 짝패들한테 직살나게 다구리를 당했는데, 오늘은 날씨가 지랄을 떤다.

'쓰발 내 몸뗑이가 천 원짜리인가, 맨날 1,000원 때문에 얻어터지고 덜덜 떨고, 애새끼덜은 거지새끼라고 놀리고…….'

소년은 거리에서 오갈 데 없이 떨고 있는 자신이 참 한심한 생각이 든다.

햇빛이라도 쨍쨍하면 양지쪽에 가서 볕 쪼임이라도 할 텐데, 구름 자욱한 하늘은 잔뜩 찌푸린 아버지 쌍판 같다. 아버지 생각이 나니 또 원망스러워진다.

"맨날 패 대기만 하면서 밥은 안 주고, 라면 한 그릇에 3,500원인디, 3,000원으로 어뜨케 하루를 살라고……."

소년은 늘 볕에 그슬린 듯 검어진 얼굴을 항상 찌푸리고 있는 아버지가 도망을 가고, 엄마가 있었더라면 차라리 더 좋았을 거라는 생각이 든다.

엄마는 지금 어디서 무얼 하는지 알 길이 **없다. 생각하면**

공연히 가슴만 쓰려진다.

'엄마 혼자 잘 먹고 잘 살라지'

화가 치밀 때는 미움과 분노가 치밀지만, 그래도 마음 한 구석이 저리도록 남아 있는 그리움은 지워지지 않는다.

아침마다 머리맡에 놓여 있는 3,000원을 집어 들 때마다 소년은 감질이 난다.

"3,000원으로는 라면도 못 먹는디……."

그런데 그 3,000원도 지금은 없다. 단돈 1,000원 뿐이다. 딱 오뎅 한 꼬치 값이다. 뭘 먹어도 간에 기별이 안 갈 것이지만, 그거나마 게임기에 털리지 않고 남겨 두느라고 엄청난 인내심을 발휘한 덕이다.

소년은 팔을 휘젓고 제자리 뜀질로 한기를 쫓는다. 그래도 떨리기는 마찬가지다.

소년은 시내 쪽을 향해 걷다가 길가 포장집으로 들어섰다. 한참 더 내려가면 국제은행 앞이 되지만, 거기까지 갈 수는 없다.

"아줌마, 이거 얼마쥬?"

뻔히 알면서도, 소년은 김이 무럭무럭 오르는 오뎅 값을 물어 본다.

"1개 1,000원, 3개 2,000원."

"1,000원에 2개 주면 안 돼유?"

"안 돼."

아줌마 말투가 날씨만큼이나 차다. 사정해 봐야 씨도 안 먹힐 것 같다.

소년은 오뎅 한 꼬치를 집어 들고 꼬깃꼬깃한 천원을 내밀었다. 오뎅 한 꼬치를 아주 조금씩 베어 먹으면서, 국물을 너덧 컵이나 얻어 마셨다.

뱃속이 따뜻해지니 덜덜 떨리던 몸이 조금은 진정되는 것 같다.

그러나 잠시뿐이었다. 골목에 들어가 오줌 한줄기 세게 뽑고 나니, 뱃속이 이내 헐렁해지는 느낌이다.

하기야 점심시간에 뱃가죽에서 북소리가 날 만큼 먹어 놔도, 급식소를 나와서 방귀 한 방 부욱 뀌고 나면 금세 헐렁해질 만큼, 소년의 뱃속은 무엇이든 빠르게 잘 삭인다. 그래서 그런지 이틀이나 사흘에 한 번씩 싸는 똥도 참 굵고 야물다.

언젠가는 학교 화장실 좌변기에 앉아 볼일을 보고 난 뒤에 물을 내렸으나, 황구렁이처럼 굵고 누런 떡가래가 변기 구멍을 막는 바람에, 물이 빠져나가지 못하고 거꾸로 차오른 적이 있었다.

'쓰발, 먹은 것도 없는디 똥은 디게 많이 나오네.'

소년은 오랜만에 싸는 생각은 않고, 변기가 막힐 만큼 푸짐하게 쏟아 낸 것이 아까워 푸념을 했었다. 먹는 대로 피가 되고 살이 되거나, 그냥 뱃속에 머물러 있으면 좋겠는데, 뭉텅 싸서 버리는 게 큰 손해라도 본 것 같은 느낌이 들었던 것이다.

매일 햄버거에 불고기, 삼겹살을 배가 터지게 먹어 놓고 돼지처럼 뒤룩뒤룩 살이 찐 녀석들은, 소년의 얘기를 듣는다면 '별놈 다 본다'고 기가 차서 웃을 것이다. 아니 엄청 부러워할 것이다.

그런데 그렇게 뒤룩뒤룩 살찐 녀석들일수록 소년을 놀리고 괴롭히는 데는 앞장을 선다.

그런 녀석들은 똥 한번 시원하게 싸는 게 소원일 만큼, 변기에 앉아서 땀이 뻘뻘 나도록 끙끙거리는데, 똥 싸는 게 아깝다니…… 과연 '거지새끼'는 다르다고 수군거릴지도 모른다. 아무려나 섣불리 입맛을 다셔 놓은 입이, 어서 더 넣으라고 야단이다. 뱃속에서도 함께 난리굿이다. 그러나 털털이가 돼 버린 소년은 어쩔 수가 없다.

이미 어둑어둑해진 거리, 포장마차 안에서 잠시 훈훈해졌던 몸뚱이도 뱃속 못지않게 엄살이다. 더 추위탐을 한다.

그러나 어쩨 볼 도리가 없다. 이 시간에 집에 들어간다고 몸을 녹이고 추위를 피할 형편이 안 되고, 잠을 자기도 어려운 시간이다.

짝패 놈들과의 사건만 없었다면 국제은행 앞에 가서 껄떡이 형을 찾아보거나, 형 핑계 대고 뺑뺑이떡을 굽는 황소아저씨 옆에서 곁불이라도 쬘 것이다.

그것도 안 되면 언젠가처럼 지나는 행인들에게 엉구럭을 떨면서 손이라도 벌여, 다만 동전 몇 개라도 한 따까리 떠 볼 것이다.

이럴 줄 알았더라면 그까짓 1,000원 그냥 뺏기고 마는 건데, 공연한 깡다구를 부렸다고, 후회가 되기도 한다.

그 때는 그 천 원을 다구리 당하면서도 뺏기지 않을 만큼 절박했었는데, 지나고 나서 후회하는 건 무슨 변덕인가. 비단 오늘 뿐만 아니지만, 사정이 막막하고 보니 별 생각이 다 든다.

한곳에 있을 마땅한 곳도 없지만, 서 있으면 더 춥다. 그렇다고 걷자니 갈 곳이 없다.

소년은 집을 나설 때처럼, 오락실을 나올 때처럼 다시 막막해진다. 그래도 그냥 걸을 수밖에 없다.

양손을 주머니에 쑤셔 넣고 잔뜩 웅크린 채 걷던 소년은 갑자기 발을 탁 굴렀다. 기막히게 좋은 생각이 번개처럼 떠오른 것이다.

'그렇지, 거기다.'

소년은 언젠가 들어가 본 시외버스터미널 대합실을 생각해 냈다. 거기는 한여름인데도 시원했었다. 겨울이니 아마 훈훈하게 덥혀 놓았을 것이다.

거기라면 텔레비전도 보면서 편안하게 시간을 보낼 수 있을 것이다.

한따까리 떠 보자고 대기승객들을 상대로 손을 벌였다간 당장 쫓겨날 테니, 그 짓은 안 되지만 춥지 않게 시간을 보내는 데는 제격이다.

그러고 보니 큰 종합병원 대기실도 생각이 난다.

거기서는 재수만 좋으면 밥도 먹을 수가 있다.

입원 병동에 가면 식사를 마친 환자들이 복도에 내놓는 식판에 더러 남긴 밥이 있게 마련이다. 그게 마음 놓고 먹을 수 있는 왕재수감이다.

식판을 회수하는 아줌마들 눈에만 안 뜨이면 아무도 상관하는 이들이 없다. 복도 의자에 태연히 앉아 먹고 있으면 환자 가족인줄 아는지 눈여겨보지도 않는다.

1년쯤 전인가, 경광등을 번쩍이고 삐롱삐롱 경적을 울리며 병원 문 앞에 도착한 구급차에서 피투성이가 된 사람이

들것에 실려 나왔다. 우연히 지나다 그 광경을 본 소년은 구경삼아 가까이 가 보았으나 아무도 제지하는 사람이 없었다.

내친김에 병원 안에까지 들어가 보니, 들것에 실려 온 환자는 간 곳이 없고, 응급실 앞에서 엉뚱한 사람들만 북적거리고 있었다.

어정거리다 출구를 잃어 버린 소년이 닿은 곳이 입원 병동이었다.

마침 저녁시간이었던지, 입원실 문 앞에 내놓은 식판 몇 개에 남은 밥이 소년의 눈에 띄었다. 소년은 그날 모처럼 포식을 했다. 꺼윽, 게트림을 하며 의기양양하게 병원 문을 나서는 소년을, 이상하게 보는 사람은 아무도 없었다.

그러나 그 종합병원은 시 외곽지대에 있다. 이 강추위에 거기까지 걸어가다간 도중에 동태가 돼 버릴 것이다.

소년은 버스터미널을 향해 걷는다. 갈 곳을 정하고 걸음을 재촉하다 보니, 추위도 좀 덜해지는 것 같다.

잠시 바삐 걷던 소년은, 길가 식당 앞에서 발을 멈췄다.

고기 굽는 냄새가 콧구멍을 벌리고 허파 속, 아니 뱃속까지 쳐들어 왔기 때문이다.

소년이 발길을 멈춘 건, 작정한 일이라기보다 고기 냄새에 미친 뱃속이 요사를 부린 때문이었다.

소년은 식당 유리문에 얼굴을 대고 안을 들여다보았다. 넓지 않은 식당의 홀 안엔 예닐곱 개의 식탁에 손님들이 둘씩 혹은 서너덧씩 앉아있다.

　종업원들이 손님들의 의자 사이로 몸을 비틀고 다니며 시중들기에 바쁘다.

　소년은 잠시 망설이다가 성큼 식당 안으로 들어선다.

　"여기 대복식당 맞쥬?"

　손님 시중에 정신이 없는 젊은 남자 종업원에게 느닷없이 물었다.

　"그래, 맞다."

　종업원은 건성으로 대답해 놓고는 휙 지나가 버렸다. 식당 안을 잠시 두리번거리던 소년은 다시 돌아오는 종업원에게 또 물었다.

　"여기 우리 아버지 안 왔슈?"

　"니 아버지가 누군데?"

　"이자 천자 석자 씬디유, 개인택시 운전기사 걸랑유. 여기가 고기 제일 맛있는 식당이라구, 여기서 고기 사 준다구 오랬는디……."

　아버지 이름 석 자 말고는 멀쩡한 거짓말이었다. 그러나 종업원은, 그냥 둘러봐도 홀 안에 있는 손님을 다 알아 볼 만한데도, 친절하게 소리를 질러 소년의 아버지를 찾았다. 제일 맛있는 식당이라는 소년의 말에 대한 보답인지도 모른다.

"혹시 손님들 중에 이천석 씨 계십니까?"

물론 대답이 있을 리 없다.

"아직 안 왔는가 보다. 저기 앉아서 기다려라."

종업원은 구석의 빈 의자를 가리키고는 지나갔다.

소년은 속으로 됐구나 싶었다. 우선 쫓겨날 신세를 면한 것이기 때문이다.

섣불리 껌통이나 들고 손님들 앞에 얼쩐거리다가는 단박에 쫓겨난다는 것을 익히 알고 있는 소년이, 갑자기 생각해 낸 구실이다.

소년은 홀 구석의 빈 의자에 엉덩이를 걸치고 앉아 기다리는 척하면서, 어느 좌석의 손님이 인심 좋고 만만해 보이는지를 살폈다.

고기 익는 냄새가 코를 자극하면서 허기진 걸구가 들어앉은 뱃속이 어서 고기를 집어넣으라고 난리다. 소년은 연신 침을 삼킨다.

소년은 천천히 몸을 일으켰다.

아직 한 번도 써먹거나 들어 본 일도 없지만, 본격적으로 모험을 걸어 볼 작정인 것이다. 잘되면 왕대박이고 안 돼도 몸 녹이고 냄새라도 즐기며 눈요기했으니 손해 볼 건덕지는 없는 셈이다.

문제는 상대를 잘 골라야 한다.

젊은 남녀가 짝으로 앉은 자리는 씨도 안 먹힐 것이다. 여러 명이 둘러앉아 와자글 떠들어 대는 자리는 코 디밀고 덤빌 틈이 없다.

뒷주머니 터는 녀석들에게는 그런 자리가 제격일지 몰라도, 소년의 목적은 그게 아니다.

마른침을 삼키며 눈을 굴리던 소년은, 중년의 두 신사가 마주 앉아 두런두런 얘기를 나누며 술잔을 주고받는 곳으로 다가갔다.

그리고 불판 위에서 지글지글 타고 있는 고깃점을 가리키며 말했다.

"아저씨. 이거 다 타겠슈."

창 쪽에 앉아있는 신사가 소년을 힐끗 돌아보고는 검게 변한 고깃점을 집어 불판 밖으로 내놓았다.

"나는 탄 것도 잘 먹는디."

소년은 침을 꿀꺽 삼키고 눈치를 살핀다. 둘 다 얘기에 정신이 팔려 있을 뿐, 불판에서 지글지글 익어 가는 고기에도, 소년에게도 관심이 없다.

소년은 방금 불판 밖으로 내놓은 고깃점을 널름 집어 입속에 넣는다.

"이 녀석아, 탄 걸 먹으면 어떡해?"

맞은편의 신사가 소년의 얼굴을 쳐다보며 꾸짖듯 말한다.

"갠찮어유. 꼬숩구 맛있는디유."

소년은 쩝쩝 소리가 나도록 고깃점을 씹으며 말했다. 그리고 씨익 웃었다. 좋은 끝을 보려면 첫인상부터 좋게 보여야 한다.

"넌 누구냐?"

이번엔 창 쪽의 신사가 묻는다.

"나유? 우리 아버지 기다리는 거예유. 우리 아버지가 고기 사 준다구 여기루 나오랬슈. 우리 아버지는 개인택시 기사걸랑유."

소년은 묻지 않는 말까지 줄줄이 꿰었다. 물론 야부리 까는 것이지만, 더듬거리다간 들통나기 십상이다.

"우리 아버지가 그러는데, 여기 대복식당 고기가 젤로 맛있대유. 최고래유. 그래서 여기루 오라구 했걸랑유."

종업원 들으라고 하는 소리다. 내쫓지 않은 데 대한 보답인 셈이고, 운 좋게 잡은 이 자리에 그냥 있게 놔둬 달라는 아부 방송인 셈이다. 소년은 불판 밖에 있던 고기를 또 한 점

입에 넣었다.

"네 아버지가 아직 안 오신 모양인데, 어지간히 배가 고픈 모양이구나."

역시 창 쪽의 사내다.

"예. 배고파 죽겠는디, 우리 아버진 왜 이렇게 안 오나 모르겠네유."

소년은 건성으로 홀 안을 다시 휘익 둘러본다.

"우선 이거라도 먹어라."

신사는 친절하게 소년 앞에 젓가락까지 놓아준다.

소년은 말이 떨어지기가 무섭게 의자에 터억 걸터앉았다. 그리고 입속으로 연신 고깃점을 집어넣었다.

"허. 그 녀석 넉살도 좋고 비위도 좋네. 어디가도 굶어 죽지는 않겠다."

신사의 말에, 소년은 입속의 고기를 씹으면서 토를 달았다.

"예 맞아유. 껄떡이 형두 나한티 그랬슈. 굶어 디지지는 않겠다구……."

지껄이다 말고 소년은 아차 했다. 이 자리에서 꺼낼 얘기가 아니다 싶은 것이다. 길게 얘기 하다 보면 자신의 정체가 뽀록날 판이기 때문이다.

다행히 두 신사 중 누구도 소년의 얘기에 별로 귀를 기울이지 않았다.

"이 녀석, 체할라. 천천히 먹어라."

창 맞은편 신사가 유리컵에 사이다까지 따라 준 뒤에, 창 쪽의 신사에게는 술을 따라 준다. 단숨에 사이다를 들이켜고 난 소년은 혼잣말처럼 중얼거린다.

"우리 아버지는 나한티도 술 먹어 보라구 하는디⋯⋯."

두 신사는 잠깐 눈을 부딪치고 다시 소년을 바라보며 웃는다. 소년의 말은 물론 거짓말이다. 아버지는 자신이 술을 먹고 소년을 패대기는 해도 술을 먹어 보라고 한 일이 없다.

껄떡이 형도 물론 소년에게 술을 주지는 않는다.

"허허. 그 녀석 맹랑한 놈이네."

창 쪽의 신사가 말했다.

"술은 안 된다. 사이다나 먹어라.'

창 맞은편의 신사가 조금 남은 사이다를 소년에게 마저 따라 주었다.

"너. 노래 잘하니? 노래 한가락 하면 술 주지."

창 쪽의 신사가 소년에게, 장난기 섞어 말하자

"술은 안 돼."

창 맞은편 신사가 단호하게 말했다.

그래도 창 쪽의 신사는 소년에게 노래를 하라고 했다.

"네 아버지도 술 준다며? 조금 먹어도 괜찮으니 노래 한 번 해 봐라."

"진짜쥬?"

소년이 묻자, 창 쪽의 신사는 '그래' 하고, 맞은편의 신사는 '안 된대두.' 했다.

그러나 소년은 벌떡 일어섰다. 그리고 숨을 한 번 길게 쉰 뒤에 노래를 불렀다.

"엄마가 섬 그늘에 구울 따러어 가면
아기가 혼자 남아 지입을 보오다가
바다가 불러 주는 자아장 노오래에
팔 베고 스르르르 자암이 드웁니다"

소년의 노래가 끝나자, 홀 저쪽에서 누군가가 박수를 짝짝 친다. 창 쪽의 신사도 가볍게 손뼉을 친다. 그리고 소년에게 잔을 주며 술을 조금 따라 준다.

"노래 잘했다. 조금만 먹는 거다."

소년은 단숨에 마셨다. 그리고 '크으' 소리를 내며 진저리를 쳤다. 목이 싸아 하더니 이내 뱃속이 감전된 듯 찌르르 울린다.

"허허허, 녀석 제법이네."

창 쪽의 신사는 웃고, 맞은편의 신사는 말없이 소년의 얼굴을 바라보기만 한다.

"나, 더 마실 수 있는디⋯⋯."

창 쪽의 신사가 장난기 어린 표정으로, 소년 앞의 잔에 또 반쯤 술을 따라 주었다.

소년이 또 단숨에 마셔 버렸으나, 맞은편 신사는 역시 아무 말도 하지 않고 바라보기만 했다. 웃지도 않았다.

"이제 술은 그만 먹고 고기나 먹어라. 네 아버지 오시면 너 술주정하겠다."

창 쪽의 신사는 소년의 앞에 놓인 잔을 가져갔다. 소년이 고기를 먹다 말고 갑자기 딸꾹질을 했다. 그런 소년을 보고 술을 준 신사가 말했다.

"딸꾹질하는 걸 보니 배가 놀랐나 보다."

"아닌디유. 딸꾹, 내 배는 아무거나 먹어두 딸꾹, 갠찮은 디유. 딸꾹."

창 맞은편의 신사는 종업원에게 찬물을 가져오래서 소년에게 먹였다. 그리고 소년의 어깨를 만지며 말했다.

"네 아버지 못 오시는 모양이다. 그만 집에 가거라."

그렇지 않아도 소년은 웬만큼 배를 채운 판이라 일어설 참이었다. 꼬리가 길면 뽀록날 염려가 있기 때문이다. 일어선 소년은 얼굴이 후끈거리고 다리가 조금 휘청거렸다.

"나, 그만 갈래유. 아저씨 고마워유. 딸꾹, 우리 아버지 오시거든 딸꾹, 내가 기다리다 갔다구 말해 주세유. 딸꾹."

"그 녀석, 아버지 바람맞힐 셈이냐?"

창 쪽 신사의 말을 등 뒤로 들으며 소년은 식당 밖으로 나왔다.

이미 밤이다. 날씨는 낮보다 더 맵고 바람까지 분다.

거리는 전등 빛으로 환하다. 환한 전등 빛 속을 희끗희끗한 눈발이 바람을 타고 춤을 추듯 날아다닌다.

찬 눈이 소년의 볼을 때리지만, 소년은 별로 추운 줄을 모른다.

'흐흐, 한따까리 제대로 떠먹었네.'

소년은 입속으로 중얼거리며 흐물흐물 웃는다. 고기, 사이다, 술 잘 먹고 눈치 안 채게 야부리 잘 깠으니 기분이 그야말로 짱이다.

'나도 이만하면 대갈빡 하나는 잘 굴리거덩.'

소년은 그런 기특한 생각을 해 낸 자신에 감탄한다. 밖에서 식당 안을 살펴보던 아주 짧은 순간에 어떻게 그런 신통한 묘안이 떠올랐을까. 생각할수록 신기한 일이다.

'형, 나 말이지 이래봬도 대갈빡 잘 돌아가거덩. 형 말대로

굶어 디지지는 않는다구.'

소년은 나중에라도 껄떡이 형을 만나면 자랑을 할 참이다.

아마 형도 이번에는 칭찬을 할 것이다. 쌔비지도 않고 빼앗지도 않았다. 근사하게 야부리 까서 고기에 사이다 얻어먹고, 한 곡조 뽑은 뒤에 술까지 얻어먹었다. 누군가 모르지만 박수도 보냈다.

집에 텔레비전도 라디오도 없으니 요새 유행하는 노래는 하나도 몰라, 학교에서 배운 '섬집 아기'를 불렀지만, 아이들이 흉내 내는 '아이돌' 가수의 노래를 불렀더라면 더 많은 박수를 받았을지도 모른다.

거지 취급도 안 당하고 똘마니 취급도 안 당했다. 신사들하고 버젓이 같이 앉아서 제대로 떠먹은 것이다.

아침 재수가 옴따리 붙은 것이라면 저녁 재수는 왕대박인 셈이다.

눈보라가 치는 거리를 어정어정 걸어가면서 소년은 계속 흐물흐물 웃었다.

아까는 목이 싸아 하고 뱃속이 찌르르 울리면서 얼굴만 화끈거리더니, 이제는 몸 전체가 더운 물을 뒤집어 쓴 것처럼 홧홧 달아오른다.

다리도 더 휘청거린다. 딸꾹질은 여전히 나지만 눈보라가 얼굴을 때려도 소년은 아무렇지도 않다. 기분은 말할 수 없이 산뜻하다. 뱃장도 든든해진다.

까짓것, 국제은행 앞의 짝패 놈들도 겁날 것 없다. 그 따위 놈들한테 내가 왜 쫄아? 이제부터는 절대루 쫄지 않는다구. 만나기만 하면 신사적으로 일대일로 맞짱 뜨자고 할 거다. 차례로 한 놈씩 뺑고 나면, 제일 덩치 큰 짱이 덤비겠지. 기운은 그 놈이 쎄겠지만, 깡다구 두었다 뭐 한다냐? 깡다구로 하는 거다.

그런데, 껄떡이 형은 정말로 그 쫌생이 패들을 맘대로 못 건드리는 건가? 형도 쪽을 못 쓸 만큼 쫌생이 패들이 그렇게 쎈 건가?

황소아저씨가 형 좀 도와주면 안 되나? 과거에 레스링 선수였다는 황소아저씨는, 웬만한 건달들도 함부로 건드리지 못할 만큼 쎄다고 하지 않나. 누구든 그 손에 한 번 걸려들면 길바닥에 혜딩한 깨구락지 신세가 된다고 했는데, 쫌생이 패들을 왜 그냥 놔둘까?

지난주에 다구리를 앵겼던 짝패 놈들이 쫌생이 패들의 똘마니라도 다음에 만나면 한 판 붙어 보리라. 지들이 복수하기 전에 내가 복수를 하리라.

껄덕이 형이 힘을 못 쓴다면 황소아저씨의 힘을 빌려서라도 쫌생이 패들까지 기를 팍 죽여 놓으면 될 것 아닌가.

소년은 용기가 솟는다. 세상에 무서울 것이 없는 것 같다.

"와라. 짝패 놈들. 딸꾹, 쫌생이 패들까지 다 데꾸와. 딸꾹."

소년은 눈발이 춤을 추는 허공을 향해 소리를 지른다.

딸꾹질이 멈추지 않는다. 다리도 휘청거린다.

소년은 얼마나 걸었는지, 눈앞에 보이는 거리 풍경이 좀 낯설게 느껴진다.

'이젠 집에 가야 하는디.'

그러나 금방 생각이 바뀐다.

'아니, 집에는 안 간다. 더러워 안 간다구.'

집을 생각하니 아버지에 대한 원망, 아니 분노가 치민다.

"쓰발, 왜 때려. 지가 머라고. 니가 애비냐?"

소년은 큰아버지 흉내를 내 본다. 모처럼 다니러 왔던 큰 아버지가 소년의 몸에 수없이 찍힌 퍼런 멍 자국을 보고 소리를 질렀었다.

'이 무지막지한 인간아, 니가 애비냐. 니가 애비여?'

아버지는 그때 찍소리 못하고 있었지만, 큰아버지가 가고 난 뒤에는 마찬가지였다.

그러나 이제는 당당히 말하리라.

'밥도 안 주면서 왜 맨날 패 대기만 하능겨? 왜 패 대느냐구. 3,000원 주면 다여?'

그리고 고슴도치처럼 웅크린 채 마냥 매타작을 당하지만은 않으리라. 소년은 마치 아버지 앞에서 시위라도 하는 양 가슴을 펴고 당당하게 걷는다.

그러나 마음뿐이다. 다리가 말을 잘 안 듣는다. 앞으로 몇 발짝 간 뒤엔 우로 한 발, 좌로 한 발, 갈지자를 그린다.

그런데 얼마를 걸었는지, 걸을수록 눈앞이 흐릿해지고 푸르고 붉게 번쩍이던 간판 빛들은 다 어디 가고 누런 가로등 빛만 흔들흔들 춤을 춘다.

'아! 집에 가야 하는디 여기가 어딘가? 아니 집에는 안 간다. 더러워 안 가. 껄떡이 형, 형한티 가야 하는디, 형을 만나면 자랑을 해야지. 형, 나 오늘 기분 와이당이다. 한따까리 근사하게 떠먹었걸랑. 고기, 사이다, 술. 제대루 떠먹었걸랑. 이래 봬도 대갈빡 하나는 잘 굴리거덩. 형 말대로 어디가도 굶어 디지지는 않는다구.'

소년은 껄떡이 형에게 자랑할 말을 또 뇌어 본다.

형은 분명 칭찬을 하리라.

뒤통수를 가볍게 치거나 무릎으로 엉덩이를 툭 차면서 '그래 대갈빡 한번 잘 굴렸다. 제발 굶어 디지지 말고 핵교 잘 댕겨라. 중핵교, 고등핵교, 대핵교도 다 댕겨라. 그래서 왕호랭이가 뎌야 한다. 어홍 하고 울면, 우리 같은 것덜 깔보는 잘난 놈덜이 다 쩔쩔매는 그런 왕호랭이가 뎌야 한다구.' 그러겠지.

내가 왕호랭이가 된다면 껄떡이 형은 큰 호텔의 왕사장이 되어 있을 것이다. 그때 형과 내가 만나면 참 근사할 것이다. 생각만 해도 참 멋진 장면이다.

"호호호호……."

소년은 비틀거리며 웃는다. 다리가 점점 휘청거린다.

소년은 마침내 맥이 풀린 다리를 가까스로 움직여 길가 담벼락에 몸을 기댄다. 그리고는 담벼락을 미끄럼 타듯, 등짝으로 훑어 내리면서 땅바닥에 털푸덕 주저앉는다.

웬일일까. 정신은 말짱한 것 같은데, 온몸이 나른해진다. 아무리 배가 고파도 이렇게 팔다리조차 움직이기 힘들 만큼 기운이 없지는 않았는데…….

'그러나 저러나 껄떡이 형은 지금쯤 국제은행 언저리에 있을까?'

아버지는, 아버지는 또 술에 잔뜩 꼴아가지고 나를 패 댈 궁리나 할 테지.

'쓰발 지가 뭐여, 아버지면 다여? 왜 맨날 밥도 안 주고 패

대능겨?'

소년은 담벼락에 등을 기대고 쭈그려 앉은 채 고개를 무릎에 얹는다.

편안하다. 아주 편안하다. 등도 따뜻하고 엉덩이도 차츰 따뜻해진다. 여기가 어딘가? 우리 집? 아니겠지. 우리 집이 이렇게 따뜻할 리가 없지.

아, 형, 껄떡이 형네 방인가 보다. 그 방은 참 따뜻했었지. 아주 푸근하고 따뜻했었지. 엉덩이가 따뜻해지는 방바닥에 앉아서 시간 가는 줄 모르게 텔레비전도 볼 수 있고, 늦게 들어 온 형이 사다 준 붕어빵을 먹을 땐 참 좋았었지. 껄떡이 형이 나를 끌어안고 '힘들지?' 했을 땐 진짜 형 같았는데.

엄마도 자주 나를 그렇게 끌어안았었지, '많이 많이 먹고 쑥쑥 크거라.' 내 엉덩이를 투덕투덕하면서 그랬었지. 그 때는 우리 집도 그렇게 따뜻했었지. 방바닥도 따뜻하고, 끼니마다 먹는 밥도 찌개도 따뜻하고…….

그런데, 엄마는 어째서 안 오는가? 아버지 말대로 엄마는 화냥년인가? 화냥년이면 버스도 기차도 못 타나? 아니, 주인집 할머니 말대로 고무신을 거꾸로 신어서 못 오는 것인가? 그까짓 고무신을 거꾸로 신었다면 벗어서 다시 신으면 되지…….

그런데 주인집 할머니는 왜 우리 엄마가 고무신을 거꾸로 신었다고 했는가? 엄마는 고무신이 없었지. 늘 발등까지 쑥 들어가는 플라스틱 끌신을 신고 다녔는데, 그건 거꾸로 신을 수가 없는 건데……. 할머니는 어째서 그랬을까?

우리 엄마가 고무신을 거꾸로 신었다고? 우리 엄마는 절대로, 절대로…….

소년은 점차 정신이 아득해지면서, 가물가물 다가오는 졸음을 쫓기 위해 고개를 흔들어 본다. 자꾸 감기는 눈도 깜박여 본다.

'엄마는, 엄마는 절대로 고무신을 거꾸로 신은 게 아니다. 그래서 안 오는 게 아니다. 엄마는 절대로, 절대로…….'

기다리다, 기다리다 지쳐서 포기한 지가 오랜데, 그런데도 지금 또 엄마가 보고 싶다. 미치도록 보고 싶다.

소년은 다시 무릎에 고개를 얹고 눈을 감은 채 엄마를 부른다.

"엄마, 엄마. 왜 안 오능겨?"

그러나 목소리가 나오지 않는다.

입술을 들썩이며 중얼거리던 소년은, 차츰차츰 편안한 잠 속으로 빠진다.

누런 가로등이 소년의 몸 크기만큼 짙은 그림자를 만들고,

이따금 칼날을 세운 바람이 소년을 흔들어 깨운다.

'얘야 집에 가거라.'

바람 소리인가, 아니면 멀리서 들리는 엄마 목소리인가 소년은 알 수가 없다.

'야야, 너 또 어디 가나? 그러다 니 엄마 오면 어쩔라고.'

어쩌면 대문 앞에서 엄마를 기다리는 소년의 말동무가 되어주던 할머니의 목소리인지도 모른다. 그러나 확실히 알 수가 없다.

'야, 인규야, 거기서 뭘 해? 어서 집에 가야지. 바보야 어서 가라구.'

빵 봉지를 쥐어 주고 길 건너에서 우두커니 바라보다가, 울면서 돌아가던 민희의 목소리 같기도 한데 아득하다. 아주 아득하게 멀리서 들리는 것 같다.

'민희야, 그때는 니가, 니가 왜 울었냐? 니가 우는 걸 보니까 나는 어쩔 줄을 모르겠더라. 챙피하구 슬프구, 왜 그런지 모르겠더라구. 나는 니 맘 안다. 나두 니가 좋아. 그렇지만 나하구 아는 척하지 마. 나 때문에 니가 놀림받는 건 정말 싫으니께……'

아슴아슴한 꿈속에서처럼 소년은 열심히 지껄이고 있지만, 이제 소리는커녕 입술조차 들썩이지 않는다.

그래도 성성 부는 칼바람은 자꾸 소년을 흔들어 깨운다.

그 소리가 엄마 목소리도 같고 할머니 목소리도 같고, 아득히 먼 데서 들려오는 민희 목소리도 같은데, 확실히 알 수가 없다.

자꾸 소년의 귀에 대고 성성 성쉬이잉 지껄이는데 알 수가 없다.

끝내 소년은 추위도 배고픔도, 그리고 아이들의 놀림과 선생님의 꾸중, 아버지의 매타작도 없는, 깊고 편안한 잠에서 깨어나지 않았다.

새벽까지 싸락눈이 내렸다.

보슬보슬하고 반짝반짝 윤이 나는 싸락눈이 밤새 내렸다.

소년을 깨우다 지친 칼바람이 어디론가 가 버린 뒤에, 사람들 몰래 소리 없이 내린 싸락눈이 소년의 몸을 덮었다.

웅크리고 앉은 채 깊고 편안한 잠에 빠진 소년의 머리와 어깨, 세운 무릎을 모두 덮고, 밤새도록 소년을 지켜보던 가로등 위에도 소복하게 쌓였다.

천 사 의 깊 고 편 한 잠

초판 1쇄 인쇄일	2013년 4월 25일
초판 1쇄 발행일	2013년 4월 26일
지은이	安秀吉
펴낸이	정진이
출판이사	김성달
편집이사	박지연
책임편집	윤지영
본문편집/디자인	이하나 정유진 신수빈 이가람
마케팅	정찬용 권준기
영업관리	한미애 심소영 김소연 차용원
인쇄처	월드문화사
펴낸곳	새미

등록일 2006 11 02 제2007-12호
서울시 강동구 성내동 447-11 현영빌딩 2층
Tel 442-4623 Fax 442-4625
www.kookhak.co.kr
kookhak2001@hanmail.net

ISBN	978-89-5628-610-5 *03800
가격	12,000원